怒濤逆巻くも（上）

鳴海風
Fuh NaRumi

P+D BOOKS
小学館

目次

主な登場人物

小野友五郎《おのともごろう》　号は広胖《こうはん》
一八一七年、笠間藩士小守庫七の四男として誕生。小野銀次郎の養子となる。数学に優れ天文方出役、長崎海軍伝習所一期生を経て才能が開花。航海長として咸臨丸による太平洋横断を成功に導く。

小栗忠順《おぐりただまさ》　叙爵して豊後守《ぶんごのかみ》、上野介《こうずけのすけ》
一八二七年、旗本小栗忠高の長男として駿河台で誕生。開明的な思想を持つ。馬術・弓術の達人。遣米使節の監察、勘定奉行、軍艦奉行を歴任。兵庫商社設立、横須賀製鉄所建設など日本近代化の父と呼ばれる。

中浜万次郎《なかはままんじろう》　別名ジョン・万次郎
一八二七年、土佐出身の漁師。漂流によるアメリカ生活十年の経験を生かし、咸臨丸による太平洋横断では通訳、航海士として活躍。日本に、英語、西洋航海術、捕鯨術などを伝える。

江川英龍《えがわひでたつ》　号は坦庵、通称太郎左衛門

一八〇一年、代々伊豆韮山代官を務める家に生まれる。海防に意欲的で、高島秋帆から砲術を学ぶ。韮山に反射炉を作り、品川に台場を築く。小野友五郎、中浜万次郎を引き立てる。

勝麟太郎《かつりんたろう》　号は海舟《かいしゅう》

一八二三年、旗本勝小吉の長男として誕生。剣術・蘭学に秀で、ペリー来航がきっかけの海防意見書が幕府に注目される。長崎海軍伝習所一期生。咸臨丸による太平洋横断では艦長。

木村喜毅《きむらよしたけ》　叙爵して摂津守《せっつのかみ》

一八三〇年、浜御殿奉行の家に生まれる。長崎海軍伝習所の総督。咸臨丸による太平洋横断時は提督。軍艦操練所の軍艦奉行を務めるなど、幕府海軍創設に貢献。

肥田浜五郎《ひだはまごろう》

一八三〇年、江川英龍の侍医肥田春安の子として誕生。長崎海軍伝習所に学び、蒸気機関の第一人者となる。咸臨丸による太平洋横断では蒸気方。工作機械調達でオランダへも出張。

春山弁蔵《はるやまべんぞう》

一八二二年生まれの浦賀奉行所同心。日本最初の洋式帆船「鳳凰丸」や蒸気軍艦「千代田形」建造にかかわる。長崎海軍伝習所一期生。戊辰戦争時は「咸臨丸」の艦長を務める。

高柳兵助《たかやなぎへいすけ》

徒士組から天文方に出役しオランダの航海術書を小野友五郎と翻訳。長崎海軍伝習所一期生。

浜口興右衛門《おきえもん》

一八二九年、八丈島に生まれる。浦賀奉行所同心、浜口久左衛門の養子となる。長崎海軍伝習所一期生。軍艦操練所教授方となり、咸臨丸による太平洋横断では運用方として活躍。

榎本釜次郎《えのもとかまじろう》　別名武揚《たけあき》

一八三六年、幕臣の家に生まれる。長崎海軍伝習所に学ぶ。のち、幕府留学生としてオランダへ留学。開陽丸を操船して帰国。海軍副総裁となり、箱館戦争で最後まで抵抗。

津多《つた》
上総国市原郡八幡村の郷士の娘。一八四七年、友五郎の妻となるが、子に恵まれなかった。
うた
長崎の数学者加悦俊興の姪として友五郎の前に現れる。富士見宝蔵番・河合鎬吉郎の姉。
江幡祐蔵《えばたゆうぞう》
一八三二年、常陸下吉影村に生まれる。笠間藩士の元へ入り婿するが、一八五四年、小栗家に仕官。信任厚く、忠順の渡米にも同行。
塚本真彦《つかもとまひこ》
一八三二年生まれ、小栗夫人の道子が忠順に輿入れする時に、付け人としてやってきた。後に、用人となる。忠順の渡米にも同行。
ジョン・M・ブルック
一八二六年生まれのアメリカ海軍士官。深海や海岸測量、航路調査の専門家。咸臨丸による太平洋横断時、部下と共に乗船。荒天で日本人が働けないとき、咸臨丸を見事に操った。

デビッド・マグジュガル
一八〇九年生まれ。渡航した咸臨丸を修理した海軍造船所長官。後に、提督としてワイオミング号で来日。長州を砲撃し、攘夷の無謀さを痛感させた。

篠原忠右衛門《しのはらちゅうえもん》
一八〇九年、甲州東油川村生まれ。横浜開港を契機に、横浜本町で蚕種・生糸の売込み商を営んだ。屋号は甲州屋。

田中小右衛門《たなかしょうえもん》
一八一〇年生まれ。笠間藩家老。大坂城代を拝命した主君牧野越中守貞直に従って大坂表へ。

第一章　開国への道

一　馬上の侍

茜色《あかね》に染まりかけた西空を背景に、紺青《こんじょう》色の富士がくっきりした稜線《りょうせん》で雲一つない大空を切り取っている。

左前方には、今年四月に完成したばかりのお台場が三基、いかめしく海面に突き出ている。杭材《こうざい》で柵を作り、その中に岩石や土砂を埋め込み築き上げた人工の島である。砲台はまだない。

安政元年（一八五四）師走半ばの品川の海上である。潮風は氷の刃に等しい。寒風をものともせず、天下の霊峰《れいほう》に顔を向けながら、何度も頷いている侍がいた。

小野友五郎《おのともごろう》。三十八歳。年齢を感じさせない、引き締まった顔立ち。額が広く頭が大きい。七福神の福禄寿《ふくろくじゅ》か巨大な茄子《なす》のようだ。やや垂れ気味の目は驚くほど澄んでいて、みつめる者の心を捉《とら》えて離さない。

友五郎はまた頷く。手応《てごた》えを感じ取っていた。

子供の頃からの癖で、口はへの字に結んでいても、生まれて初めての沖乗りに満足していたのだ。

友五郎は帆柱の先端から船首に伸びた筈緒《はずお》を右手でしっかりつかみながら、舳先《へさき》に突っ立っている。千石積《せんごく》みの弁才船《べざいせん》で、全長は十三・三メートルある。品川の海は夕凪《ゆうなぎ》に近く、二十五反（幅十八メートル、長さ十八・六メートル）の一枚帆は、張っていても膨らみは小さい。

船はゆるやかに上下動を繰り返しながら波間を進んでいる。

艫《とも》の船頭が手縄《てなわ》と舵柄《かじづか》を操ると、船端《ふなばた》をきしませながら、船は大きく肩をゆすって北へ舳先を向けた。友五郎はたたらを踏んだ。

「風のあるうちに、えーと、向きを変えておきませんと、……突っ込みますので、……浜御殿に」

振り返ると、笑顔の中浜万次郎《まんじろう》が腕を組んで後ろに立っている。

「舵を切るときは、前もって教えて欲しいな」

「はっ。おっしゃるとおりです」

万次郎は十歳下の二十八歳。陽《ひ》に焼けていかつい顔には常に微笑がたたえられている。男らしい、苦み走った笑顔だ。自信に裏打ちされた余裕の表情といってもいい。恐ろしく回転の速い頭脳の持ち主で、しかもこれだけ記憶力の良い男を、友五郎は今まで見たことがない。

風を効果的にとらえようと帆桁《ほげた》が首を振って、船が傾《かし》いだ。友五郎は筈緒を握る右手に力を込めたが、さらに左足を踏み出して、よろめく体をどうにか持ちこたえた。

友五郎と同じくらい上背《うわぜい》があるのに、万次郎は、揺れる船の上でも体勢が崩れない。めったに船体につかまらない。膝がしなやかに屈伸し、五指が甲板《かんぱん》をわしづかみにしたように、足裏は床板に張り付いている。不思議な男だ。

「寒くはありませんか」

万次郎の問いには応えず、友五郎は素直に自分の感想を口にした。

「沖でも、その姿勢で六分儀《ろくぶんぎ》（セキスタント）を操作するのだから、まるで軽業師《かるわざし》だな」

オランダ商館長が毎年二月におこなう江戸参府の折、幕府に献上した六分儀が、一台だけ天文方《てんもんかた》にあった。蘭書『航海要法』によって、おぼろげながら使い方は想像されたが、使用法を正しく説明し、実際にそれで測定してみせたのは、万次郎が初めてだった。

土佐の漁師だった万次郎は、漂流の末アメリカの捕鯨船に救われた。船長に連れられてアメリカへ渡った万次郎は、そこで高等教育を受けた。アメリカの文化に触れ、人間が生まれながら平等であることを学んだ。その後捕鯨船に乗組み、遠洋航海の経験を積みながら、一等航海士の実力まで身に付けた。それでも、故国への想いは断ち切れず、三年前に自力で帰国した。漂流してから既に十年が経過していた。日本語はまだぎこちない。

「マドロス（船乗り）なら、えーと、誰でも出来ますよ」

オランダ語のマドロスは、二人にとって覚えたての単語だった。

「わしは船乗りではない」

「ノー。船乗りではありません……、ありませんが、小野様は、オフィサー（航海士）になれる方です」

「おひさあ？」

「オフィサーはアメリカの言葉です。船の位置を測り、船乗りの操船を指揮する頭《かしら》です」

「マドロスの頭か」

「さようでございます」

万次郎が六分儀で計測した値と数率表から、友五郎が次々に暗算で船の位置を計算して見せたことを指しているのだ。

「それはともかく、船が好きになった」

「小野様は、初めての沖乗りなのに、船に全く酔わない。珍しいことです」

「高柳《たかやなぎ》は……、あれが普通なのか」

友五郎は、真っ青になって胴の間に倒れている同僚をみつめた。

高柳兵助《へいすけ》も友五郎と同じ、天文方出役で、二人とも天文方足立左内《あだちさない》の手付《てつき》として、浅草天文台に勤務していた。

天文方、天文台勤務といっても、そもそも天体観測に基づく正確な暦《こよみ》を定めるのが仕事だった。それが、日本近海における異国船出没の騒がしさなどから、文化八年（一八一一）三月、浅草暦局内に翻訳局が置かれた。蕃書和解御用《ばんしょわげごよう》である。

西洋暦法も導入した精度の高い天保の改暦も終わり、天文方には余裕も生じていた。天文方には、足立左内の他に、渋川景佑《しぶかわかげすけ》、山路諧孝《やまじゆきたか》といった専任者がいたが、昨今は翻訳業すなわち外国の技術解明に忙しい。中でも航海術は、基本が船の正確な位置計測にある。天文航法といって、天体観測の応用に他ならない。天文方は、異国船出没の頻度が増す理由を天文航法の進歩にある、と航海術の研究を通じて理解し始めていた。

〈天文方足立左内役所へ罷《まか》り出で、暦作・測量御用手伝い、当分過人に相勤め候様、阿部伊勢《いせの》守《かみ》より申し渡され候〉

小野友五郎が天文方出役を拝命したのは、二年前の嘉永五年（一八五二）十二月である。ペリーが浦賀にやってくる半年前だった。

友五郎の天文方出役というのは、異例の抜擢だった。友五郎は、常陸笠間《ひたちかさま》藩八万石、牧野越《えっ》中守貞直《ちゅうのかみさだなお》の家臣で、しかも役料が三両二人扶持の元締め手代という、きわめて低い身分だった。微禄の藩士がいきなり幕臣の手伝いに回されたのである。

友五郎の非凡な算術の実力に目をつけ、老中首座阿部伊勢守正弘《まさひろ》に推薦したのは、伊豆韮山《にらやま》代官、江川太郎左衛門英龍《ひでたつ》だった。友五郎は江戸詰めになると、神田中橋にある数学塾、長谷川道場に入門した。すぐに頭角を現し、江戸に住む門人の中でも一、二を争う実力者となった。

その友五郎が著した測量術の解説書、『量地図説』が英龍の目に留まった。沿岸に砲台を築くために、測量術は欠かせない。日本の海防に腐心する英龍は、『量地図説』の著者を調べ上げ、算術の天才を発見した。

中浜万次郎が山路諧孝の下で和解御用を手伝うようになったのはこの夏からである。

船は講武所御用屋敷の沖をゆっくりと北上している。

「沖から次第に陸へ近付いてくると、地球が丸いことを実感できるというのは、本当だった……」

友五郎は陸地に接近するにつれ、高いところから見え始めた不思議さと感動がまだ脳裏から離れない。

沖乗りを体験するために、友五郎らの乗った弁才船は、朝早く浦賀水道を抜け相模灘《さがみなだ》へ出た。内海から出ると海はうねり出し、千石船でも大きく揺れた。そのまま南下して、正午には大島の東海上を過ぎた。風と潮の加減を見ながらできるだけ陸地から遠ざかるのである。無論、油断は禁物だった。追い風で黒潮に乗ってしまうと、そのまま日本の東海上はるかへ流されかねない。この時代の多くの船の漂流経路だった。

そうして友五郎は、陸地の全く見えない太平洋上で、万次郎の助言を得ながら、船の位置や速度そして時刻を計測する経験をした。高柳は仕事を始めてすぐ酔ってしまった。友五郎は全く平気だったが、揺れる船上での計測作業が、いかに困難なものかを実感した。

時間はあっという間に過ぎた。

昼は立ったまま握り飯で済ませたし、茶を飲む時間も惜しかった。

野島崎の辺りから房総半島の西沿岸を通って江戸へ戻ってきた。

「御殿山が見える」

友五郎は叫んだ。木更津《きさらづ》から北西へ進路をとり、まっすぐ品川へ向かっている。すばやく寄って来た万次郎が、望遠鏡を手渡してくれた。自由になる左手だけで目にあてがったが、たちまち御殿山を見失った。焦って探せば探すほど、目標は視野に入らない。

「お！」

突然、御殿山を覆う樹林が見えたときの、その精細さと明るさに、思わず嘆声を上げてしまった。

「あそこから、山路様とおぬしが、望遠鏡でこちらを眺めたのだな」

今年九月、天文方山路諧孝とその手付になった万次郎は、御殿山の上から望遠鏡で周囲を観察し、その結果を『眺望図』として幕府へ提出、白銀二枚を頂戴している。

その後も船は、風を読んで進路を小刻みに変えながら、江戸湾を進んできた。

友五郎は、再び望遠鏡を目にあてがった。陸地との距離は徐々に縮まっている。

ちょうど講武所御用屋敷を過ぎたあたりから、海岸の道を馬でたどる武士の姿が、見え隠れに視野に入った。

小柄ながらまっすぐ伸びた背筋が躍動的で美しい。左手で手綱《たづな》をしぼり、右手で軽やかに鞭《むち》を振る仕草が、鍛え上げた腕前を語っている。ときおり馬を疾駆《しっく》させているのは、路上に人気がないと見ての振る舞いだろう。ひずめの快活な音が聞こえてきそうだった。

友五郎は見惚れた。目が釘付けになってしまった。

いつのまにか彼我《ひが》の距離は一町たらずになっている。馬上の武士と友五郎の乗る弁才船は並行し、抜きつ抜かれつしながら進んでいる。風が悪戯《いたずら》しているのか、帆を操る水夫《かこ》たちが馬上の武士の速度に合わせているのか。奇妙な符合を面白いと思っていると、馬上の武士がこちらへ顔を向けた。視線が合った気がしてどきりとした。

間違いない。武士が馬を止め、友五郎の方をじっと見つめている。西日を受けて望遠鏡のレンズが光ったのかもしれない。友五郎は望遠鏡をおろした。それでも、鋭い視線を感じる。鼓動が高まってくる。怖いような嬉しいような緊張感が、体を締め付けてくる。

やがて、岸壁に居並ぶ材木問屋が視界をさえぎって、友五郎は馬上の武士を見失った。

弁才船は佃島《つくだじま》の沖で錨《いかり》をおろした。

友五郎、万次郎、高柳兵助の三人は伝馬船《てんまぶね》に乗り換えて鉄砲洲《てっぽうず》の渡し場から陸へ上がった。

地面を踏みしめると、これが大地だという実感がある。

「兵助。どうだ。陸地の感触は……」

若い兵助はまだ返事をする元気もない。何となく腰がすわっていない。兵助にとって足元はまだ揺れているのだろう。貧相な顔を歪《ゆが》めて見せただけである。

今朝兵助がかついできた荷物は、今は万次郎の肩にある。中には、六分儀や望遠鏡の他に、船の速力を測る手用測程儀《しゅようそくていぎ》（ハンドログ）、砂時計、羅針盤、数率表などが入っていた。実際の航海には、これ以外に時辰儀《じしんぎ》（クロノメーター）や正確な海図などが必要である。

友五郎は名残惜しくなって立ち止まると、振り返り、海をゆっくり眺めわたした。それを見て兵助は、だらしなく地べたに座り込んだが、万次郎は横に来て立った。

「おぬしのお陰で、遠洋航海の真似事《まねごと》ができた。貴重な経験となった」

漁師出身の万次郎を侮蔑する者が周囲にいるが、稀有な体験をしてきただけでなく、アメリカの進んだ教育を受けて、技術を身に付け、高潔な人格形成もしてきたことを友五郎は認めている。年下ではあっても、万次郎はある意味で師と仰ぐに値する人物だと思っていた。

「今回のことは、先生のお陰でございましょう。蘭書を読んだだけで納得していてはならぬ、と……。何とおっしゃいましたっけ、えーと……」

「炬燵兵法《こたつびょうほう》に終わらせてはならぬ」

「そうそう。さようでございました」

万次郎が先生と呼んだのは、江川英龍のことである。実際の役に立たない学問を、英龍は炬燵兵法と非難した。

「確かにおぬしの言うとおりだな。それで、船を出す費用まで出してくださったのだから。しかし、あのように大きな船に乗ったのは、わしは初めてだが、おぬしはもっと大きな船で世界をめぐってきた。そのおぬしから見れば、わしの経験したことなど子供の遊びに等しいであろう」

「私はもうこりごりですわ」

まだ地べたに座り込んでいる兵助は、吐き捨てるように言った。

万次郎は両手を広げ、笑顔で首を振っている。日本人には見られない仕草だった。

土佐国《とさのくに》、中ノ浜出身の万次郎が、突然襲ってきた烈風と波浪によって、仲間四人と共に漂流したのは、天保十二年（一八四一）正月七日、十五歳のときだった。

その後、捕鯨船ジョン・ハウランド号に救われ、捕鯨船員となって太平洋を航海し続けた。二年後に、ようやく船を降り、ホイットフィールド船長一家との生活が始まった。アメリカ、マサチューセッツ州フェアーヘブンという、人口千人ほどの小さな町である。そこで万次郎は、多感な十七歳から十九歳までの三年間、教会や学校に通いながらさまざまのことを学んだ。学校の成績はきわめて優秀で、常に首席だったという。

再び捕鯨船に乗組んだ万次郎は、一等航海士として活躍する。いったんフェアーヘブンに帰るが、ゴールドラッシュに沸き立つカリフォルニアに出かけ、日本への帰国資金を作ると、サンフランシスコ港から日本を目指して出航した。途中、ホノルルで漂流仲間の伝蔵、五右衛門兄弟を伴い、嘉永四年（一八五一）正月三日、琉球本島南岸の摩文仁《まぶに》海岸に上陸した。漂流してから実に十年の月日が経過していた。頭で思考することはもちろん、自然に口をついて出る言葉も、英語になっていた。

時代は万次郎を必要としていた。

帰国から二年半後の昨年六月、土佐にいた万次郎は、阿部伊勢守によって江戸へ呼び寄せられ、幕臣に取り立てられた。御普請役格《ごふしんやくかく》、切米二十俵、二人扶持が支給された。江川英龍の本《ほん》所南割下水《じょみなみわりげすい》にある屋敷内に住むことになった。友五郎と同様に、万次郎も英龍が阿部に推薦したのだった。阿部の人材抜擢は徹底していた。私塾を開いて蘭学や砲術を教えていた英龍自身も、阿部に登用された一人だった。

英龍の塾で英語を教える他に、幕命により水戸藩と共同で西洋型帆船の雛形《ひながた》を建造したり、諸侯に招かれて西洋事情を語ったりするのが万次郎の仕事になった。

英龍の公私にわたる世話で、今年二月、万次郎は妻帯もした。相手は、十六歳の鉄である。数奇な人生をたどってきた万次郎と、友五郎は今、同じ天文方手付として働いている。生まれた土地はもちろん、身分も大きく異なっていた。それが、今こうしているのは、時代がなせるわざであり、人材を見る人がいたからだ。

今日の体験航海も英龍の提案だった。

確かにおぬしの言うとおりだな、と万次郎の指摘に同調した友五郎は続けた。

「日本にいながら世界の動きを知り、日本の将来をあれほど心配しておられる方はない。しかも、自ら行動を起こされる方だ。西洋と同じように鉄製の大砲を製造するため、韮山で反射炉建設が進んでいるが、早く完成してほしいものだ」

友五郎は、江戸と伊豆の間を頻繁に往復する英龍の姿を思い浮かべた。英龍は日本近海に異国船が出没するようになり、早くから江戸防備のための砲台建設や大砲の国産化、そして農兵の採用などを訴え続けてきた。その大きな目には、国情を憂える男の魂の炎が常に燃えていた。自身が望んでいることではあったが、本来なら殿様と呼ばなければならない大身の旗本である英龍を、師と仰ぎ先生と呼べる幸せを友五郎は常に感じていた。

「先生には、後日あらためてお礼言上《ごんじょう》に参ろう」

「お伝えしておきます」

江川邸内に家を与えられている万次郎は、そう言って友五郎を安心させた。

しばらくして、気が済んで友五郎は戻りかけたが、万次郎はすぐには反応しなかった。振り返ると、まだ海の方を見ている。

ようやく人心地《ひとごこち》がついたのか、兵助が立ち上がった。尻についた砂を払いながら、生まれ変わったような明るい表情である。

「もう大丈夫だな」

友五郎の励ましには応えず、兵助は万次郎の背中をみつめている。そして、言った。

「さあ、帰ろうではないか。そなたの待ち人は、そっちではない。御妻女《ごさいじょ》が首を長くして待っておられるぞ」

万次郎の広くがっしりした背中は、兵助の言葉をはね返しているようだ。

友五郎は気が付いた。万次郎は海を見ているが、その視線のはるか先にはアメリカがある。海は万次郎にアメリカを思い出させる。アメリカは第二の故郷だ。そのアメリカには、万次郎にとって貴重な思い出があり、かけがえのない人たちが今も暮らしているのだ。万次郎は、今、友五郎の知らない表情をしているに違いない。

「さあ、万次郎」

呼びかけた兵助の肩を、友五郎は制するようにつかんだ。すると、万次郎が勢いよく海に背を向けた。

いつもの苦み走った笑顔だった。

ほっとして、友五郎は黙って歩き出した。

二人が後に従った。

船松町《ふなまつちょう》の橋袂《はしだもと》まで来た時だった。

馬にまたがった武士に出くわした。見事な御《ぎょ》し方《かた》で、馬は石像のように動かない。武士は馬上から友五郎を見下ろしていた。陣笠をかぶった顔は陰になっていて判然としないが、眼光には鋭いものがある。船上から見た馬上の武士の記憶がよみがえる。

武士はここで自分を待ち構えていたに違いない。

威圧されて友五郎は立ちすくんだ。

「どうかされましたか」

兵助がいぶかしげな視線を向けてきたが、友五郎の目は馬上の武士に吸い寄せられている。着ている物や差し料から判断して身分の高い侍と分かる。恐らく旗本であろう。家紋は丸に立つ波。小栗《おぐり》氏、松田氏などの紋だ。波には霊が宿り、海神《かいじん》の怒りを静める力があるという。古来武将が好んだ紋のひとつだ。初めての沖乗りを経験した後に立つ波紋の武士と出会うのは、偶然でない気がした。

そして、馬に詳しいわけではないが、艶やかな栗毛の美しい馬だった。

「卒爾《そつじ》ながら尋ねるが、最前《さいぜん》、沖の千石船に乗っておらなかったか」

低いがよく通る声だった。望遠鏡で覗いていたことを指摘しているに違いない。侍として恥ずべき行為をしたことを思い知らされた。

友五郎は深々と頭を下げた。

「無礼千万《ぶれいせんばん》なことをいたしました。遠眼鏡《とおめがね》で陸地を眺めておりましたところ、馬上のお姿があまりにも際立っておられ、つい見惚れてしまいました。失礼の段、お許しください」

「否《いな》、そうではござらぬ。逆でござる。千石船の舳先に立つ姿が見えて……、かすかに両刀をたばさんでおるのが見えたゆえ侍とは分かったが、こちらこそ目が釘付けになってしもうたのでござる。されど、遠眼鏡で見られていたとは……、当方こそ油断であった」

「申し訳ございませぬ」

友五郎はもう一度頭を下げた。

「遠眼鏡か……。差し支えなくば、拙者にも見せてはくれぬか」

怪しい者ではないことを示す意味でも、躊躇せず求めに応じることにした。

「承知いたしました」

友五郎は万次郎に目配せして、肩の荷を降ろさせた。

それを見て、武士はひらりと馬から飛び降りた。背後にいた家来がさっと走り寄ってきて、馬の轡《くつわ》をとった。

武士はすたすたと歩み寄ってきた。小柄で浅黒い顔をしている。顔に大きなあばたがいくつもあった。重い疱瘡《ほうそう》に罹《かか》ったことがあるのだろう。年齢は友五郎よりはひとまわりぐらい若そうだ。万次郎と同じ二十代半ばと見た。

「私は、常陸笠間、牧野越中守家来、小野友五郎と申します。今は天文方出役を仰せつかっております」

「拙者は小栗忠順《ただまさ》。浜御殿の警備より帰るところでござる。父は新潟奉行の小栗忠高《ただたか》でござる」

新潟奉行を務める家柄とすれば、これは千石以上の旗本であろう。この侍は旗本の若様なのだ。切米三十俵の友五郎とでは、身分が違い過ぎる。

友五郎は慌てて二、三歩さがると、地面に片膝ついて面を伏せた。あわてて兵助、万次郎も友五郎にならった。

「千石船の舳先に仁王立ちするような侍が、そのように畏《かしこ》まらなくともよい」

声の調子から忠順が顔をほころばせているのがうかがわれたので、友五郎は顔を上げた。

「『渡海新編』を献上した小野友五郎だな」

図星を指されて友五郎は驚いた。

幕府に献上した『渡海新編』四冊は、天文方渋川景佑が所有するオランダのヤコップ・スワルトが著した航海術書の翻訳の一部である。天文方の足立左内が手付の小野友五郎と高柳兵助に命じて訳させていたが、まだ全訳は完成していない。部分訳を献上したのは、今月のことである。

この翻訳事業は、後に、稿本《こうほん》本編二十二冊、書表巻二十五冊、海図一枚を付けた膨大な著書『続海中舟道考』となる。

「関流《せきりゅう》算術で名高い長谷川道場では、伏題《ふくだい》に列しているそうだな。関流で伏題免許と言えば、達人の域であろう。たいしたものだ」

友五郎はさらに驚いた。

脇に控えている万次郎や兵助も動揺している気配がする。それも当然で、友五郎は自分の経歴を役所の同僚にはほとんど語っていない。どう飾ったところで、軽輩の陪臣《ばいしん》であり、臨時の職務、天文方出役なのだ。

ところが、この旗本は自分のことを知っている。『渡海新編』献上のことだけでなく、長谷川道場における自分の序列までも。二年前に全く面識のない江川英龍から呼び出しがあり、会ってみると、江川は自分のことを何から何まで調べ上げていた。そのときと似ていた。

「恐れ入ります。しかし、どうして私のような者をご存知なのですか」

忠順はそれには応えず、早く遠眼鏡を見せてくれと催促した。

万次郎は急いで頭陀袋《ずだぶくろ》から望遠鏡を取り出そうとした。望遠鏡は奥の方にあったので、邪魔をしている六分儀を外に出した。

「それは六分儀ではないか。遠眼鏡よりそれを先に見せてくれ」

「セキスタントをご存知ですか」

万次郎が怪訝《けげん》な表情で問い返した。

セキスタントという発音を聞いて、忠順は一瞬目を光らせたが、すぐに頷いた。

六分儀を知っているとは只者ではない。洋学に少なからぬ造詣があるに違いない。とにかく何度も驚かせてくれる旗本だ。

万次郎から六分儀を受け取ると、友五郎は素直に両手で捧げた。

「案外重いものだな」

忠順はすぐに矯《た》めつ眇《すが》めつしたが、それで使い方が分かる筈もない。

「どう扱うのかやってみせてくれないか」

それでは御免、と言って、友五郎は忠順の近くに寄って、六分儀をいったん取り戻すと持ち方を示し、小望遠鏡に目をあてがいながら解説を始めた。

「このように鏡とギヤマンを通して、たとえば海上において水平線と北極星の像が重なるようにすれば、船の位置すなわち緯度がここの目盛から読み取ることができます。これは天文方が天体の高度を測る象限儀《しょうげんぎ》と原理が同じです。ただし、船上で用いるのですから、巧みな工夫がいくつもされております」

忠順は真剣な眼差しで説明を聞いた後は、やはり自ら操作してみて、分からないところは納得いくまで友五郎に質問してきた。

友五郎の説明は、理論的で筋道を立てた話し方である。常にそのように心がけている。それが心地良いのか、忠順は夢中で六分儀の操作を理解しようとした。その反応がうれしくて、友五郎はときおり万次郎に確認しながらも熱心に教えた。

忠順はほぼ理解したようである。

「巧妙なものだな。しかし、実際は、これらのことを揺れる船の上でしなければならぬ。卓越した技術と経験そして心身の鍛練も必要だろう」

全くそのとおりだ。

兵助がこちらを向いて頭をかいている。

この男こそ日本で唯一それができる者である、と万次郎を紹介したいが、話が長くなると思い我慢した。万次郎は謙虚なので黙っている。

それにしても不思議な旗本だ。うわべだけなく本質や実態を見抜く鋭い頭脳を持っている。友五郎は感心すると同時に、忠順に強く惹かれるものを感じていた。

「あのう、不躾《ぶしつけ》ではありますが……」

「なにゆえに、かような物に興味を示すのか、と言いたいのだろう」

友五郎は恐れ入ります、と頷いた。

「浜御殿の警護は、異国船の侵入に備えるためだ。役目柄《やくめがら》、と言えば多少は理解されようが、わしは以前から蘭学を学んでいる。黒船が来る前より、我が国も大船を建造し防備を固めると共に、その船で広く世界へ出、貿易を通じて国を富ませ、さらにその金で軍備を整えねばならぬ、と思うておった」

友五郎は、自らの耳を疑った。

この若い旗本はいきなり何を言い出すのだろう。大船建造禁止令が解かれたのは、昨年九月のことである。浦賀に黒船がやって来てから三ヶ月後にやっと実現した。貿易について言えば、今年再びやって来たペリー艦隊の圧力に屈して、日本は日米和親条約を結び、下田や箱館といった一部の港を開港したばかりである。

洋書を調べる限り、欧米諸国と日本の技術力の差は百年ではきかない。押し寄せるそれらの国から日本を守りながら、対等に付き合えるようになるまで、はたして何年かかるだろうか。友五郎は想像するだけで気が遠くなる。昼寝していたウサギが先を行く亀を追い越すのとはわけが違う。

しかし、忠順は淡々と続けた。

「そのためには少なくとも帆柱が三本ある船が必要だ。竜骨《りゅうこつ》のない棚板《たないた》構造の和船では大洋は渡れない。鳳凰丸《ほうおうまる》の次は、当然蒸気船だ」

鳳凰丸は、以前から洋式船の研究を続けていた、浦賀奉行所与力、中島三郎助永胤《さぶろうすけながたね》らによって建造された。全長約三十六・四メートル、幅約九メートル、主マストの高さ約三十七・五メートル、排水量約五百五十トンという、日本初の竜骨構造を持つバーク型帆船である。十月には十門の大砲から実弾発射訓練も成功し、そのとき船尾には、幕府が定めた日本の惣船印《そうふなじるし》である「日の丸」が翻《ひるがえ》っていた。

「日本人も蒸気船を建造し、自ら操船しなければならぬ」

忠順は、そばの材木に腰をおろすや、顎紐を解いて、陣笠を脱いだ。小柄な体、小ぶりな顔に比べ、陣笠の下から現れた頭部は異様に大きく額が広かった。

続いて、煙管《きせる》を取り出した。

腰をおろした時点で機転を利かせた家来が、近くの佃煮屋から火口《ほくち》をもらってきて馳せ参じた。流れるような動作で器用に吸い付けた。忠順の口調そのもののように歯切れの良い音がすぱすぱと響き、紫煙があたりに漂った。

友五郎は知らなかったが、前年の十月、赴任した長崎奉行水野筑後守忠徳《ちくごのかみただのり》は、蒸気軍艦をオランダへ発注した。ところが、オランダの国情から早期輸入が困難なことが判明したので、今年の閏《うるう》七月四日、水野忠徳は、オランダ商館長ドンケル・クルチウスや来航したスームビング号艦長ゲルハルデ・ファビウス中佐と、念入りに協議した。代わりに、オランダから蒸気軍艦の操船や建造技術を学ぶ相談をしたのである。

忠順は吸い終わると身軽に立ち上がり、陣笠をかぶった。良い勉強になった、かたじけない、と軽く顎を引いて馬のあぶみに足をかけた。

「いずれまた会いたい。使いを出すゆえ、ぜひ屋敷を訪れてくれ。そっちの陽に焼けた男も一緒だぞ。ジョン・万次郎」

言い置いて、忠順は馬腹《ばふく》を蹴った。

ひと言も話しかけなかったが、忠順は万次郎をもよく知っていたのだ。しかも、万次郎が最も好む呼ばれ方まで。

友五郎は再び片膝ついて頭を垂れ、顔を上げた。

家来が小走りに主人の後を追っていく。

兵助は何か不満そうにぶつぶつ呟いているが、万次郎は呆然と立ちつくしている。

人物というのはいるものだ、と思った。そして、爽やかな風を受けたような清々しさが残った。

二　衣通姫

小野友五郎は、深川小名木川《おなぎがわ》沿いにある牧野貞直の下屋敷、別名小名木沢屋敷の長屋から浅草天文台翻訳局へ通う生活を続けている。

「行ってらっしゃいませ」

長屋の上がり口で妻の津多《つた》が手をついた。

友五郎は、うっと唸っただけである。

津多は、上総国《かずさのくに》市原郡八幡《やはた》村の郷士《ごうし》、赤井庄五郎の娘だった。嫁いできたときは丸みを帯びた体型をしていたが、いつのまにか痩せてほっそりしてしまった。それでも、体は丈夫な方らしく病気で寝込んだことは一度もない。田舎育ちの割に色が白く、痩せたせいか整った顔立ちがいっそう際立ってきた。いつも伏し目がちなのが、たまに澄んだ大きな瞳でまっすぐ見返されると、どきりとする。今頃になって、友五郎は津多が美人だと気付いた。

娶《めと》ったのは、友五郎が江戸へ出て来てからで、弘化四年（一八四七）四月、今から八年前である。三十九歳の友五郎、二十九歳の津多、二人の間に子供はまだない。一度だけ津多は身ごもったことがある。嫁いだばかりの頃だ。元気で頑張り屋の津多は、妊娠したと知っても、普段通りに家事に励んでいた。それがいけなかった。ある日、津多は、皿小鉢を棚の上に仕舞った後、下腹部に鋭い痛みを感じた。少しだけ寝込んだが、数日後に子供が流れた。畳に額をこすりつけるようにして謝る妻に、また授かるだろう、と友五郎は慰めたが、その夜、津多は台所の梁《はり》に腰紐《こしひも》をかけて死のうとした。水を飲みに来た友五郎が見つけなければ、死んでいたかもしれない。

それから、津多には、一度も妊娠の兆候はない。

天文方出役になった友五郎の身分は徒士並《かちなみ》で、切り米三十俵を得ていた。三十俵というと十二石だから、換算すれば年に約十二両である。以前より増えてはいるが、まだ職人の二十両にも及ばない。

低収入を考えれば子沢山《こだくさん》は困るが、かといって一人の子もないのは、家督相続に支障があるだけでなく、夫婦仲も次第に気まずくなる。郷士の家から正規の武家へ嫁いできた津多には、かつての元気さがない。津多には津多の描いた武家らしい女の生き方があったようだ。一度孕《はら》んだ子を流した記憶が、心に歪んだ傷を残していた。

非番の日に家で調べ物をしていると、友五郎は息苦しさを感じることがある。そういうときは、津多が背後で黙々と内職の仕立物をしていて、見れば、子供の晴れ着だったりする。他家の子供の着物を仕立てる妻の心中を思い、友五郎はますます気が滅入るのだった。

本所南割下水の江川邸は浅草天文台へのほぼ中間点にあるので、友五郎はそこから万次郎と連れ立って天文台へ向かう。季節は青葉のまぶしい五月になっていて、翻訳中の書物をたくさん抱えた今日などは額に汗がにじんだ。

「暑いなあ。小野さん。今日は、猪牙舟《ちょきぶね》で行きましょうか」

「贅沢はよそう。もっとも中浜君は懐の心配は少ないだろうが」

万次郎は、それでは私が払いましょう、などとは言わない。仕方がないなあ、それじゃあ歩きますか、と肩をすくめて見せる。

昨年の夏に万次郎が翻訳局に勤めるようになって以来、ほぼ一年になる。二人は、小野さん、中浜君と呼び合う仲になっていた。

歩きながら、暑さのせいか、今日の万次郎は少し口数が少ないようだ。今でもときどき言葉がつかえるが、陽気な万次郎は話題が豊富で、あれこれと話しかけてくる。それがいつもと違うので、友五郎の方から誘い水を与えてみた。

「やっぱり猪牙舟を奮発するべきだったか……」

「あ。いいえ、そんな……。暑くてばてているわけではありません」

「元気がないようだが、違うのか」

やはり何か言い出しかねていたことがあったようだ。やっと、万次郎は打ち明けた。

「お鉄に子供ができました」

「お鉄にって……、おぬしの子供だろうが」

「はい」

万次郎は申し訳なさそうに頭を下げた。

「めでたい話じゃないか。早く言えよ。水臭いやつだな」

子供のできない自分に遠慮していたのだ。

鉄は、本所亀沢町の直心影流《じきしんかげりゅう》剣術師範、団野源之進の次女だった。源之進は既にこの世になく、道場は高弟の男谷《おだに》精一郎信友が継ぎ、稽古の厳しいことで評判だった。

それから、しばらくは、やがて生まれてくる子供のことで、万次郎は饒舌になった。

しかし、はしゃぎ過ぎてはいけないと思ったのだろう。

「年老いた母に、生きているうちに孫の顔を見せられないのが残念です」

万次郎の母親は土佐に健在だが、江戸からはあまりにも遠過ぎる。生まれた孫を連れて帰るにしても、まだ何年も先の話だ。

友五郎は、万次郎よりもはるかに近い笠間に息災の母を想った。

それから、二人の話は、とりとめのない方向へ進んだ。

「最近、ちょっと気になっていることがありまして……」

「ほう。何かな?」

「お鉄の実家の道場を継いだ男谷先生の従弟だという、か、勝麟太郎《かつりんたろう》です。噂では先月江戸へ戻ってきたそうです」

男谷精一郎は同族の男谷彦四郎の次女と結婚してその家を継いだ。男谷彦四郎の弟が、勝麟太郎の父小吉《こきち》だから、麟太郎と精一郎は従兄弟ということになる。

最初にペリーが去ったすぐ後、老中阿部伊勢守は、上下身分を問わず海防の意見を募った。それに呼応して斬新な提言をしたことが、当時小普請組で無役だった勝麟太郎が世に出るきっかけになった。

今年の一月、浅草の天文台に風変わりな侍が現れた。

「おいらも蕃書和解御用を命じられたから、よろしくな」

蘭学塾も開いているという三十三歳の小男で、勝麟太郎と名乗った。

「これからの時代は、先ず異国のことをよく知るこった。そうすれば、決して侮《あなど》れねえことが分かる。国と国との交渉ごとには、力の背景が要《い》る。黒船を見て分かるようにそれは軍艦だぜ。そのためには、国人《くにびと》は身分の垣根を越えて力を合わせ、学問に励まにゃならねえ……」

そうして、特に万次郎になれなれしく接し、しつこくアメリカのことを聞いた。

「幸い翻訳局勤務をまた拝命したという噂は聞こえてきませんが、お鉄の縁もありますし、どこからかひょっこり顔を出すのではないかと……気になるのです」

「よほど相性が悪いと見えるな」

「あのどんぐりのような目と、唇を動かさずに早口でしゃべる様《さま》が、どうも……」

「日本人ばなれしていて、これからの世の中には向いているような感じがするが。人には誰でも長所というものがある」

友五郎も内心は万次郎と同感なのだが、アメリカ帰りということから誤解を生み、敵を作りやすい万次郎のことを思い、わざとそう言ったのだ。相手が万次郎を毛嫌いするのは勝手だが、万次郎はなるべく相手を好きになるように心がけるべきだ。

オランダのヤコップ・スワルトが著した航海術書の翻訳は、万次郎のお陰で恐ろしくはかどった。元気だった頃の江川英龍に命じられて万次郎が翻訳した蘭英辞典があったからではない。なぜオランダ語の航海術書の翻訳に、オランダ語を知らない万次郎が貢献できたかというと、それは万次郎の高度で実際的な航海術の知識のためである。

専門用語の多い航海術書は、文章の構造が分かっても意味を理解するのが困難だった。それを万次郎が補った。万次郎でも知らない記述に関しては、彼がアメリカから持って帰ったボーディッチの航海術書をひもとけば、説明することができた。ボーディッチの航海術書は一八四四年版で、数率表を含めて八百ページ近い。昨年の大島沖体験航海にも携帯し、数率表を利用している。

数学的な記述の理解は、友五郎の担当だったが、これは問題なかった。航海学に必要な平面三角法や球面三角法に相当する算術を、友五郎は既に身につけていたからである。

スワルトの航海術書の全翻訳は、完成が目前に迫っていた。

天文台は幕府の施設なので、そこに勤務していると、色々な情報が流れてくる。噂、風聞の類も多いが、根拠が全くないともいえなかった。

「いつかの旗本を覚えていますか」

五月も終わりごろのある日、同僚の高柳兵助が友五郎に囁いてきた。

「鉄砲洲で会った馬に乗っていた侍ですよ」

「若いに似ず、気品と威厳の備わったお方だった。家紋が丸に立つ波だった……、たしか小栗忠順と名乗っておられた」

友五郎の脳裏に忠順の強烈な印象がよみがえった。懐かしくもあった。

「二十一日に吹上の馬場で、早乗りとかいう技を上様《うえさま》の前で披露され、たいそうお褒めにあずかったそうです」

あのときの馬の御し方から想像して、さもありなん、と友五郎は大きく頷いた。

「でも、噂の上様のことですからねえ」

「こら。言葉が過ぎるぞ」

友五郎がにらみすえると、兵助は首を縮めた。口が滑ったことに気付いて、慌てて周囲を見回している。

現将軍は第十三代家定《いえさだ》である。表向きは病弱と伝えられているが、実際は精神の発育が遅れていたようである。友五郎の耳に入ってくる噂でも、今年三十二歳になるのに、児童のような奇矯《ききょう》な振る舞いが見られるという。そういうことからすれば、早乗りのような武芸はさぞかし、家定を興奮させたことだろう。

外交問題で国家が危機に直面しているときに、このような将軍を補佐する老中首座、阿部伊勢守の苦労はいかばかりであろう。今の友五郎には想像もできない。

「今までと違って、武芸ができる者には仕官や昇進の機会が訪れる。ああ、こんなことなら自分も剣術をもっと真剣にやっておくのだった」

「兵助にはオランダ語の知識があるではないか。それに、今回の翻訳を通じて、航海術や数学の知識も備わっている。これからの時代、むしろ武芸よりも強みになると思うが」

「もう何年も蘭訳に携わってきたから分かるのですが、自分は向いていないように思います。航海術書のように難しくなると、頭がぼうっとしてきて、筋道を立てて物事を考えることができなくなるのです」

「航海術書の翻訳をしているからといって、船に乗らねばならないということはないぞ」

「え？　そんな……何も私はそういう意味で言ったのではありません」

兵助のうろたえぶりを見ると、どうやら図星だったようだ。兵助はたった一度の沖乗り体験で船を嫌悪するようになっている。

その兵助が、六月に入ったある日、仕事中の友五郎と万次郎のところへ、手紙を運んできた。息をはずませている。

「今、使いの者が来て、これを、小野さんと私と中浜にと言って置いていきました」

「どなたからの使いだ？」

「小栗忠順様だそうです。例の馬に乗っていた……」

小栗忠順と聞いて、友五郎はまるでその手紙を待っていたように、躊躇せず開いた。

すばやく文面に目を走らせた。

「ぜひ屋敷へ来駕《らいが》賜りたいとのことだ」

「小野さんは気に入られたようですね」

「まさか。わしではない。きっと中浜君だ。なぜなら、鉄砲洲で別れ際、中浜君のことをジョン・万次郎と呼んでいたではないか」

「ま、小野さんと中浜、両方ですね。そして、私は、行き掛けの駄賃《だちん》、付け足しみたいなものでしょう」

兵助の戯言《ざれごと》には取り合わず、友五郎は自分らを呼ぶ小栗忠順の真意を探ろうとしていた。そうすると、あの日の忠順の仕草や表情そして一言一句がまざまざとよみがえってくる。

海防に強い関心を持っている侍だった。洋式帆船と和船との構造的な違いまで知っていた。

さらに驚いたことは、次のような言葉を平然と吐いたことだった。

〈そして次は、当然蒸気船だ。日本人も蒸気船を建造し、自ら操船しなければならぬ〉

まるで亡くなった江川太郎左衛門英龍のようなことを言う侍だった。

江戸で評判の蘭方医である伊東玄朴《げんぼく》が診ていたが、今年一月十六日、英龍は不帰《ふき》の客となった。享年五十五。門弟は三百人近くいた。即日、十七歳の三男英敏《ひでとし》が代官見習に就任した。

その英龍が友五郎に残した最後の言葉も、忠順と似ていた。

〈小野は蒸気軍艦を建造し、その軍艦の艦長となって世界の海を渡るようになる〉

隆々と盛り上がった筋肉が、真夏の陽射しの下で輝いている。耳障りな音を立てているのは、引き絞った弓と弦《つる》の筈なのに、片肌からむき出しになった厚い胸板や上腕の筋肉が、張り裂けそうな悲鳴を上げている気がした。

須臾《しゅゆ》、緊張があたりを支配した後、空気を震わせながら矢が飛翔し、まるで測ったように正鵠《せいこく》を貫いた。これで七本すべて的中したことになる。

友五郎が感嘆のため息をもらすより早く、手を打ち鳴らす音が響いた。縁側に座って眺めていた、小栗忠順の夫人道子《みちこ》であった。

どうだ、と言わんばかりに忠順が夫人を振り返ると、道子は胸元で白くしなやかな手を再び何度も打った。

忠順は満足そうで、その素振りから、こうして夫人の前で弓の稽古をするのが好きなことが想像された。

友五郎は、万次郎、兵助と共に、神田駿河台にある忠順の屋敷を訪れた。非番の日をいくつか選び手紙で都合を問い合わせているうちに、六月も終わり頃になってしまった。蝉の声がかまびすしい夏らしい午後だった。

忠順の屋敷は、神田川から駿河台下へ続く坂道の途中にあり、武家屋敷が櫛比《しっぴ》する界隈《かいわい》でも目立つ大きさである。門構えは、門番所つきの長屋門で、三十三間ほどの海鼠壁《なまこかべ》が左右にいかめしく続いている。表門前に立った友五郎は身がすくむ思いがした。

門番から用人に取り次がれ、いきなり玄関横から脇道を通って広い庭に案内された。屋敷の縁側寄りに毛氈《もうせん》が敷かれていて、その上に座らされた。友五郎含めて三人とも、お白洲《しらす》に引き据えられた罪人よろしく緊張していた。

ほどなく忠順が用人を連れて現れたので、三人は平伏した。すると、先日同様のよく通る声で、射的《しゃてき》を披露するから面を上げてくつろぐように、と言われた。夫人も同時に縁側に姿を見せた。女中が二人離れてかしずいた。着席すると、夫婦はにこやかに会話を始めた。

旗本の奥方を直視することなど、たとえそのような機会があったとしても著しく礼を失することであり、およそ考えられない行為であったが、友五郎は目を細めて夫人を見つめないではいられなかった。

美人だった。兵助の話では、嫁ぐ前は衣通姫《そとおりひめ》と噂されていたらしい。

衣を通してもその美しい肌が輝いて見えたという、允恭《いんぎょう》天皇の妃弟姫《おとひめ》の俗称から生まれた言葉が衣通姫である。

友五郎は、生まれてこの方、これほど美しい女性を見たことがない。色白で目鼻立ちが整っているのはもちろんだが、どの角度から見ても美しく気品がある。変なたとえだが、この人は、観世音菩薩像のように、荒ぶるいかなる魂をも鎮めてしまうだろう。

道子は、播州《ばんしゅう》林田一万石の藩主、建部内匠頭政醇《たけべたくみのかみまさあつ》の次女綾姫《あやひめ》だった。忠順のもとへ許嫁《いいなずけ》のかたちで嫁いで来たのは嘉永三年（一八五〇）、十二歳のときである。実際に祝言をあげて妻となったのが一昨年で、当年十六歳である。明るく飾らない立ち居ふるまいのため、忠順の妹かと間違いかねない。

忠順はひと回り上の二十八歳だった。

忠順がようやく友五郎の方へ顔を向けた。無言だが、射的の感想を求めている。

「鬼神《きじん》のような業前《わざまえ》、ほとほと感服仕りました」

「突然何を始めるのか、と思ったであろうな。驚かせてすまぬ。許せ」

「滅相もございませぬ。恐れ多くも上様の御前《おんまえ》で御披露されるほどの技量でございます。本日拝見できたことは一生の宝でございます」

友五郎は三人を代表するつもりで、正直に感想を述べ、頭を垂れた。

再び顔を上げると、家来が絞った手拭いを忠順に渡していた。もう一人の家来は、約十間離れた標的まで行き、矢を抜いて戻ってくるところだった。どちらもまだ若い。二人の家来の表の主君の人柄をよく知っているのだ。友五郎の目には、忠順に対する家来の尊敬と親愛の情が見てとれた。

再び二人は主人の脇に控えた。

屋敷を訪れる前に、友五郎は天文方の同僚らから、忠順について多少の知識を得ていた。小栗家は家康以来仕えている旗本すなわち安祥譜代《あんしょうふだい》で、禄高は二千五百石。いわゆる〈ご大身〉である。そうでなければ、小藩とはいえ大名の息女と忠順が婚姻できる筈はない。

忠順の父で当主の忠高は、新潟奉行赴任中のため不在である。忠高は小栗家十一代目にあたり、きわめて優秀な人物だった。十八歳で御小姓組に召し出されてから、御使番、西の丸御目付、御留守居番、御持筒頭と累進してきた。四十七歳の現在も能吏《のうり》として新潟奉行を務め、今後の活躍が期待されている。

忠順は、天保十四年（一八四三）十七歳のとき初登城し黒書院にて御目見《おめみえ》を果たした。その後、家督相続しないうちに、両御番、御進物番と拝命し、もっぱら番方《ばんかた》を務めている。お役目につけたのは家柄の良さもあるが、剣術、柔術、馬術など武芸に秀でていたためだ。

先日の早乗りだけでなく、弓術においても並々ならぬ技量を示した記録がある。それは、嘉永元年（一八四八）十月二十日、忠順が二十二歳のときだった。山里御庭において、前の将軍家慶《いえよし》の御前で弓術を披露し、射る矢ことごとく大的に当て、時服二領を拝領したという。

その話は決して誇張ではなかったのだ。

忠順は家来の助けを借りて、脱いでいた片袖に腕を通した。

「最前も申したように、おぬしたちの話を聞かせてもらうのに、わしは生来の無骨者《ぶこつもの》ゆえ、かような児戯の披露ぐらいしかもてなしが出来ぬ。のう、お道」

忠順が促したので、夫人は笑顔を袂で隠しながら応じた。

「それでは、まるで妾《わらわ》がお殿様のことを無骨者と呼び習わしているようではありませぬか」

「違うか」

「とんでもございませぬ」

夫婦のやりとりを微笑ましいものに眺めながら、友五郎は、旗本の家にも意外なほど家庭的な雰囲気があることを知った。

しかし、仲睦まじい忠順夫婦にはまだ子がなかった。そのことを知っているだけに、同様に子がない自分たち夫婦と比べて、友五郎は複雑な思いにかられた。

そのとき、横にいる兵助が、友五郎にも聞こえるように囁いた。

「まるで浪人か長屋に住む町人夫婦のようでございますな」

兵助の固定観念からすれば、この旗本夫婦のくだけたもてなしは、むしろ軽蔑に値するものなのかもしれない。友五郎は、少しいやな感じがしたが、何も言わなかった。

「アメリカでは、高い地位にのぼりつめた者でも、夫婦仲が良いことが、さらに人々の尊敬を集めます」

めったに自分から口を開かない万次郎が、しかも話す相手によっては誤解の元にもなりかねないアメリカの習慣について、いきなり言及した。よほど忠順夫婦のやりとりに好感を抱いたのだろう。あるいは、兵助の洩らした声を聞きつけて、黙っていられなかったのかもしれない。

「ほう。そういうものか。お道。これがジョン・万次郎だぞ」

「お殿様から噂はよく伺っていますが、時間があれば、後で、異国の面白い話を聞かせてくだされ」

「はい。喜んで。それにしましても、お殿様。奥方様のお美しさは、たとえいかなる花が横で咲き誇っていようとも、かすんでしまうほどでございます」

「中浜君。言葉が過ぎるぞ」

友五郎は万次郎の袖を強く引いた。

「これは、また、女子《おなご》の心をくすぐるような申され方じゃ。これもアメリカで身に付けたことか」

道子は笑って応じた。

美しいだけでなく、賢い女性だ。

「はい。さようでございますが、申し上げましたことは、恐れながら本心でございます」

「こら。手打ちにされても知らんぞ」

兵助までが横から小突いている。

幕臣になって二年近くが経過し、万次郎の口調もだいぶなめらかになっている。

「よい。よい。苦しゅうない。万次郎。もう少し教えてくれ。アメリカでは、そのような誉め言葉を弄《ろう》して、いったいどうするのだ」

「はい。恋する女子の心を射止めて、嫁にいたします。アメリカでは身分の違いはございませんので、ある一人の女子に恋焦がれる者たちは、対等な立場で争います。さようでございますなあ、いわば、竹取物語のかぐや姫を争う男子《おのこ》どものようでございます」

友五郎も初めて聞く話である。見れば、忠順夫婦を始め、ここにいる者すべてが耳をそばだてている。

「逆に申せば、女子にとっては、その中から好きな男を選べばよいわけで、アメリカでは美しい女子ほど気位が高く、鼻持ちならぬものでございます」

忠順は高らかに笑った。

「ここがアメリカであれば、わしはお道を嫁に迎えることはできなかったか、あるいはお道も美貌を鼻にかけ評判悪しき女子になっていたかもしれぬということだな」

「お殿様は、奥方様を望んで迎えられたのでございますか」

大胆な尋ね方をするものだ。恐らく、今の万次郎は、アメリカにいたときと同じようにしゃべっているのだろう。

「お道の実家は神田明神下にあってな。何度か出向いたことがあり、そのとき見初めたのだ」

建部家の上屋敷は、ここから昌平橋を渡って不忍池に向かう途中にある。さしたる距離ではない。

「お道。この者たち、誰が誰か分かるか」

「紹介されなくとも、何となく分かりましたよ。やや色の黒い人がジョン・万次郎殿。ひ弱そうで船に弱いのが高柳兵助殿」

船に弱いと言われ、兵助は縮こまった。

「そして、小野友五郎殿は、すぐにこの人だと思いました。有名な長谷川道場でも天才算術家の一人と言われる方でございましょう。いかにも知的で賢そうな広い額をしておりますから。でも……」

「どうかしたか」

「少し不安になってきました」

お道はそう言って下を向くと、くすりと笑った。

「なぜ笑っておる。申してみよ」

「それは、頭がお殿様とそっくりな茄子の形をしているのですもの」

友五郎はあっと叫びそうになった。子供の頃、〈茄子頭〉と呼ばれてからかわれたことがあったからだ。

「あのときも、小野さんとお殿様はよく似ていると思いましたよ」

万次郎までが変なことを言い出した。

「陣笠を脱いだ時でしょう?」

兵助の小声での指摘に、万次郎はぱちりと指を鳴らした。相槌《あいづち》を打っているつもりらしい。友五郎は忠順の方を見た。忠順もこちらを見ている。首を回しながらしげしげと見ているのは、友五郎の頭の形らしい。広い額、小ぶりな顔に比べて大きな頭は、茄子に似ていると言えば言えなくもない。

「よく似ておられますよ」

小姓の塚本真彦《まひこ》がそばから笑顔で進言した。

真彦は、嫁入りする道子について建部家からやってきた。小栗家に仕えて四年になるというのに、今でも道子をかばう言動をしてしまうようだ。知的な風貌をした男だった。

「お前もそう思うか」

忠順は念のために、もう一人の家来にも聞いている。

「御意《ぎょい》」

江幡祐蔵《えばたゆうぞう》が首肯した。

祐蔵も真彦も同じ二十五歳である。

「真彦はお道の言いなりだから信用できないが、祐蔵もそう言うのなら仕方ない。祐蔵は、以前は笠間藩士だった。小野友五郎殿は誇りだそうだぞ」

どうやら友五郎の噂は、この祐蔵が忠順の耳に入れていたらしい。貧しい出自もすべて伝わっているのかもしれない。いくら時代が人材を求め身分の差なく意見を許しているとはいえ、増長してはならない。友五郎は再び身を硬くした。

祐蔵がきちんと手をついて一礼したので、友五郎も応じた。面高《おもだか》で意志が強そうである。

二人の様子を見て、忠順が補足した。

「父が昨年七月に新潟奉行を拝命し、赴任することになった。江戸屋敷が手薄になるゆえ、気はしの利く者を探しておったところへ、祐蔵が仕官してまいった。元笠間藩士だが、その前は下総《しもうさ》の郷士だ。確かそうだったな、祐蔵」

「さようでございます。私は下総国下吉影村の生まれでございます。笠間藩の富田家に入りましたが、故あって戻っておりました」

緊張している友五郎に対して、主従で気を遣ってくれたのが分かった。

「よし。これまでじゃ」

忠順が膝を打つと、夫人は心得ているように、軽く会釈して、二人の女中を従えて屋敷内へ消えた。

友五郎ら三人は平伏して夫人が退くのを待った。しかし、友五郎の脳裏には、忠順の夫人道子の残像がしっかりと残っている。

「話したいことがある。書院で待っていてくれ」

友五郎らは、祐蔵の案内で玄関から上がり、書院へ入った。

初めて上がる旗本の屋敷は、友五郎が勤務する小名木沢屋敷と同じくらいの普請規模だった。

書院へ通されて、いきなり目に飛び込んできたのは、床の間に置かれた地球儀だった。何の変哲もない座敷だけに、そこだけ異彩を放っている。単に異国趣味で置物代わりに置いてあるのか、それともここで実際に使うことがあるのだろうか。

しばらく待たされて、忠順が袴を脱いだ着流し姿で現れた。

「おぬしたちは、長崎へ派遣されることになる」

座に着くなり、忠順は言った。唐突な切り出し方で、友五郎らは互いに顔を見合わせた。何の話かまるで見当がつかない。

「オランダ海軍の指導を受けて、航海術や造船術を学ぶのだ。三本帆柱の洋式帆船だけではない。蒸気軍艦の作り方や操船法も身に付けるのだ。既に、この六月八日、訓練用のスームビング号とともに教授陣が、長崎に着いておる。スームビング号は蒸気で走る外輪船《がいりんせん》で、先年浦賀に現れたアメリカ艦隊の蒸気軍艦と同じだ。おぬしたちは、長崎で蒸気軍艦を操る術を学ぶことになる」

鳩が豆鉄砲を食らったような三人の表情が面白いのか、忠順は柔和な顔つきになり、ゆったりと語り出した。しかし、話しているうちに、口調は熱を帯び、握りこぶしを振り上げたりするようになった。

幕府はペリー来航を実は一年前から知っていた。『別段風説書《べつだんふうせつがき》』によってである。『和蘭《おらんだ》風説書』は、長崎へ新任のカピタン（オランダ商館長）が着任するたびに、江戸へもたらされる海外事情を綴った書面である。今回の『別段風説書』は、嘉永五年（一八五二）六月五日に着任したドンケル・クルチウスによるもので、まさに別段と呼ぶにふさわしい特別な内容だった。世界で起きていることを知っているオランダは、アメリカの具体的な動きを示して、日本に警鐘を鳴らしたのである。もちろん日本が大国の脅威に屈すると、オランダは日本との貿易の利を失うことになる。オランダの危機感でもあった。

老中阿部伊勢守は、『別段風説書』を読んで、事態の尋常ならざることを直感した。しかし、一方で、いたずらに動揺する姿を見せることはかえって国内の混乱を招くと判断し、この機密情報をもとに対処を相談したのは、腹心の部下や一部の開明的な諸侯だけだった。だが、ほとんどの意見は黙殺を勧めていた。今の日本には、あえて積極的に策を打つだけの準備など全く出来ていなかったからだ。

その結果、慌てることになった。

とりあえずアメリカ、イギリス、ロシアと和親条約を結んだが、開国した以上、諸外国との交流は今後とどまることを知らないであろう。和親条約の次は通商条約だ。利権をからめた外交はどんな問題を引き起こすか想像もできない。諸外国との間に圧倒的な国力、軍事力の差がある中で、日本にとって有利な条約が結ばれると考える方が無理である。半ばイギリスに侵略されてしまった清国のようになりかねない。富国強兵は急務であり、様々な施策を打たねばならないが、先ずは海防を中心とした軍備だ、と忠順は結論した。

そうして忠順が明かしたのは、幕府の長崎海軍伝習所設立計画だったのである。

「オランダ商館長クルチウスの提案を、幕府は受け入れることにした。艦長から航海士、造船技士、機関士、水夫、火焚《かまたき》にいたるまで養成する。現在、幕府は適性のありそうな人材を選定中だ。海軍は軍隊だから戦闘員ということで江川英敏の鉄砲方、異国との接触が多い浦賀奉行所や長崎地役人《じやくにん》、長年幕府のお抱え水夫を務めている塩飽島《しわくじま》の水夫たち、そして技術士官の候補として、オランダ航海書を学んだ天文方翻訳局の面々は欠かせない」

それで、友五郎も兵助も候補になっているのだ。


この二月、英敏の誘いで、伊豆で完成したばかりの船を見に出かけた。

昨年十一月の地震による津波で、ロシア使節プチャーチンの乗るディアナ号が破船した。その代船建造を陣頭指揮したのが英龍だったが、厳冬の中無理をして倒れた。造船場は君沢《きみさわ》郡戸《へ》田《だ》村の牛ヶ洞というところだった。竜骨構造で二本帆柱の洋式帆船だった。全長二十四メートル、幅七メートルのスクーナーである。日本の船大工らだけで建造していた様は、不思議な感動を覚えたものである。この船は地名にちなんで戸田号と名付けられた。その後、君沢形《がた》と呼ばれる第二、第三の戸田号がここで建造され、その数は計八隻にのぼることになる。

それが、洋式帆船を見た初めての経験だった。

同じ二月の末、浦賀で建造された鳳凰丸は初めて江戸湾へ入り、その勇姿を江戸の人々の前に現した。江川英敏から内密に事前の知らせがあり、非番だった友五郎は、品川まで出かけ、間近に眺めることが出来た。船体はバーク型で、全長三十六・四メートル、幅九メートル、主帆柱の高さ三十七・五メートルである。戸田号よりかなり大きい。千石船の六倍ほどだが、二本の帆柱、遣《や》り出《だ》しから艫柱《ともばしら》まで複数の帆を張り巡らせていると、千石船の十倍以上の大きさに感じられ、まるで羽根を広げた白い孔雀《くじゃく》のようだった。

さらに、三月十八日、薩摩で建造された昇平丸が、品川まで回航されてきた。鳳凰丸と同じバーク型で三本帆柱、全長二十七メートル、幅七・五メートルだった。

このときは、友五郎は万次郎とともに品川まで出向いた。なぜなら万次郎は昇平丸誕生と関係があったからである。

嘉永四年（一八五一）一月三日、琉球の摩文仁海岸に着いた万次郎は、薩摩藩の役人に伴われて、八月一日、鹿児島へ連れて行かれた。そこで、藩主島津斉彬《なりあきら》の招きによって異国の話をしただけでなく、その求めに応じて洋式帆船の構造を説明し、雛形作りまで協力した後、長崎へ護送されていったのだった。

屋台や貸望遠鏡屋まで出るほど見物人でごった返す品川で、二人は日が暮れるまで昇平丸を眺めた。

「薩摩の人たちだけで、よくこれだけの船を作り、しかも遠く薩摩から江戸まで操ってきたものです」

万次郎は目を細めながら呟いた。

「実際に乗船して、中浜君が教えた通りに出来ているか見てみたいだろう」

幕府の要人らが次々に伝馬船で漕ぎ着けている様子を見るたびに、友五郎は万次郎の心中を思いやった。

今年になって、友五郎は、続けざまに鳳凰丸、戸田号、昇平丸と三隻の洋式帆船を見ている。すべて日本人が模倣してこしらえたものだ。だが今、忠順が言っているのは、正真正銘の洋式帆船しかも蒸気軍艦の建造法や操船法を、直接オランダ人から学ぶ話なのだ。

「しかし、私のような陪臣でしかもきわめて軽輩の身分の者が……」

名誉あるお役目である。それだけに、友五郎は自分が選ばれるとは思えなかった。その考えを万次郎が横から否定した。

「一度は『和蘭風説書』の教えることに耳を傾けた幕府ですよ。こういった事態に、身分のことをとやかく言わない、能力のある人は採用しようという風に、考えを改めてきているのではないですか」

「万次郎の言う通りだ。だが、まだ中には異を唱える者がいる。たとえば、万次郎も、当然入れるべきだが、アメリカで暮らした年数が長い万次郎を日本人と思っていないらしく、水戸斉《なり》昭《あき》公が反対されている。だから、万次郎は外れそうだ」

また斉昭公か、と万次郎は唇を噛んでいる。

斉昭の横槍でペリーとの交渉の場に立てなかったことは、今でも万次郎の心の傷となっている筈だ。漂流し捕鯨船に助けられ、アメリカを始めとする世界を見てきたことで、彼ほど日本人としての自覚と誇りを強く胸に刻んでいる男はいないのだが。

「この中浜ならアメリカ仕込みの航海術がありますから、わざわざオランダ人に教えてもらう必要はないでしょう。いつでも優秀な日本人航海士として働けます」

やや気落ちした表情の万次郎を、今度は逆に友五郎が慰めた。もちろん本心でもある。

忠順も大きく頷いて同意している。

「もう既に決まった方もおられるのですか」

兵助は恐る恐る聞いた。船に弱いし、オランダ語も肌に合わない自分だけは、何とか外れないものかと願っているに違いない。

「艦長候補だけは直参《じきさん》の中から選抜している。勘定格徒目付《かちめつけ》の永持亭次郎《ながもちこうじろう》、小十人組の矢田堀《やたぼり》景蔵、小普請組の勝麟太郎といった名前が上がっている」

勝麟太郎の名前を聞いて、横の万次郎がぎくりと反応した。

それには気付かず、忠順は、天文方翻訳局の仕事について聞いてきた。外国の書物から海外の技術をどの程度把握しているのか知りたいという。

「現在、最も関心の高い蒸気機関について申せば、ヘルダムの『応用機械学の基礎』やホイヘンスの『船舶蒸気機関説案内』によって、ほぼそのからくりを解明できております。蕃書和解御用では、オランダを中心にイギリスやフランスの書物を、およそ五千冊余り所有しておりますが、訳すのが追いつかない状態で……」

友五郎は、注目している書籍の書名をオランダ語でいくつかあげた。オランダ語が読めて、さらに技術を理解できる人材がきわめて少ないことを訴えた。

すると忠順は、腕を組み、真剣に方策を思案しているような顔をしていたが、

「オランダ人技術者を招くだけでなく、こちらからも優秀な若者を、勉強のためにオランダへ送り込むことも必要だな。そう思わないか」

と言った。これまでの常識やしきたりにとらわれない柔軟な発想をするものだ。友五郎らは驚かされたが、忠順は、なおいくつかの提案や質問をぶつけてきた。

それらが一段落すると、今度はいよいよ万次郎の漂流話である。このときは忠順の夫人道子が、呼びに行った塚本真彦に伴われてやってきて、一緒に聞いたから、座は再び大いになごんだ。

忠順の指示で、真彦が床の間の地球儀を持ってきて万次郎の前に置いた。心得た万次郎は、地球儀を回し、指で示しながら、自分が巡った世界の興味ある話をした。

ときどき質問をさしはさむ道子の明るい表情を見ながら、友五郎は嫁いできたときに比べてめっきり笑顔の減った津多を想った。

時間はいくらあっても足りなかった。

忠順が終止符を打った。

「小野殿。今度は、折りを見て、数学を教えに来てくれ」

「もったいないお言葉でございます」

友五郎が恐縮すると、忠順は念を押した。

「できるだけ早く頼む」


玄関まで送ってきた江幡祐蔵は、友五郎と並んで歩きながら身の上を呟いた。

「私は郷士の四男として生まれました。冷や飯食いです。せめて母を楽にしたいと思い、郷校に通い学問に励んでおりました。一度は笠間藩の富田家に婿入りできたのですが、故あって戻されました。たまたま若様のご領地が下総にもあり、私のことを噂で聞きつけ、お召し抱え下されたのです」

祐蔵はまっすぐ前を向いている。高く通った鼻筋が印象的だった。

「そうでしたか。私も四男でしたから、境遇は似ていますね。学問をされていたそうですが、どのような先生につかれていたのですか」

「最初は大内与一郎先生という方です。下吉影村にいたときは、五丁田村の矢口正右衛門先生の下で算術も修業しておりました」

算術と聞いて、友五郎は興味が湧いた。

「修業と言っても、ほんの数年の話で、矢口先生は最上流《さいじょうりゅう》を教えてくれました」

「最上流は会田安明《あいだやすあき》という人が起こした流派で、独創的で優れた術を教えます。関流に匹敵する算術ですよ」

友五郎は、元笠間藩士だからというのではなく、この生真面目そうな祐蔵に親しみを覚えた。

その日、友五郎は一日中不思議な心地がしていた。

微禄の陪臣の四男として生まれ、将来の希望などきわめて薄かった。算術を学んだお陰で、なんとか養子に行くことができた。生家の食い扶持を減らすことができたのは大きかった。そうして、無事に家督相続も出来た。お役につけて、江戸詰めになれたのは、算術の腕が上達したからだ。しかし、所詮そこまでだろうと思っていた。

(オランダ人から蒸気軍艦について学ぶ？)

さらにその先の道があるなどとは夢にも思っていなかった。

「一生、楽はさせてやれぬ」

津多を娶る時も、夢とか希望といったものには縁がないと思い込んでいた友五郎は、あえてそう念を押したほどだ。まだ幼さの残る津多は、何と応えてよいものか迷った挙句《あげく》、

「旦那様は必ずご出世なさる方だと父が申しておりました」

熱い視線を向けてきた。

当惑しながら友五郎は、今以上の昇進は容易なことではない、とだけ付け加えた。納得したわけではないだろうが、嫁してきたばかりの津多は、もう反論してこなかった。

友五郎の記憶は過去から現在までめまぐるしく行き来する。

(それにしても、小栗忠順とは底知れない人物だ。武芸の達人でありながら、蘭学に造詣があり、世界の中の日本を大きな視点で見つめている)

もともと小栗家は旗本中の旗本である。その家柄の嫡男であり、優秀であれば、やがて幕閣の中枢に上っていくのは間違いないだろう。まして、人材が求められている時代である。

(そうか!)

友五郎は膝を打った。

(あのお方の話されることは、まさに阿部伊勢守様のような幕閣が今考えておられることなのだ。あのお方は、お役目こそまだもらっていないが、既に、頭の中は幕閣の一員として働いているに相違ない)

小栗忠順の求めに応じて、数学を教えるため、友五郎は駿河台の屋敷に通った。通ったと言っても、日参したわけではない。お互いに非番となる日を選んでである。その日は、月に数度しかなかった。

初めての日、友五郎は、そろばんや算木《さんぎ》・算盤《さんばん》はもとより、算術の入門書である『塵劫記《じんこうき》』から関流算術の奥義を解説した『算法新書』まで、十冊もの書物を携えて行った。数学を教え

ると は言っても、西洋式の数学のことではない。日本の算術である。『塵劫記』は寛永四年（一六二七）に吉田光由《みつよし》が著したものである。この名著は、初学者向けの数の数え方、九九の計算から両替・利息計算、計量法、開平法《かいへいほう》といった高度な領域までを絵入りで分かりやすく記述してあったので、その後、類書が数多く出た。実に四百種以上にのぼる。友五郎が持参したのは、『再刻大全塵劫記』である。『大全塵劫記』は、天保三年（一八三二）、長谷川道場の長谷川寛《ひろし》閲、山本賀前《がぜん》編で刊行された。それが昨年再刻され、そのとき友五郎は付録を新たに増刻した。

忠順はひととおりそろばんが使え、『塵劫記』の内容はほとんど理解していたから、あらためて『再刻大全塵劫記』で教えることはなかった。それでも忠順は、表面的な理解で満足はしていなかった。

「かような知識を持つと持たぬでは、大きな商いでは致命的な得失が生じるのではないか」

忠順が注目しているのは、『塵劫記』の中の数学遊戯《ゆうぎ》である。『塵劫記』には、ねずみ算や油計り分け、駄賃馬に平等に乗り合う方法といった遊戯的な問題解法も記載されている。これらを単に遊びととらえるのではなく、基本的な数学の問題であり、その応用の仕方によっては、勝負事や交渉事において大きな差が生じることを指摘しているのだ。

友五郎は逆に忠順の指摘から想を得た。

「お殿様の仰せのとおり、物事の判断や意思決定にかかわる問題は、すべて数学で表現されるのかもしれません」

「まだそこまで明らかにした人はおらぬのか」

「恐らく」

友五郎は頷いた。

「それならば、先生がそれをされるがよろしかろう。いや、先生ならば必ずやできましょう」

忠順は友五郎を先生と呼んだ。恐れ多いと友五郎が固辞しても許さなかった。けじめを重んじた忠順の望みで師弟関係となったが、友五郎は、忠順の本質を見抜く力に何度も驚嘆した。

大身の旗本であり、武芸に秀でていながら密かに蘭学を学んでいたというのも驚きだったが、算術に関しても余芸の域を超えている。異常なほど好奇心が強く、しかも応用することに敏感な殿様だった。だから、思い付いた時点で、様々な角度から質問の矢が浴びせられる。その都度、友五郎も、算術を新たな視点で見直すことになった。教えながら自らも学ぶのである。何度か通ううち、友五郎はそれに慣れてきた。単なる〈御進講《ごしんこう》〉ではないのだ。

そうなると、脇に控えて聴講している塚本真彦や江幡祐蔵には、とまどうことが多過ぎて、友五郎と忠順の議論にはついていけなかった。最上流を学んで多少算術に親しんでいた祐蔵にしても、である。

「オランダの航海術書を翻訳するにおいて、算術の知識はどれだけ役に立ちましたかな」

また、忠順が、算術の応用面を聞いてきた。

「なかなかひと言では申し上げられません。少し遠回りの説明になります。我が国の航海術は基本的に海岸に沿ったもので、陸地の見えるところで船を進めます。これを地乗《じの》りと称します。地乗りの術では大海を越えて外国へは参れません。陸の全く見えない沖を航海する沖乗りの術が必要です。これが西洋の航海術書には書かれてあります。沖乗りの基本は地球上の船の位置すなわち緯度と経度を求めることです。そのために月や星といった天体の位置を利用します。これには算術でいうところの町見術《ちょうけんじゅつ》や規矩術《きくじゅつ》が基本となります」

町見術や規矩術は算術家の間で使用される測量法のことである。

友五郎は、これらの説明をした。この説明だけでも、二回や三回の講義で教えられるものではない。友五郎は要点を示しただけである。忠順を数学者に育成するわけではないし、本質を見抜ける忠順だから、それで十分なのである。

しかし、球の表面である海洋上での応用となると、なかなか説明が難しい。屋敷にある地球儀を用いたり、実際に計算をしてみせたりしなければ、忠順の理解は得られなかった。

この話は、また後日となった。

航海術における測量には、現代でも平面三角法や球面三角法を用いる。当然、三角関数の知識が必要である。友五郎は、その説明もした。

日本に西洋の三角関数が入ってきたのは、八代将軍吉宗が、西洋の科学や技術に関する書籍の輸入を解禁してからである。享保十一年（一七二六）、梅文鼎《ばいぶんてい》の『暦算全書』が入ってきた。これには西洋数学の三角法や三角関数が含まれていた。吉宗はこの翻訳を、既に『弧率』という著書の中で三角関数表を作成していた、側近の建部賢弘《かたひろ》に命じている。

建部は関流の開祖関孝和《たかかず》の高弟だった。関流を学んだ友五郎は、当然、西洋航海術に必要な平面三角法も球面三角法も知っていたのである。

「さらに正確な時刻を知ることにより、海図上の船の位置が定まります。進行中の船の速度と方位を測定することにより、目的の地点への到着時刻が予想できます。そして、そこへ着いたら、また船の位置を計測することにより、誤差を知り、次の進行方向を修正できるのです。言ってしまえば、理屈は簡単なことです。しかも、我が国の算術ですべての計算がまかなえると思います。が、どうもオランダ人らは我が国の算術とは異なる方法を用いている気がします。それは中浜から聞いて何となく分かりました。オランダ人らは日常の計算にそろばんを使いません。算木算盤も使用しません。それではどうやって計算をするかというと、紙の上で行うのです。これは我が国の点竄術《てんざんじゅつ》と似ています」

友五郎は点竄術を説明した。点竄術は、関孝和が考案した独自の筆算法である。

「外国では天元術《てんげんじゅつ》までも点竄術のような方法で紙の上だけで計算しているようです」

天元術は未知数を立てて方程式を解く方法である。これは中国で発明された。

「先生は、いずれの方法がより優れているとお思いか」

「筆算の方は、まだ中浜から十分に学び取れておりませんが、こう思います。計算の元になる考え方が同じである限り、筆算はそろばんの速さにかないません」

「面白い。そして、奥深いものでござるな。だが、数字が扱う世界というのは、虚偽や欺瞞《ぎまん》、矛盾といったものが許されない公明正大なものだ。人間の生き方や人が集まった社会、いやこの世界の目指すべき、理想の世界を示しているのかもしれぬ」

忠順の発想はすぐに飛躍する。算術や航海術の話をしながらも、その目は世界へ向けられ、日本の将来を憂えているのは明らかだった。友五郎はあらためて今は亡き恩師江川英龍に面影を重ねてしまう。

「よし。今日はここまでにしよう」

帰宅時間が遅くなり過ぎないように、配慮することも忘れない忠順だった。

忠順の屋敷を訪問するのは、算術の進講が目的だったから、夫人の道子が姿を現すことはない。それは承知しているものの、退出しながら何となく心残りな気がする友五郎でもあった。

「そばでお話をうかがっているだけで、とても勉強になりました。この次も楽しみにしております」

式台で頭を下げる江幡祐蔵の声で、友五郎は我に返った。

「かしこまりました。次の予定は、また江幡殿へ文にてお知らせいたします」

互いの非番の日はいちおう承知しているが、念のため前日に訪問通知の手紙を届けることに帰りかけると、祐蔵が、小野先生、と声をかけてきた。主人に算術を教える友五郎は、祐蔵にとっても先生である。

「今日お持ちいただいたご本を、差し支えなければ、お貸し願えませんか」

かつて算術を学んでいた祐蔵は、再び算術の魅力にとりつかれていた。

友五郎は『必要算法』を手渡した。『必要算法』は、長谷川道場の後継者、長谷川弘《ひろむ》の指導の下で友五郎が編集した、やや高度な算術書である。

押し戴くように受け取った祐蔵は、すぐに開いて目を通している。


その次の算術進講は実現しなかった。忠順の父小栗忠高が病に倒れたという急使が来たため、七月十八日、忠順は新潟へ出発することになったからである。

忠高は七月二十八日新潟で病没した。赴任してまだ一年しか経過していなかった。忠順は、幕府の指示があるまで新潟にとどまり、その間に、遺骸を新潟の寺町にある法音寺に埋葬し、初七日などの法事を行った。

忠順が新潟に赴《おもむ》いている間に、忠順の予言が現実のものとなった。

八月十日、天文方に勤務する小野友五郎は、老中阿部伊勢守正弘名で長崎海軍伝習所行きを命じられたのである。同じ足立左内手付、御徒士頭小野次郎右衛門組、高柳兵助も一緒である。

天文方では、他に、渋川景佑手付、御広敷添番《おひろしきそえばん》福岡十太夫の養子、福岡金吾が選ばれている。

また、鉄砲方は江川英敏の組からも鈴藤《すずふじ》勇次郎、望月大象《もちづきだいぞう》はじめ多くの家来が参加することになった。

しかし、やはり中浜万次郎はその中には入っていなかった。

出発は九月一日と申し渡された。

薩摩藩が建造した昇平丸は、八月十三日に幕府に献上され、船名は漢字を一字あらため昌平丸となっていた。幕臣は、この昌平丸に乗って、品川から長崎へ向かうのである。辞令から出発まで二十日しかない。性急な計画であった。

当初、友五郎ら天文方出役は、昌平丸による舟行《しゅうこう》でなく陸行《りっこう》の指示だったが、長崎到着が遅れてしまうという判断で、天文方支配の寺社奉行を通じて願い出て、同乗が可能になった。いずれにせよ、忠順が帰府したときは、既に友五郎らは出帆した後になるだろう。

三　長谷川道場

友五郎は、文化十四年（一八一七）十月二十三日、常陸笠間藩牧野家の家臣、小守庫七宗次《くらしち》の四男として生まれた。小守家は一代抱えの下級藩士で、当時の俸禄はわずか二両一人扶持である。

文政十年（一八二七）七月十日に父が死ぬと、友五郎は長兄熊次郎の厄介となった。有能だった長兄でも、出世と言われるほどのお役にはつくことができず、俸禄は四両二分二人扶持まで増やすことができたが、低禄に変わりはない。これでは、四男の友五郎には、妻帯も分家も望めなかった。

次兄卯之吉《うのきち》も三番目の兄為五郎《ためごろう》も他家に養子に入ることができた。藩校時習館での成績が良かったからだ。

父親代わりとなった長兄の熊次郎は、友五郎の学問にうるさかった。しかし、八歳で時習館に入った友五郎は、何年たっても剣術や儒学に真剣に打ち込めなかった。中途半端が嫌いな友五郎は、気に入ればとことん夢中になる。しかし、剣術も儒学も、どうしても熱中できなかった。

友五郎は魚釣りが好きだった。時季や川の流れから魚の集まる場所を探し出し、餌を工夫し、絶妙な深さに糸を垂れてやると面白いようによく釣れた。魚籠《びく》一杯の鮎《あゆ》や山女《やまめ》、天魚《あまご》を持ち帰ったときの兄嫁の笑顔がたまらなかった。

「近頃、鮎がよく出るな」

「実家の父が釣りの帰りに寄って行きました。隠居の楽しみだそうでございますが、凝り性の父のことですから、当分鮎攻めで我慢していただくことになります。お許しください」

食材が賑やかに並ぶ夕食の膳の横で給仕をする兄嫁が、笑顔で兄の疑問をはぐらかしてくれた。

友五郎は釣竿も工夫した。長い釣竿は遠目でも釣りに行くことが分かる。頻繁に魚釣りに行っている印象を周囲に与えないため、自ら竹を選んで短く切り、五段から七段の継ぎ足し式に作り上げた。こうすれば、束ねて小脇に抱えることもできた。

時習館への通学の行き帰りに城下を歩いていてよく思うことがあった。身分からすれば最下層に位置づけられている筈の商人や大工、左官たちの方が、自分たち下級武士や飢饉にあえぐ農民たちよりも、こざっぱりした身なりで、表情も明るく生き生きしているような気がするのである。彼らの子弟が通う寺子屋では、読み書きそろばんを教えている。もしかすると、幸福に生きるための学問というのは、読み書きそろばんだけで十分なのかもしれない。そうしてみると、時習館では重んじられていないそろばんつまり算術が大いに気になった。

友五郎は、論理立った計算の後に、きちんとした答が出る算術は好きだったし得意だった。ただ、それが出来てもあまり誉められることはなかった。武士の算法は卑しいもの、といった風潮があったからだ。

友五郎の養子口はなかなか見つからなかった。

十六歳のとき、自ら望んで笠間藩の算術世話役、甲斐《かい》駒蔵《こまぞう》広永《ひろなが》に入門した。束脩《そくしゅう》は、母の登和《とわ》が形見のつもりで大切にしていた鼈甲《べっこう》の櫛《くし》を売って工面してくれた。友五郎は長い間その事実を知らなかった。長兄から聞かされたときは、取り返す術が残されていなかった。友五郎は、そうまでして自分を入門させてくれた母を、感謝しなければいけないのに、逆に恨んだ。算術を学んでどうなるか、自分でも先が分からなかったからだ。

ところが、入門した友五郎は、たちまち算勘の才を発揮した。算術世話役の甲斐は、藩の元《もと》締手代《じめてだい》も勤めていたから、友五郎が計算実務に向いていることをすぐ見抜いた。計算実務に優れていれば、蔵方や地方《じかた》といった財務職、農政職が勤まる。算術世話役の引き立てもあり、翌天保四年（一八三三）五月、友五郎は、笠間藩士、小野銀次郎の養嗣子《ようしし》となることができた。

天保七年（一八三六）一月、二十歳で家督を継いだが、養家も一代抱えで家格は低く、小野友五郎の人生は、俸禄三両二人扶持からの出発となった。

一人扶持は、一日玄米五合支給なので、一年三百六十日では一石八斗となる。二人扶持なら三石六斗になる。文化・文政のころの米の相場は一石につき銀六十匁（一両）なので、三石六斗は三両と二分一朱余りとなる。従って、三両二人扶持は、わずか六両と二分一朱余りである。大工や左官などの職人の手間賃が一日銀で約四匁だから、年間三百日働いたとして、千二百匁。二十両である。これは親子五人が長屋で暮らせる水準である。それに比べて、友五郎の生家も養家も、親子三人でも苦しいということが分かる。借金をしないで生活するためには、庭で野菜を育て、家族で内職にいそしむしかなかった。

やがて友五郎は、農政職である地方手代となり、さらに江戸の下屋敷で財政職である元締手代を務めるようになった。算術の才能と努力の結果だった。

神田中橋にある長谷川道場へ、友五郎は長崎行きの挨拶に向かった。笠間藩上屋敷にいる江戸家老や留守居役への暇乞《いとまご》いは昨日済ませ、江川邸での合同の送別の宴は昨夜だった。こういった出発に先立つ行事や準備に連日忙殺されて、とうとう出発前日となってしまった。秋の陽射しを感じていると、母、登和が握ってくれた味噌をまぶした握り飯をほおばりながら、甲斐駒蔵の塾へ一里の道を通っていた子供のころが目に浮かぶ。出府して十四年、近頃は母の元を訪ねることもなくなっていた。

長谷川道場は江戸で最大の数学塾である。道場を開いた長谷川寛は既になく、二代目の長谷川弘の代になっていた。

長谷川道場で教えている関流には免許制度がある。学力が進むにつれて、見題《けんだい》免許、隠題《いんだい》免許、伏題免許、別伝《べつでん》免許、印可《いんか》免許が授けられる。長谷川道場では、ときおり『長谷川社友列名』を出版し、独自の序列を示した。下から、見題、隠題、伏題、別伝、さらにその上が助教、斎長《せいちょう》、正統である。

友五郎が弘の長谷川道場へ入門したのは、江戸へ出て五年目の弘化二年（一八四五）のことである。師の甲斐駒蔵は既に門人で、その推薦があった。

友五郎は甲斐駒蔵を凌ぐほどの腕前になっていたので、めきめき頭角を現し、翌年には笠間藩の算術世話役を拝命した。また、嘉永四年（一八五一）四月の『長谷川社友列名』では、伏題に名をつらね、門人を代表して序文を書くほどだった。

その友五郎が長崎へ行くという噂は、既に門人らに伝わっていた。友五郎が道場へ顔を出すと、すぐに呼びに行った者があり、あとから続々と門人らが集まってきた。

弘の前にかしこまると、早速激励の言葉がかけられた。

「オランダ人から数学を習うとは、うらやましいかぎりだ。異国情緒あふれる長崎にも算術を学ぶ者は多いが、オランダ人から直接学んだ者は少ないだろう。国内の算術にはもはや秘伝と称するものはないに等しい。この数学道場がすべて明らかにしてしまったからな。これからは外国の数学を学び、それらを明らかにすることが大切だ。国中へ広めなければならない」

二代目の弘は養子である。陸前佐沼の農家の倅で佐藤秋三郎といった。寛の弟子、一関の千葉胤秀《たねひで》が見出した秀才だった。四十六歳の現在は啓蒙的な活動に専念しており、陽に焼けた精《せい》悍《かん》な面構えだが、道場経営者にふさわしい人物だった。

「昨年、一昨年と浦賀にやってきた、アメリカの蒸気軍艦を思い出してください。ああいった鬼でもなければ考え出せないようなからくりの大船を作り、その船ではるかな国まで航海する術を学ぶのです。私は、つい数年前まで、藩の下屋敷のお役部屋で、朝から晩までそろばん片手に帳面付けをしていました。それに、もう三十九と若くはない。私のような者が、こんな大任を仰せつかってしまい、今でもとまどっています」

師の前だけに、友五郎は、正直な胸のうちを語った。たとえオランダ人から貴重な航海術や数学を学び取ることができたとしても、それを実地に生かしたり、師が望むように国中へ広めていったりする力が自分にあるだろうか。今は、不安でしかたなかった。

「そんなことは、ねえって。友五郎さんなら、立派におやんなさる。第一、天文方でオランダ語の航海術書を翻訳したのは、友五郎さん、あんたじゃねえか」

煙管の雁首を灰吹きにぽんと打ち据えて、しわがれ声を出したのは、御大工方の平内廷臣《へいのうちまさおみ》である。品川のお台場一番から三番までの工事を差配《さはい》した人物である。道場では最年長で、別伝免許を得、斎長の地位にある。

弘が笑いながら引き取った。

「そうさ。父っつぁんの言うとおりだ。わざわざ小野さんを選んだというのは、幕府にも人を見る目、考えがあるということだ。案ずることはないと思う。少なくとも数学に関しては、ここ数学道場が太鼓判を押す。小野さんを除いて、他に誰がオランダ人から数学を学び取れるというんだ。どうかオランダ数学をしっかり吸収してきて、この道場でも広めてもらいたい」

周囲に集まってきた門人たちが、ぜひそうしてください、お願い申します、と声をそろえた。

友五郎は頼まれると断れない。期待されると著しく闘志が湧いた。

「承知しました。精一杯やってきます」

一斉に歓声と拍手が広がった。

「そうは言っても、誰ひとり知人のいない長崎行きは不安じゃろう」

平内が煙草の煙をくゆらせながら、他人事みたいに呟いた。友五郎は、江川英敏と出かけた伊豆国戸田村より西へ行ったことがない。老人の指摘は図星だった。

「山口和《かず》さんのことは知っているな」

弘が励ますような強い視線を向けてきた。

「はい。道場の先輩で、算術を教えながら諸国を旅して歩いた方ですね、松尾芭蕉のように」

「和さんは越後水原《すいばら》の人だが、西は上方から中国、四国、はるか長崎まで足をのばしている。そうだ。長崎から和さんが寄越した手紙が取ってある」

そう言って立ち上がると、弘は手文庫の中をあらためた。

「これだ」

「拝見いたします」

渡された手紙はかなりの厚みがあり、西国諸国を回っている時の見聞を綴ったものらしく、巻き解くにつれて大坂、播州、長州萩、小倉といった地名が散見する。

「長崎で弟子にした人のことが書いてあるだろう」

「桜町木谷《きだにや》与一右衛門《よいちえもん》。これですね。『長谷川社友列名』で私と同じ伏題に載っていたのを覚えています。相応の算術家とありますね。諏訪神社へ奉納した算額の写しがついています。これは面白い図柄だ。組み紐に似ている」

「紐の全長を与えて、その内側にできた正十二角形の辺の長さを求めている」

弘がすぐ解説した。

「こういった問題を発案できるというのは、なかなかのものです」

「私が筑後柳川にいたとき、何度か長崎へ行き、木谷さんとも会っている。算額の実物も見たことがある。与一右衛門さんは五、六年前にお亡くなりになって、今は、息子さんが薬屋を継いでいる筈だ。息子さんも算術は好きでやっているらしい」

「本当ですか。何となく木谷さんという人に親しみがわいてきました」

「あと、長崎に住んでいる算術家として評判が高いのは、加悦俊興《かえつとしおき》だな」

初めて聞く名前だった。

「噂では、加悦という人には、円理に関する著述があるらしい。もし会えたら、どれほどの算術家か確かめてほしい」

友五郎は承知した。弘からは他にも数人の算術家の名前が出てきたが、著述まである加悦が強く心に残った。

「色々な算術家のお話をうかがい、こうして山口先生のお手紙を拝見していると、今でも長崎に山口先生がいらっしゃるような錯覚に陥ります」

友五郎の言葉に、弘は大きな声で笑ってからしみじみと言った。

「和さんが亡くなってからまだ五年だが、最後に会ったのは、もう二十年以上も前のことになる。この手紙にしても三十三年も昔のものだ。月日のたつのははやい」

「何となく長崎行きが楽しみになってきました」

「そういうものさ。私だってみちのくから江戸へ出てきて、すぐそのまま筑後へ行かされたのだからな」

弘は先代の寛に養子にすると言われて、二十二歳のときに江戸へ連れて来られたが、すぐ筑後へ算術修業に出された。二十四年前のことである。

そこへ、正統の秋田義一が現れた。秋田は銀座役人である。江戸の門人随一の実力者で、『算法極形指南《きょくぎょう》』三巻や『算法地方大成《さんぽうじかたたいせい》』五巻、『算法点竄手引草』二編などの著述がある。

大商人といった風格で、背筋を伸ばして座った。仕立ての良い着物が、艶やかに光っている。手をついて、早速祝いの言葉を述べた。

「おめでとうございます。長崎行きというのも異例の抜擢でしょうが、笠間藩の方からも昇進の知らせが届いたそうですね。重ねてお祝い申し上げます」

「おや。それは初耳だ。小野さん、黙っていては水臭いじゃないですか」

秋田の言うように、長崎伝習所行きに抜擢されたことを名誉と判断した笠間藩から、八月十三日、友五郎は給人席を与えられた。

「申し訳ありません。藩では私ひとりだけの伝習参加ですから、貧乏藩士では世間体が悪いと思ったのでしょう。急遽上士《じょうし》の端くれに加えてもらいました」

友五郎は少し照れた。ここでは心を開いて語り合える雰囲気があった。

「今日は、遅くまで付き合っていただきますよ。長谷川道場としてもただ一人の参加ですからね」

友五郎は、秋田らの無条件の喜びぶりを痛いほどに感じた。にぎやかな酒宴の間も、算術に没頭してきたこれまでの年月を、ときおり懐かしく思い出した。

もとより仕官のための踏み台として学び始めた算術だったが、思わぬ結果が生じていた。めきめきと腕が上がったのである。それを師の駒蔵が誉めた。他人から誉められる、実力を認められる喜びを、友五郎は生まれて初めて味わった。厄介者だった自分にも他人に誇れるものがあることで、人生が変わったとも言えよう。

友五郎は仕官がかなっても、さらに上を目指した。そのために、いっそう算術に打ち込んだ。駒蔵が長谷川門下だったことから、友五郎も道場に入った。

そうして、研鑽《けんさん》を積んだ結果、駒蔵と同じ伏題まで進み、ついに三十歳のとき藩の算術世話役となれたのである。

長谷川道場で多くの門人らと腕を競っているうちに、友五郎は、百姓、町人らが心から算術に夢中になっていることを知った。古来六芸《りくげい》のひとつとされた算術は、身分をこえてたしなまれていた。出世の道具にならなくとも、対等に競い合って実力が上がれば尊敬される。たとえ相手が武士であってもである。それは、万次郎が話してくれたアメリカ社会に似ていた。身分差別のない社会で人々が競うとき、その国の技術や文化は大きく進歩する。そのことを身を以《も》って感じた。

予想していなかった長谷川道場での祝いの宴に、つい長居してしまった。昇進や抜擢を祝す言葉や長崎での伝習に対する激励の言葉を素直に受けた自分は、かえって門人たちに、友五郎が大人物になったような印象を与えたのではないだろうか。家路をたどりながら、酔いが醒めるにつれて、深い後悔と自嘲の念にかられてきた。長谷川弘をはじめとする道場の人々がその場で集めてくれた餞別による懐の重みが、余計気を重くしていた。

小名木沢屋敷に着いたのは、既に五つ半（午後九時）をだいぶ過ぎたころだった。空は満天の星だったが、月はどこにも見えなかった。

既に表門は閉まっていたので、門番に潜り戸を開けてもらい屋敷内に入った。屋敷内は星明りだけでは足元が暗かった。

「今、戻った」

「お帰りなさいませ」

じっと息をひそめるようにして夫の帰りを待っていたのだろう。燭台を置くと、津多は急いですすぎを運んできた。

つましい生活を続けてきた友五郎は、特別な外出でない限り冬でも足袋をはかない。上がり框《かまち》に腰掛けて自分で足を洗い、津多が渡してくれた手拭いを使っていると、背後で津多の声がした。

「旦那様。お酒臭うございます」

振り返ると、しかめた顔を袂で覆っている。

「中橋で馳走になった。長崎行きを祝うために多くの社友が集まってくれたのだ」

残った酔いと自責の念で口を利くのも億劫だった。不機嫌になる自分を抑えられなかった。

「お食事の支度が整っておりますが」

「いらぬ」

見れば分かるだろう、と言いかけた言葉をかろうじて飲み込んだ。すまぬというひと言が言えない己にますます腹が立つ。

異例の抜擢で長崎行きが決まったことが、急に幸運ではなく不幸を招いたような気がしてきた。妻帯して八年、二十九歳になる津多には、最初の流産以後、妊娠の兆しすら訪れない。

「いったいいつまで伝習は続くのでございますか」

長崎伝習の話を伝えた時、津多から戻ってきた言葉は、祝福でもなければましで喜びでもなかった。不安と非難でいっぱいの表情であった。

「二年で伝習は終了する」

「まことでございますか」

「わしから言質《げんち》をとったとて何の保証にもならぬぞ」

津多は思い詰めた表情のままで、もう何も言わなかった。友五郎の言わんとすることを理解しているのかどうか、それすら怪しかった。

伝習の予定は二年と聞いている。今妊娠していない限り、その間は、妊娠は望めない。当然の理屈である。

神棚からこぼれ落ちそうな御札の数々。亀戸の天神様にある花園社には、お百度参りのように通っている筈だ。もしかすると、肌身離さず金勢様《こんせいさま》の御守りを隠し持っているかもしれない。子を生《な》さんと焦る津多は、近頃精神を病みかけていた。いつ三行半《みくだりはん》を渡されるか、それが心配なのだろう。子なきは去れというのが武家社会の掟《おきて》である。ここまで、貧乏な生活の中で、学問に打ち込む友五郎を献身的に支えてきた妻だけに、その姿は不憫《ふびん》だった。

伝習所行きが決まり、藩から給人席を与えられた。それにともない、俸給も三十俵十人扶持となった。これは換算すれば、年収三十両である。やっと職人の年収二十両を超えたのである。暮らしも楽になるし、これなら子供の二人や三人育てられる。

しかし、こういったありがたい藩の処置も、津多には重荷以外の何物でもなかった。

駿河台のお殿様のところもお子がない。そんなことを言っても津多をなぐさめることにはならない。しかし、友五郎はふと思った。小栗夫妻には子がない。それでも仲睦まじいのはなぜだろうか。跡継ぎのことは側室で解決できるからか。まさかそんなことはあるまい。意外にも忠順様は望んで今の奥方様を嫁に迎えたとおっしゃった。下世話に言う、恋女房だからだろうか。

やがて父となる万次郎が羨ましかった。万次郎は伝習所行きからは外された。かえってそのことを喜んでいるようだった。初めての子供との生活が待っていた。それに、忠順が教えた通り、勝麟太郎が伝習所行きに含まれているようだ。勝と生活を共にしなくてよくなったことも、万次郎は安堵したであろう。

気まずい空気の中、布団に入った。

燭台の火を消すと、部屋が真っ暗になった。月のない夜だったが、ぼんやりと津多の横顔の輪郭だけが見えてきた。とがった鼻梁や顎の線が痛々しく感じられる。長い睫毛《まつげ》の下で目だけは大きく開かれているのではないか。と、その瞳が黒曜石《こくようせき》のように輝いた気がした。

酔いも手伝って、友五郎はいつか眠りに落ちたが、津多は明け方近くまで眠れなかったらしい。翌朝早く、訪れた人の声に、友五郎はすぐ目覚めたが、津多は熟睡していた。

静かに玄関に出てみると、江川家の中間《ちゅうげん》だった。息を弾ませている。

「朝早く恐れ入ります。本日未明、中浜万次郎様にお子様がお生まれになりました」

老中から指示が出てわずか二十日後、九月一日の出発であった。

朝靄が残る築地の講武所に集合したのは、幕臣の伝習生とその従者ほか船大工、鍛冶職、水夫など総勢百名をこえる大人数であった。築地の講武所はまだ運営されていなかったが、この二月五日に総裁十名、頭取六名などが任命され、着々と準備は進んでいた。頭取の中の一人は、設立建議の立役者、徒士頭の男谷精一郎である。

百名をこえる伝習生らに対し、見送りの人数は倍ではきかなかった。狭い船着場は人の群れであふれかえっていた。

「小野さん」

友五郎は背後から声をかけられた。来られないと思っていた万次郎だった。

「いいのか、子供が生まれたばかりで」

万次郎は渋みを増した顔に笑みを浮かべた。歯の白さが印象的だ。母子ともに健康であるに違いない。

「それで、どっちだった」

「女です」

「そうか。中浜君に似ていなければ可愛いだろうなあ」

それを聞いて万次郎は口笛を鳴らした。

「ご心配には及びません。お鉄によく似た美人です」

何を言われても目尻が下がっている。

「帰ってくる頃は、中浜君も父親らしくなっているだろう」

「ジョン・マンはダディになるのです」

「だでぇー?」

「アメリカでは、子供が父親のことをダディと呼ぶのです。日本語で言えば、お父っつあんとかちゃんといった呼び方でしょう」

そろそろ子供の話題は、友五郎にはつらくなってきた。

「良かったろう？　伝習生に選ばれなくて」

万次郎は正直に頷いた。

「私にとっては、あの人と行動をともにしないですむのが、また、ありがたい」

そう言って、万次郎は後ろの方へ顎をしゃくった。

ごった返す伝習生とその見送りの人々の中に、動きの目立つ人物がいた。小柄な体で鼠のように敏捷に人込みの中を泳いでいる。

勝麟太郎だった。

誰彼となく言葉を交わしている。身なりから明らかに水夫と思われる者にも声をかけている様子は好感が持てるが、少しでも多くの味方を得ようとしているようにも見えた。

「従兄の男谷精一郎様が見送りに来ていましたよ。講武所に用もあったのでしょう」

江戸で随一の剣客と噂される男谷を、友五郎もひと目見たかった。未練げに勝の周囲をじっと眺めていたら、万次郎に袖を引かれた。

「そばに行かないようにしましょう」

友五郎は頷いた。が、敵に回せば厄介な人物になるだろう。

わざわざ駿河台の屋敷から塚本真彦が見送りに来てくれた。

江幡祐蔵は忠順の供で、まだ新潟にいるという。友五郎は長崎行きが決まってすぐ手紙で駿河台へ伝えはしたが、新潟へ転送した手紙に対しては、まだ返事は来ていなかった。

主人が留守なのに、餞別の金子《きんす》を差し出された。

不思議そうな顔をすると、真彦は答えた。

「新潟へ行かれる以前に、長崎伝習が決まれば渡すようにと、お殿様からお預かりしておりました」

先を読む忠順らしい手配だった。

さらに、奥方様からだと言って、神田明神の守り札を渡された。

そこへ、重そうな荷物を抱えた高柳兵助が、一人でやってきた。浮かぬ顔をしている。

「晴れてしまいました」

悪天候なら出帆は延期される。予定通り出航の日が訪れたことは、この男にとっては素直には喜べない。

「ご心配なく、嵐を呼ぶ雲が見えますよ」

万次郎は小手をかざして西空を眺めている。

それを聞いて、兵助がびくっとした。

「よしてくれ。揺れる船はまっぴらだ」

青ざめた兵助を見て、万次郎が笑いながら冗談ですよ、と打ち消した。海のことを万次郎が言うと真実味が出る。友五郎も一瞬信じかけた。

そんな兵助へも、塚本真彦は餞別と守り札を手渡した。忠順夫婦の気遣いに友五郎は胸が熱くなった。当の兵助は現金なもので、急に表情が明るくなっている。

福岡金吾は見送りの家族を同伴していた。三十代半ばでまだ無役の金吾は、これを出世の足がかりにしようと決めているのだろう。初めての洋式帆船に乗り込むことも加えて、武者震いしているのが見えるようだった。

鉄砲方江川英敏の家来の中からは、手代が五名選抜されている。他に若党、小者、船大工、鍛冶方を伴っていくので、見送りの者も多い。顔見知りが多く、友五郎は挨拶を交わしているうちにいつしか勝麟太郎のことを忘れた。

出発の刻限が近づいてきた。

係の者が誘導を始めた。講武所の準備をしている者や、勝麟太郎が創設した洋学所の下役たちだった。洋学所は、天文方の蕃書和解御用が母体になって、七月に発足したばかりである。昌平丸は品川沖に碇泊《ていはく》している。身分の高い者から順に艀《はしけ》で送られる。勝が従者を連れて桟橋を進んでいる。

勝は艦長候補としての教育を受ける三人の一人に選ばれている。長崎伝習所へ行けば、学生長を務めることも決まっていた。そこで、急遽、この八月に小十人組入りを拝命している。四十俵の小普請組、御目見以下の御家人だったのが、百俵十人扶持、御目見以上つまり旗本への異例の昇進である。

勝と何となく肌の合わない万次郎から、友五郎は勝の出自を聞いている。それによれば、今回の昇進も決して運だけで手に入れたものではないことが推定できる。

勝の父方の曽祖父は越後国刈羽郡《えちごのくにかりは》長島村の農民だった。生来の盲人だったが、江戸へ出て検校《けんぎょう》となり金をため、三万両で旗本男谷家の株を買った。末子の平蔵の三男が勝の父小吉で、旗本勝元良《もとよし》の娘信に婿入りした。ところが、小吉はお役をもらうことができず、無頼な生活を続け、一生無役のままだった。息子の麟太郎は、島田虎之助について剣術を学び、永井青崖《せいがい》について蘭学や西洋兵学を学び、蘭学塾を開くほどになった。

努力してここまでたどり着いてきたことに、友五郎はむしろ尊敬の念を抱いていた。

同じ小十人組、矢田堀景蔵に続いて、勝が乗り込んでいった。あと一人の艦長候補、勘定格徒目付、永持亨次郎は、任地の長崎にいる。

続いて、矢田堀と勝の家来や従者が乗り込んだ。何気なく数えると十七人もいた。

次々に艀が桟橋を離れて行った。朝靄のすっかり晴れた海を、沖に浮かぶ昌平丸を目指して艀が連なっていく。

艀は、出て行っても出て行っても、また新たな艀がやって来た。威勢のいい船頭と陸にいる人足たちが声を合わせて、船をつなぎ、踏み板を渡す。伝習生らは、腰をふらつかせながら、次々に乗り込んで行った。

友五郎は万次郎の方は見ずに言った。

「中浜君には留守の間のことを頼みたい」

「ご病気の……」

「そうだ。津多のことだ。津多には、今朝出て来るときも、中浜君のところで子供が生まれた話をしていない」

万次郎は黙っていた。

「小名木沢屋敷の人たちにもくれぐれもよろしくと頼んでは来たのだが、長崎へ行くのは藩で私ひとりだし、津多の孤独ははかりしれないと思う。そこへいくと、江川様のお屋敷にしても浅草の天文台にしても、伝習生を何人か送り出しているから、知らせが届くのも早いだろう」

「かしこまりました。ときどきは話し相手にうかがいます」

「もし津多が取り乱すようなことがあっても気にかけないで欲しい」

思わず声が震えた。

「心得ております」

「目にしたこと、耳にしたこと、他へは話さないでもらいたい」

「お約束いたします」

友五郎はため息をもらした。

すべて言い終えてから、昨夜だけでも妻の求めに応えてやるべきだったと後悔した。

長崎行きを知ってから、寝所での津多の様子もおかしくなった。ふと目が覚めて横を見ると、あわてて顔をそむける。一睡もせず、じっとこちらの様子をうかがっていたのに違いない。気味が悪かった。

ある夜、床についてすぐ妻の方を見たことがあった。何気なくそうしたのだが、津多は体を求められたと勘違いして、口元をほころばせると、こちらへ滑り込んできた。布団の中で既に帯は解かれており、手を差し込むと火傷しそうに熱い体が擦り寄ってきた。そうして、明け方まで何度も何度も友五郎に求めてくるのだった。津多の心中が分かるだけに、うるさい、と拒絶できない友五郎は、最後は津多の背をなぜるだけだった。

夕べは、津多にとってはしばらく夫と離れて暮らす、最後の特別な夜の筈だった。

しかし、友五郎には、津多にやさしくしてやるだけの心のゆとりがなかった。津多を不憫に思う以上にうとましさがまだ頭から離れなかった。本当の意味で思いやりがなかったのかもしれない。

岸壁に残る人々はもう半数にも満たない。

群集が減って隙間が生じた岸辺に、かもめが一羽二羽と舞い降りて餌を探している。

「そろそろ我々の番だろう」

順番を待って岸壁近くにたたずむ高柳兵助と福岡金吾がこっちを手招きしている。最後の方は粗末な伝馬船しかなかった。

「くれぐれもお気を付けて」

「あんな伝馬船でも昌平丸までは行ける」

「ノー。そうではありません。西の空を見ると、かすかですが、さっきまで見られなかった巻《けん》雲《うん》が出ています。風は弱いですが、温かく湿った感じがしてきました。嵐が来なければよいのですが……」

「たとえ台風が襲ってきても、あれだけ大きな昌平丸だぞ。心配なかろう」

友五郎は気にしていなかった。

「正真正銘の洋式帆船なら大丈夫でしょうが、私はこの目でしっかり確認したわけではありませんし……」

「沖乗りするわけではあるまい。地乗りで行くのだ。危険を感じたら、最寄りの港に避難するさ」

海や船に熟知した万次郎の言葉は重い。しかし、今それを受け入れたからと言って、何ができようか。

昌平丸へ移るための、最後の伝馬舟に乗船を促す合図が聞こえてきた。

第二章　海軍黎明

一　長崎の女

風待ちをして九月三日にようやく品川を出帆した昌平丸は、一ヶ月を費やしてもまだ長崎に着かなかった。

昌平丸は、経験豊富な万次郎の予想通り、遠州灘で大時化《おおしけ》に遭い、帆柱を三本とも途中から折ってしまった。強度不足もあったろうが、悪天候での慣れない操船が最大の原因だった。

港に避難するにしても、大型船の泣き所で、座礁の心配がない良港でなければならない。沿岸をとにかく西へ向かって進むことにした。蒸気機関を積んでいない帆船である。帆柱を失っては、風を受けて進むことはできない。伝習所へ入る船大工の鈴木長吉ら五人が、一本だけ応急修理をし、和船のように一枚帆で大きな船体を進めて行った。

長吉は伊豆河津浜に生まれた船大工で三十八歳、鳳凰丸と戸田号建造の経験者である。

昌平丸は、薩摩藩主島津斉彬が、ペリーが浦賀に来る直前に幕府の許可をとりつけ、建造を開始した。斉彬は、もともと開明的な大名である。

帰国したばかりの万次郎も、斉彬によって薩摩にひと月余り滞在させられ、その間に、洋式帆船の構造を藩の軍賦役や船大工へ教え、さらに雛形まで一緒に作った。万次郎はほとんど日本語を忘れていたし、一番得意な操船法まで実地に教えることはできなかったが、それでも、斉彬の期待に十分応えることができた。薩摩でも秋の風が肌寒く感じられる頃、万次郎は惜しまれながら取調べのため長崎へ向けて護送されて行った。それはペリー来航の二年近い前のことである。

起工から一年七ヶ月をかけ、昌平丸は完成した。三本マストのバーク型で、約三百トンの本格的な洋式軍艦である。万次郎から初めて洋式帆船の構造を聞いて三年が経過していた。

昌平丸が長崎に着いたのは、十月二十日だから四十八日を要したことになる。往路の倍である。四十八日もかかるのなら、最初から陸路をとった方が早かったろう。それだけ、遠州灘での時化の被害が大きかったのだ。

大海原を船で行く恐怖や、長崎での伝習に対する不安が、多くの伝習生の胸に刻まれた。そういう意味で、伝習生には貴重な経験となったかもしれない。

品川を出航してすぐ、友五郎は甲板で勝麟太郎に声をかけられた。伝習生に選ばれた幸運を祝ってくれた後、生い立ちや経歴などを根掘り葉掘り尋ねられた。

「算術の先生なら尊敬しなくちゃいけねえな」

言葉とは逆に顔には得体の知れない物を見るような色が浮かんでいる。暗算が得意で、複雑な幾何図形の問題を解ける人間が、理解できないのだろう。

さんざん軽口をたたいていた勝も、船が揺れ出してからは、全く甲板に現れなくなったから、船には弱いらしい。

長崎へ着く前の十月十一日、下関碇泊中に、友五郎らは十月二日夜の江戸地震のことを早くも知っている。後に安政の大地震と呼ばれた災害である。

この情報は、兵庫から西廻りで松前に帰る船の船頭が教えてくれたものだ。その船頭の話にしても、江戸から上方へのぼってきた船の船頭からの又聞きである。他に、大坂の薩摩藩邸から送られた急使にも遭遇している。江戸の薩摩藩邸では幸い目立った被害はなかったという。

地震による家屋の倒壊もひどかったが、あちこちで火災が発生し、夥《おびただ》しい数の死者が出ていた。友五郎は、留守宅の津多を始め、小名木沢屋敷の上役渡辺孝三、江川屋敷の万次郎そして駿河台の小栗忠順へ安否を気遣う手紙を書いた。

江戸から昌平丸に乗り込んできた人々は、上方からさらに江戸へ下る船を探し出し、大量の手紙を託した。久しぶりに姿を見せた勝麟太郎は、役目柄、早飛脚《はやびきゃく》を仕立てていた。長崎へ着いたら予定通り伝習を始めてよいか、問い合わせたのである。

初めての土地に向かう心細さに加えて、江戸の大地震のことがあったから、友五郎の不安は大きくなった。

大きな河口のような長崎湾に入ると、昌平丸は、風を読みながら取り舵を切った。そこで友五郎らが最初に目撃したのは、湾の中央に錨を下ろしている巨大な外輪船、スームビング号だった。

「黒船だ。大きいのう」

誰かが叫んで、ため息をついた。

「大きくはない。浦賀に来たやつはもっと大きかった」

友五郎の横で呟いたのは、浦賀奉行所同心、春山弁蔵だった。小柄だが、がっしりした体躯《たいく》をしている。目や口が大きく、太い眉毛が左右に垂れ下がり、人なつっこい造作を引き立てている。彼は、ペリーの黒船を間近に見、鳳凰丸を操船した経験もあるので、洋船を見る目は確かだ。

スームビング号もペリーが乗ってきた船も、同じ外輪船、三本マストである。だが、旗艦サスケハナは全長七十八・三メートル、排水量二千四百五十トンなのに対し、スームビング号は、全長約五十三メートル、排水量七百三十トンしかない。弁蔵の指摘は正しかった。

弁蔵は親切な男で、昌平丸が遠州灘で波にもまれ、多くの者が船酔いに倒れたとき、率先して介護にあたっていた。しまいには弁蔵自身も気分を悪くして船室に引っ込んでしまい、その後何日も姿を見せなかったから、決して船に強いわけではない。それを押して周囲の者を助けていたのは、生来の人柄だろう。不思議と船酔いしなかった友五郎は、最後まで荒れ狂う海の様子、空の変化、そして船内の一部始終を観察することができた。

長崎湾に面して塀を巡らせた、長崎奉行西役所の宏大な屋敷が迫ってきた。

長崎海軍伝習所は、その屋敷内に、寄宿舎と一緒に設けられた。長崎の西端に位置していたから、門を出て石段を降りるとすぐ大波止《おおはと》の船着場だった。海軍伝習所としてはうってつけの立地条件である。

一期伝習生の中には、長崎奉行配下の長崎地役人や塩飽島出身の水夫たちも多く含まれていた。彼らは既に伝習を受ける準備が整っていたので、幕臣の伝習生が到着した二日後の二十二日、出島《でじま》で開所式が行われた。

友五郎ら一期生は、一団となって出島へ向かった。

江戸なら初霜が降りてもおかしくない時期だが、まさに小春日和と呼んでもいい、暖かで清々しい午後である。雲ひとつない青空にオランダの三色国旗が高く翻っている。

西役所のある江戸町から小さな橋を渡った先が出島である。許可された者しか出入りはできない。表門を潜ると、二階屋ばかりがびっしりと軒をつらねている。全体に明るい色調だ。すぐに嗅いだことのない甘い匂いが鼻をついてきた。南側に庭園があり、赤や黄色の花がたくさん咲いている。どこかでヤギの鳴く声がした。

約四千五百坪、扇型の人口の島。そこは日本の中のオランダだった。

友五郎は生まれて初めてオランダ人を見た。

ペルス・ライケン大尉は、鼻下に髭を生やした威厳ある風貌で、金モールのオランダの軍服から日本の甲冑《かっちゅう》に着せ替えたら、戦国武将と言ってもおかしくないだろう。背が高く六尺は優にある。年齢の推定は難しく、老人のようにも見える。実際は四十代半ばぐらいだろうか。

明らかに異国人という気がしたのは、若い教官たちだった。船に乗っている割に色が白く、顔などは赤みがかっている。明るい色をした目は大きく開かれ、笑っているわけではないのに、何となくにやけた表情に見える。髪の色は様々で、オランダ人の集団は、紅葉した山を見るようだった。式の間はほとんど直立不動だが、手足の長い彼らが動き出すと、軽快に踊っているような感じがする。

楽隊の演奏も含めた開所式は、見るものすべてが珍しく、オランダ通詞《つうじ》の説明はまるで耳に入らなかった。

伝習所総督に任じられた長崎目付永井玄蕃頭尚志《げんばのかみなおむね》が、伝習開始は二十四日にすると言い渡して式は終了した。

ところが、二十四日朝になっても、伝習の始まる様子は全くなかった。

正規の一期伝習生以外に、彼らの付き人や佐賀藩が独自に選抜した伝習生もいて、西役所内には伝習開始を待つおよそ二百名がひしめいていた。

講義室に決められた建物は、雨戸や襖といった仕切りになるものをすべて取り払って、廊下から濡れ縁まで伝習生がそれぞれの座を占め、立錐《りっすい》の余地もなかった。外は爽やかな秋風が吹いているが、中は人いきれだけでなく、不満や苛立ちの空気が満ちていて、息苦しいばかりだった。

友五郎は天文方の二人とともに、最前列に陣取り、最初の講義が始まるのをじっと待っていた。誰かが決めたわけでもないのに、講義室内の席は身分によってくっきりと分かれていた。前列から幕臣、陪臣といった武士が詰め、その次に町人身分の長崎地役人、最後列が付き人や船大工、水夫たちであった。もっとも正式に伝習が始まれば、講義は科目ごとになされるから、異なった身分の者が同室に並ぶ筈はない。

予定の時刻をだいぶ過ぎて、小柄で色の黒い勝麟太郎が、堂々とした歩き方で講義室に入ってきた。百人を超える伝習生を前に、左右をゆっくりと眺め渡し、私語のざわめきが静まった瞬間をとらえて切り出した。

「俺は、小十人組の勝麟太郎だ。今、総督の永井殿に、この事態の説明を聞いてきた」

侍なら騙《だま》される者はいないと思うが、ずいぶんと尊大な物言いだと、友五郎は不快を禁じえない。

長崎海軍伝習所の総督、永井尚志は長崎目付である。三千石級の旗本がなる長崎奉行ですら、長崎目付には逆らえない。目付は旗本の仕事を監察し、問題があれば老中や将軍へ報告できるからである。その永井に、旗本の末席になったばかりの勝が交渉してきたというのは、分をわきまえない表現だった。

おかしなことはまだある。オランダ講師団の団長ペルス・ライケン大尉は、出島のカピタン部屋にいる。だから永井は、今はカピタン部屋に行っている筈だ。勝は出島往来も自由なのだろうか。

苦学して身を起こした勝の経歴に、内心敬意を払っているだけに、こういった口のきき方をされるのは、少々不愉快だった。

今回の伝習生の中では勘定格徒目付永持亨次郎、小十人組矢田堀景蔵とともに、勝麟太郎は御目見以上であり、艦長候補としての教育を受けることになっている。しかし、三人の中で、勝が伝習生の頭《かしら》といったまとめ役をするとはまだ正式には聞いていない。

だが、既に伝習生の多くは勝の態度に圧倒されていて、敬意のまなざしを向けている。

「幕府は海軍伝習のためにオランダ海軍を雇い入れた。ところが、雇われたオランダ人は、自分たちの考え通りに伝習を進めなければ伝習の効果は上がらないと主張している。雇われたのなら、雇い主の希望通りに教えるのが筋だと俺は思うのだが、オランダ人は頑《がん》として受け入れないそうだ。そんな不毛な議論をしている間にも貴重な時間は刻一刻と過ぎていく。議論はそっちでやってくれ、こっちは早く伝習を開始してほしいのだ、と言ってきた」

やはり、巻《ま》き舌《じた》で伝法《でんぼう》な喋《しゃべ》り方《かた》をするのが気に入らない者がいて、手を上げた。

「本当にそう言ってきたのか」

勝はそっちの方へ栗鼠《りす》のような目を向けた。

「オランダ通詞はオランダ人の味方だと言うぞ。あなたが正論をどんなにきつい言葉で発しても、オランダ人には伝わらないのではないか」

一緒に昌平丸で来た、浦賀奉行所与力、佐々倉桐太郎《とうたろう》だった。ペリーが来航した折、真っ先に単身黒船に乗り付け、

「上様の御法度《ごはっと》でござる。外船の江戸入津《にゅうしん》は罷りならぬ！」

と一喝《いっかつ》した話や、アメリカ人との交渉で走り回ったことは有名である。二十二日の開所式で自己紹介した後、質問攻めにあっていた。二十六歳である。

これまで言葉を交わしたことはないが、歯《は》に衣着《きぬき》せぬ言い方をする男だと、友五郎は思わずにやりとした。佐々倉を気持ちの上で応援したのである。

が、次の瞬間、唖然とすることが起きた。

勝が流暢《りゅうちょう》な異国語を喋りだしたからである。万次郎が教えてくれた英語ではない。天文方で辞書と首っ引きで悪戦苦闘した言語。天文方でも満足に発音できる者はいなかった言語。出島の開所式で、ライケン大尉の口から発せられたオランダ語だった。

後で知ったのだが、勝は八年前に蘭和辞典『ズーフ・ハルマ』を二部も筆写していた。一部は売って学費や生活費に充《あ》て、その後、赤坂田町に蘭学塾を開いている。五年前のことである。蘭学塾を開くほどだから、オランダ語の読み書きはできると思っていた。しかし、これほど澱《よど》みなく喋れるとは想像もしていなかった。

「おいらの舌は、日本語だけのためにあるんじゃねえよ」

満場、水を打ったような静けさとは、まさに今の状態を言うのだろう。しわぶきひとつ聞こえてこない。さすがの佐々倉も黙っている。

「異国の脅威にさらされている我が国は、海防、軍事強化を急がねばならぬ。そのためには、我々の要求通りに、速やかに指導・調練に入ってもらいたいものだ」

まことに貴殿の仰《おお》せの通りだ、という声がそこかしこで上がり出した。

見事な人心掌握術だ。万次郎から気に食わない男だとさんざん聞かされていなかったら、自分も勝の前に首を垂れていたろう。

「なかなか立派な御仁《ごじん》ですねえ」

右隣の兵助までがしきりに感心している。本当は伝習には乗り気でなく、このままだらだらと講義の開始が遅れればいいと願っている筈なのに。

「あの人は艦長候補として訓練を受けるわけだから、あれくらいの特技を持っていても驚くには値しないし、全員をまとめていくのは当然だろう」

左隣の福岡金吾は腕を組んだまま、表情一つ変えない。独身でまだ若い兵助と比べ、年齢も友五郎に近く妻子がある分、金吾はおとなだった。

「昌平丸ではあまり見かけなかったが、御目見以上というのはやはり違う」

友五郎は黙っていた。身分が著しく違っているのだから、勝の人品骨柄《じんぴんこつがら》についてとやかく言えるわけがなかった。

最後に、と言って、勝は江戸大地震に触れた。幕府から通達があり、地震の被害は甚大であり、伝習生の留守宅も心配だろうが、伝習計画に変更はない、とのことだった。

勝の説明によれば、倒壊あるいは焼失した家屋は一万五千軒以上、死者は四千人以上とのことである。友五郎は江戸からの知らせが来ないのを、無事な知らせとはとても思えなくなった。

「今日はもうこれ以上話はないから解散する。とりあえず、明後日の朝五ツ（八時）にまたここへ集合してくれ。今後のことはそのときに話があるだろう」

二、三人勝に近寄って、礼儀正しい言葉遣いで、伝習について確認している者たちがいたが、天文方手付の三人は講義棟を出た。

江戸からやってきた伝習生は、ここ西役所内に荷を解いている。航海術を専門に学ぶことになる三人は同室だった。

「昼飯を食べたら、長崎の町を見物に行きませんか」

兵助の誘いに友五郎は年長者として忠告した。

「総督の指示が出るまでは、役所内にとどまるべきだと思うが」

兵助は、長崎へ到着して船酔いから覚めるとすぐ腰が浮き出し落ち着きがなくなっている。明後日まですることがないとなれば、外へ出たいと言い出すのは無理もない。しかし、友五郎は、伝習生活に慣れ、時間的な余裕が得られるまで、長崎の町へ見物に行こうなどとは全く考えていなかった。そんなことより江戸の状況が心配だった。何とかして詳しい状況を知りたかった。

「古くから南蛮人を始めとする異国の人々が訪れていた長崎ですよ。船の上からでも江戸では見られない建物が多かった。ああ、食べ物だって、本場の卓袱《しっぽく》料理が食べられる。それに丸山というところには遊女町があり、そこの女たちはさすが長崎らしい異国情緒があふれているそうだし……」

兵助の話を聞いているうちに、友五郎は次第にばかばかしくなり、さらに腹も立ってきた。

「いい加減にしろ。地震で家族や知人が被害を蒙っているかもしれないのだぞ」

友五郎の剣幕に兵助は首を縮めた。

金吾は横になり、腕枕をするとやがて寝息を立てだした。

間が持てなくなって、兵助は黙って部屋を出て行った。

友五郎のところへ文が届けられたのは、その日の夕刻のことだった。西役所内をうろついていたらしい兵助も、夕食前には宿舎に戻っていた。

兵助が寄って来たので説明した。

「長崎の生薬屋《きぐすりや》の主人、木谷与一右衛門殿からだ。ぜひ店へ来てほしいと言っている」

「お知り合いなのですか」

「長谷川道場の先生が筑後柳川で修業されていた時に世話になった方だ」

「小野さんがここにいることがよく分かりましたね」

「昌平丸がのろのろ走っている間に、先生からの手紙の方が先に届いたそうだ。もちろん昌平丸が到着したことも知っている」

時化で大きな損傷を受けた昌平丸は、長崎で修理が開始されている。薩摩まで回航するだけの余裕もないし、帆柱の修理なら長崎でもできた。

「すぐには行けませんよね」

兵助は遠慮がちに言った。

友五郎はどうしようか迷った。すぐには行けないが、返事はしなければならない。

続けて、友五郎に、小名木沢屋敷の上役渡辺孝三から手紙が届いた。地震の翌日に出されたもので、友五郎が下関から出した手紙への返事ではない。友五郎が心配することを予想してすぐ出してくれたのだ。笠間藩が友五郎に寄せている期待の大きさが感じられた。

文面は簡潔ながら状況の深刻な一面も伝えていた。小名木沢屋敷は塀が崩れるなどの被害はあったが、幸い出火や類焼もなく、怪我人も出なかった。しかし、本所界隈は家屋敷の倒壊がひどく、火災の発生もあり、死者の数は数えきれないという。また、外桜田の上屋敷では火災こそなかったものの、屋敷の倒壊による怪我人が出たとのことだった。

小名木沢屋敷は無事だったらしいが、同じ本所に万次郎夫婦は住んでいる。生まれたばかりの赤ん坊や産後の夫人に万一のことがなければよいがと思った。

寄宿している伝習生は、西役所、台所横の土間で食事が給される。木製の長い机と長椅子が整然と並べられていて、一度に五十人は食事ができる。御目見以上の三人は、奥座敷で総督の永井と食べるから別である。ここでは、武士とそれ以外で時間差を設けて食事が給された。食堂に侍の伝習生が集まってきた。一度には入りきれない。友五郎ら三人は、兵助に急かされてほぼ一番乗りだったので、既に席についている。遅く来た者たちは、外に並んだ。身分の高い者は不満の声を洩らしている。

そこへ、奥から一人の若い侍がやってきて、皆の前に立った。友五郎は、その男に見覚えがあった。

（なぜ、こんなところにいるのだ？）

徒目付榎本《えのもと》円兵衛武規の次男、釜次郎《かまじろう》だった。弱冠《じゃっかん》二十歳《はたち》で、まだ部屋《へや》住《ず》みである。生前の江川英龍を慕って、多くの門人がその下に集まったが、釜次郎もその一人だった。釜次郎は熱心に蘭学を学び、万次郎から英語も習っていた。しかし、友五郎が本所の江川邸で釜次郎を見かけたのは数度である。深く付き合ってはいなかった。

釜次郎は、今回の海軍伝習を聞きつけて、自分も行きたいと願い出たが選抜されなかった。それで、大目付伊沢美作守政義《みまさかのかみまさよし》の力を借りて、ようやく矢田堀景蔵の従者で聴講生という名目で参加を許された。矢田堀景蔵は釜次郎にとって昌平黌《しょうへいこう》（昌平坂学問所）の先輩に当たる。また、伊沢美作守の息子謹吾《きんご》とは昌平黌の同窓で親友だった。

釜次郎が伝習生の選にもれたのは、昌平黌の成績が原因だった。本来優秀な釜次郎が、こともあろうに卒業試験に失敗し、甲乙丙丁の〈丙〉になってしまったのである。これでは御役につける機会は回ってこない。伝習生選抜に及第するのも無理だった。

そういった事情を、友五郎は後で、釜次郎本人から聞いた。

釜次郎のように従者という名目の、あるいは若党や小者にまぎれた聴講生は他にもいた。彼らの中には、正規の伝習生以上に真面目で優秀な者がいた。

釜次郎は八月末に江戸を出発したので、友五郎らよりもだいぶ前に到着していた。正規の伝習生にしてもらおうと考えているから、総督や矢田堀の指示で、使い走りでも何でも働いている。根が明るく気性がさっぱりしていて、物事にこだわりがない。少々言いにくいことでも、淡々と言ってのけるせいか、恨みを買うことも少なかった。

釜次郎が咳払いをして、注目を引いた。

「矢田堀景蔵様の家来で、榎本釜次郎と申します。永井総督のご指示で参りました。食事の前に総督からの申し渡し事項があります。総督とライケン大尉の会談は二十九日まで延期されました。従って、それまでオランダ人の伝習はありません。詳しい伝習計画や日常規則が定まるまで、ここ西役所内にできるだけ留まって外出しないようにとのことです」

ここで、ざわめきが起こった。

西役所は千六百七十九坪の広さがあるが、高い塀に囲まれた長屋から見上げる空は、いくら青く澄んでいても狭い。港に向いた窓から湾内を眺めれば、伝習生が乗ってきた昌平丸だけでなく、オランダ人らが乗ってきた外輪船スームビング号が錨を下ろしている。

六月八日長崎に着いたスームビング号は翌七月には幕府に献上され、いつでも伝習に使用できることになっていた。三本マストで百五十馬力の蒸気機関を持つ本格的な蒸気軍艦である。ごちそうを前におあずけを食っているようなものだ。

毎日することもなく過ごすには西役所は狭過ぎる。伝習が始まれば、行動は厳しく律せられて、外出はままならなくなるだろう。そう先読みした連中は、既に長崎の町へ昼となく夜となく繰り出していた。

「外出は一切禁止なのですか」

佐々倉桐太郎が、皆を代表した形で質問した。こういう異常事態の対応には、最も慣れている男の一人だ。

「簡単なことなら私が総督に取り次ぎますが、外出願いは直接総督へ申し出てください」

もう一人、浦賀奉行所与力で、偉大な人物がいた。ペリー艦隊が浦賀に現れたとき、副奉行と身分を偽って、通訳の堀達之助と共に黒船に乗り込んで談判した男。日本で最初の本格的な洋式帆船鳳凰丸を、日本人だけで建造させた男。中島三郎助である。

そういった経歴は、昌平丸の中で、春山弁蔵が教えてくれた。

「あの方が、中島三郎助様です」

頬がげっそりとこけた神経質そうな男で、無駄口をたたかない。弁蔵より二つ上の三十五歳で、男としては油ののっている年齢だ。遠州灘で折れた昌平丸の帆柱を、鳳凰丸建造に関わった浦賀の船大工や、戸田号建造に関わった江川太郎左衛門組の船大工らを督励して応急修理させている。友五郎が見ても見事な手並みだった。派手な佐々倉に比べれば地味かもしれないが、底知れない実力の持ち主である。ここの伝習に最も向いた人物の一人だろう。

「ひどい話だ。これじゃ、家畜も同然だ。桜町へ行くのは不可能になりましたね」

兵助が気の毒そうにささやいた。これは友五郎を気の毒がったのではなく、自分自身を哀れんだのに違いない。

「いや。明日にでも出かけることにする」

友五郎の考えは逆だった。明日はまだ二十五日である。小名木沢屋敷が無事だったことで、多少気持ちは楽になっている。

「じゃ、総督へ願い出るのですか。無駄だと思いますがね」

兵助は最初から諦めている。

しかし、友五郎は頷いた。

「総督とライケン大尉の交渉の行方が見えないということは、決着後はかえって外出が困難になる可能性もあるということだ」

頼むなら今の方がいい、と本当に思ったのだ。兵助は先が読めないし、どうせ頼みに行くのは友五郎だからと、もう話しかけてはこなかった。それに、兵助の腹は、さっきから聞こえるほど鳴っている。

伝習所の食事は異国風だった。唐風《からふう》の揚げ物や白味噌仕立ての魚の煮込み、南蛮漬けなどで、胡麻餅《ごまもち》まで付いていた。

食後しばらくしてから、伝習所総督、永井尚志の部屋へ向かった。用件は榎本釜次郎から伝えてもらってある。

長崎目付の御用屋敷は、長崎の北東部立山役所のさらに先、岩原にあった。永井は伝習所総督に就任してからは、ここ西役所を役宅にしていた。夜とはいえ、書見台の周辺にはおびただしい数の書物や書類が積み上げられている。恐らく寝る間もないほど忙しい時期だったろう。しかし、永井は余裕のある表情で対応してくれた。

「ここの食事は口に合いますか」

挨拶すると、いきなり訊かれた。不意をつかれて返事に窮したが、贅沢な気がするほど美味であるとどうにか答えた。すると、永井は満足そうな顔をして、郷里を遠く離れて来ている伝習生が多いからせめて食べる物だけでも、といったような考えを打ち明けた。意外な心配りに、友五郎は驚いた。

用件に入り、友五郎が緊張しながら、江戸の長谷川道場と関係のある算術家に会いに外出したいと願うと、あっさり許可された。

「ほう。長崎にも力のある算術家がいましたか。この機会にぜひ親交を深めてきてください。

これからの世の中は、ただ学問があるだけでは不十分です。蘭学特に科学や技術が重要です。それを吸収するためには、オランダ語の読み書きは当然ですが、算術といった基礎知識もなければなりません」

永井尚志は三河奥殿藩主松平乗尹《のりただ》の側室の子として生まれた。幼少のころから秀才の評判が高く、旗本、永井能登守《のとのかみ》尚徳に請われて養子となった。五年ごとに行われる昌平黌の大試では、ずば抜けて優秀な成績で合格した。その後、昌平黌の分校にあたる甲府徽典館の学頭を勤めた。御徒頭、御目付と累進し、昨年の四月、長崎監察使として長崎に赴任。八月二十三日には、長崎奉行水野忠徳と日英和親条約に調印した。目付という役柄に反して、面長な顔に優しそうな目をしている。本来が学者肌の人なのだろう。四十歳で小柄な永井は、年齢よりも若々しい。

あれこれ問いただされることを想定して、説明文句をたくさん用意してあったのに、すべて不要になった。こうなると、何を話していいのか頭に浮かばない。黙っていると、永井は、察したらしく、鷹揚《おうよう》に頷きながら言った。

「オランダの数学を理解できるのは、小野さん、あなたをおいて他にはいない。伝習が本格化したら、皆あなたを頼って、目が回る状態になりましょう。長崎在住の算術家とも連絡をとって、いち早くオランダの数学を学び取ってください」

そういうことだったのだ。それにしても、自分のような者にどうしてこれだけの期待が寄せられるのだろうか。数学の知識を求めるだけなら、師の長谷川弘や斎長《せいちょう》の平内廷臣、正統の秋田義一《ぎいち》だっていたのに。

「総督は、どうして私のことをご存知なのですか」

永井は目を細めて答えた。

「あなたのことは、生前の江川英龍殿からうかがっています」

これで、謎は解けた。永井はペリー来航後の十月八日、海防掛目付を拝命している。砲台建設、大砲鋳造を担当していたから、英龍との接触も多かったのだ。

英龍は、自分を天文方に推してくれただけではなく、色々な方面へ友五郎の存在を印象づけてくれていたのに違いない。友五郎はあらためて亡き師の恩を感じずにはいられなかった。

(生きておられれば、あの釜次郎も今回の伝習生に加えられていただろう)

永井に親しみを覚えた友五郎は、今後の伝習がどうなるのか知りたくなり、恐れながらと尋ねてみた。

「オランダが提案する講義計画が、幕府の腹案と折り合わないのだ。その理由は、既に海軍教育体系を持つオランダに対し、幕府は全く無知未経験、しかも身分にこだわることを始めとしてあまりにも両者には差があり過ぎる。つまり非は幕府側にあるのだが、江戸の了解をとるのに時間がかかっている」

今朝、勝麟太郎が説明した事情と全く異なっていた。勝の肩を持つ気はないが、総督の説明は少し奇異な感じがした。

「しかしながら、オランダ人を雇い入れたのは幕府ではありませんか」

「その目的は、日本に海軍を育てるためだ。その手段として、どのような教育をなすべきか、オランダに一日《いちじつ》の長《ちょう》があるのは当然であろう。この簡単な理屈で当初方針を変更できないのは、この十月九日に、阿部伊勢守様が老中首座を退かれて、堀田備中守正睦《びっちゅうのかみまさよし》様に代わられたからだ。江戸は遠い。些細《ささい》な手続きにも時間がかかる。今後も、それが何かと障害になろう」

目的と手段を取り違えるな、と総督は指摘している。

「それから、忘れてならないのはオランダ国王の真心だ。貿易の利をアメリカやイギリスに奪われないために必死なのだ、という者もあるが、我が国との貿易は既にオランダにとって守るに値する額ではなくなっている。それより、『別段風説書』でペリー来航を事前に知らせ、スームビング号を献上してまで日本の海軍創設に貢献しようとしていること。これは二百五十年をこえる、国と国との友好関係の結果と見るべきで、それが信じられないようであれば、この国には道義というものがないことになる」

永井は七月二十九日付で阿部伊勢守から渡された辞令を見せてくれた。扱い方の丁寧さから、阿部に対する尊敬の念が窺われた。

〈船軍御創制は、容易ならざる大業に候ところ、今般阿蘭陀《こんぱんおらんだ》献貢の蒸気船を以って、運用そのほか伝習方の儀は、彼の国王において格別の心入れにこれあり。ことごとく伝習研究いたした

し。云々《うんぬん》〉

幕府はオランダ国王の好意を素直に受け入れると明記している。

身びいきは人の常だ。恐らく勝は事情を承知していたろう。しかし、永井の公平な判断をそのまま伝えたのでは、伝令役としての勝の印象は薄い。最も人心を捉えやすい伝え方をすれば、伝習生の注目は勝の存在に集中する。これは、勝の巧みな世渡り術ではないだろうか。

友五郎は、これからは勝の言葉をそのまま受け取らないようにしようと心に決めた。

部屋に戻って外出申請の首尾《しゅび》を伝えると、兵助は大袈裟《おおげさ》に驚いて見せ、すぐに同行を求めて来た。この身替わりの速さには当惑したが、兵助の精神的な危うさを考慮すれば、できるだけ一緒に行動した方が良いと思い、承諾した。後で、釜次郎を通じて総督に断らねばならないが。

兵助は友五郎を拝まんばかりにありがたがった。

友五郎は金吾の方を向いて苦笑した。

「俺はもう寝るぞ」

金吾は無視して夜具を敷き出した。

こういうとき、万次郎なら両手を大きく開いて、片目ぐらいつぶってみせてくれるものを。

友五郎は万次郎と一緒に来られなかった寂しさを感じた。

朝四ツ（十時）ころ訪ねたいという返事を、翌朝起きてすぐ使いに持たせた。使いは、鉄砲方江川組の手代鈴藤勇次郎の若党である。鈴藤は伝習生だが、その若党は伝習生ではない。伝習生の中には、こういった又家来《またけらい》を付き従えてきている者が多く、彼らは西役所内外で自炊する暮らしをしていて、事実上は管理の対象外に置かれていた。陪臣で軽輩の友五郎に従者はない。

鈴藤勇次郎は、前橋藩の刀工藤枝氏の次男に生まれた。文武に励んでいたが、特に画才には天賦《てんぷ》のものがあった。英龍のもとで蘭書の翻訳や砲術を学んでいた。温厚な人柄で、いつも一人でいることが多かった。年は三十歳である。

その日も朝から高く澄み切った青空が広がっている。江戸では味わったことのない清々しくて暖かい十月末の気候だった。

「先に諏訪神社へ行きたいのだが」

「木谷の先代が奉納した算額ですね。どんな内容かご存知ないのですか」

「いや。知っている」

「それなら、後でもいいじゃないですか。日暮れまでに戻ることを考えたら、遠回りをしている暇はありませんよ」

兵助は友五郎が用事を終えたら後は自分の行きたい所へ行くつもりなのだ。勝手な外出が許されない伝習生だが、友五郎についていると特権が得られることを、既に敏感に感じ取っている。

長崎の北東部に位置する諏訪神社の門前は馬町である。木谷の店はそこへ通じる四間幅の目抜き通りの途中、長崎のほぼ中心桜町にある。寛文三年（一六六三）の大火後、長崎は区画整理をし、四間幅の通りで碁盤の目のようになっている。

生薬屋独特の袋看板を掲げた木谷の店はすぐ見つかった。間口は六間ある。諏訪神社へ先に回るため早目に出たのだが、兵助に急かされて、結局木谷の店へかなり早く入ってしまった。

暖簾《のれん》を掻き分けて中に入ると、干草《ほしくさ》のような薬独特の匂いに包まれた。

「小野先生が見えました」

声をかけた小僧がすぐ友五郎に気付いて、結界《けっかい》の中の番頭へ報告した。番頭は飛んで来て挨拶すると、主人を呼びに奥へ走った。機敏な応対を受けて、奉公人一人ひとりにまで連絡が徹底していることに感心した。

「まるで賓客《ひんきゃく》をもてなすみたいですね」

兵助がにやにやしている。

主人の木谷与一右衛門忠代がにこやかな顔で店先まで出てきて、自ら友五郎らを奥へ案内した。

「はるばる長崎までお役目ご苦労様でございます。秋三郎さんはお元気でございますか。おっと、いけない。二代目を継いで、長谷川善左衛門弘さんになられたのでした」

四十六歳の弘より与一右衛門は年齢が若干下らしい。弘が柳川にいたときの親しい交流がしのばれる話し方だった。

「長谷川道場とは長い付き合いになるみたいですね」

兵助も何か言わないと邪魔者扱いされると心配したのか、口をはさんだ。

「高柳様も長谷川道場にお通いですか」

「小野さんから数学を学んでいますから、門弟みたいなものです」

お前を弟子にした覚えはないぞ、とにらんだが、兵助は知らぬふりをしていた。与一右衛門は如才なく頷いている。

「このたびの小野先生といい、長谷川道場とは長く親しくさせていただいて、本当に光栄です。二代目の長谷川先生の前、遊歴算家《ゆうれきさんか》として名高い山口和先生がここにお立ち寄りになられたのが、今から三十三年前のことになります」

文政五年（一八二二）五月二日、長崎に着いた山口和は、川崎町の問屋紙屋次兵衛方に投宿し、八日に出立している。その間に寺巡りをしながら算額を見て歩いた。

「そのとき亡くなった父が山口先生のお弟子にしていただきました。私は十七か八でしたが、当時のことはよく覚えております。息子の私が申すのも何ですが、父は九州一の算術家という評判でした。それが、上には上がいるものだと、それはもう、父は我が身の不明を恥じて、すぐに弟子入りをお願いしたものでございます」

算術家同士は、互いに問題を出し合い、その解答について意見を交わせば、実力はすぐ見抜けるものである。そうして、山口は全国を旅しながら、同じ関流でも敷居の高くない、長谷川道場の数学を広めていったのだ。

その山口も、故郷水原へ帰り、五年前の嘉永三年（一八五〇）二月に亡くなったことは与一右衛門も知っていた。

「それから十年ほどして、先代の長谷川先生のご養子の秋三郎さんが柳川の宮本重一《じゅういち》先生のところへ来られて、ここへも何度か足を運ばれました。先代がお亡くなりになったので、九年間の修業を終えて秋三郎さんは江戸へ戻られましたが、今またこうして、長谷川道場の小野先生が長崎に来られる。縁とは不思議なものでございます」

「私などは、たいした者ではありません」

「何をおっしゃいます。四年前の『長谷川社友列名』では、門人を代表して序文を書いておられたではありませんか。そのときは、亡くなった父の名前を伏題の部に故木谷与一右衛門忠英と載せていただき、大変うれしゅうございました。ま、それはさておき、小野先生は、昨年は『大全塵劫記』の再刻で、その付録を著述されました。他に『必要算法』五冊や『算法叢書《さんぽうそうしょ》』などは小野先生の著述でございましょう」

与一右衛門は、書棚からそれらを取り出して見せる。

「私ひとりの仕事ではありません」

長谷川道場では、たとえ師が大きく関与した著述でも、弟子の名前を筆頭にして出版するのが通例になっている。すべて先代の教えで、それは今も固く守られている。

横に座っている高柳がしきりに感心している。これでまた、後がうるさいだろう。

「山口先生がここにおられたのは十日もありませんでしたが、父はよく長崎を案内してさしあげておりました。小野先生の滞在は長くなりそうです。当地で不便がないように精一杯お手伝いしたいと存じます。どうぞ何なりとお申し付けくださいまし」

昼前に辞去するつもりが、思い出話が終わると、さすが算術家の息子だけあり、与一右衛門は、いくつか数学上の疑問をぶつけてきたので、友五郎は丁寧に答えてやった。

それが終わると、再び地元の話題に転じた。

「柳川の宮本先生もそろそろ還暦になられますが、たいへんお元気で、藩財政のお手伝いで忙しい日々を過ごされておられます」

身分の隔てなく多くの人々にたしなまれている算術である。中には、柳川の宮本重一のように経理に、あるいは土木工事や天文暦学といったことに生かしている人々もいた。友五郎の場合は、これから西洋数学を吸収し、幕府の海軍創設のために生かすのだ。

与一右衛門は、他に長崎の数学者として、長嶺豊三郎、渡辺市郎といった名前をあげながら、地元の算術への熱い傾倒ぶりを自慢した。

それから、本場の卓袱料理で昼食となった。奥座敷には朱塗りの円卓が用意されていて、絵柄の美しい大皿に盛られた料理が、次々に運ばれてきた。トンスイと呼ばれる陶製の器が何のことか分からなくて、笑われたりしたが、いつのまにか与一右衛門と初対面のような気がしなくなっていた。

料理の時間になると、兵助は俄然元気になり、よく食べ、よくしゃべった。

初めての土地で、初めての人を訪れながら、去りがたいほどの気持ちになれるのは、お互いに算術という同じ道を歩んでいるからだ。しかし、それ以上に、与一右衛門からは、誠実で情に厚い人柄を感じ取った。実現は不可能だが、津多を伴い、ここへ預けることができたなら、妻も今までより心安らかな日々を過ごせるのではないかと思ってしまう。

店先でも名残惜しい別れの挨拶が続いた。

そのとき、店の隅で手代と話しながら、さかんに頭を下げている娘が目の端に入った。目立って背の高い女で、小柄の手代がいっそう小さく見える。姿格好は娘でも、歳はもう三十近いのではないか。目鼻立ちがくっきりしているが、何となく表情に乏しく冷たい感じがする。不幸が陰影となって一層女の美しさを際立たせているようだった。

外まで見送りに出て来た与一右衛門から、ちくりと指摘された。

「中の女が気になりましたか」

友五郎は一瞬どぎまぎしてしまった。顔が紅潮したかもしれない。

「加悦伝一郎の娘です」

どこかで聞いた名前だと思った。

「加悦伝一郎は加悦俊興とも言います」

「それなら、長谷川先生からうかがいました。円理の著述もあると……」

「はい。法道寺善《ぜん》の弟子で、『算法円理括嚢《さんぽうえんりかつのう》』を書いた人です」

「法道寺はここへも来たのですか」

法道寺善も遊歴算家の一人だ。

「加悦先生はご浪人でしたが、結構蓄えがあったようです。しかし、法道寺と二人とも大変な大酒飲みでしたから、法道寺の滞在していた半年の間にすっかり底をついたのではないでしょうか。おまけにご新造様が亡くなり、本は出来たもののそれだけで仕官がかなうわけがありません。あの娘は一時丸山に売られそうになったことがあるのです」

「遊女にですか」

与一右衛門は、あいまいな頷き方をした。何かいわくがあるのかもしれなかった。

「法道寺の素性はよく知らないのですが、小野先生はご存知ですか」

友五郎は頷いた。

「法道寺は、法道寺和十郎善といって、確か広島の鍛冶屋の生まれです。私と同じ頃に江戸へ出てきて、内田五観《いつみ》の塾にいました。そこは瑪得瑪弟加《まてまてか》塾といって、長谷川道場の次に江戸では有名でした。瑪得瑪弟加というのは、オランダ語のmathematica（数学）の音を当てたものです。蘭学の素養があり、しかも関流宗統を鼻にかけていましたから、うちの道場とは反りが合いませんでした。法道寺も内田と反りが合わなかったのでしょうか。その後、塾を飛び出して行方は分からなくなっていました」

噂によると、気に入った力のある算術家のところにだけ、長期間滞在して教えるという、勝手気ままな放浪算家といった生活をしていたらしい。

「法道寺が遊歴してくるまでは、同じ算術家同士ということで、うちとも親しくしていたのですが、それ以来、お付き合いは途絶えておりました。けれども、今は加悦先生のご病気がかなり重く、ああして、娘さんが薬を買いに来るので、できるだけ便宜をはかるようにしています」

「どこが悪いのですか」

「酒の毒で肝臓ですよ」

話し合っている横へ、暖簾を掻き分けて加悦の娘が出てきた。俯き加減だったのが、ちらりと友五郎の方を見て会釈したので、友五郎も反射的に応じた。近くで見ても、やはり表情は暗い。しかし、異国の血でも混じっているのか、目が大きく睫毛が長い、色白の女だった。

「小野さんは、女からも特別視されるのですか。これは、驚きだなあ」

兵助が声を上げた。

「ばかを言うな。ご主人と親しく話していたから、ついでに頭を下げていったまでだ」

「しかし、そばで見ると、いい女だなあ。丸山じゃさぞかし売れたでしょう」

「遊女にはならなかった、と聞いたばかりじゃないか」

友五郎は声を低めて注意した。

「名前はおうた、と言うのです」

教える与一右衛門の目は澄んでいる。

兵助を叱りながら、友五郎は女の後ろ姿に見惚れていた。背をかがめて遠ざかっていく女の、肩幅の広さが印象に残った。

日の短い季節である。早くも日が暮れかかり、山から風が吹き降りてくる。長崎とはいえ、初冬の風は冷たい。諏訪神社へ行くのはやめることにした。

二　長崎海軍伝習所

十月二十九日の永井尚志とペルス・ライケン会談によって、正式にオランダ主導の伝習が決まった。一人ひとりの身分の違いを前提としない、オランダ海軍の制度に基づく実質的な教育体系である。

同時に、西洋式の時刻と曜日の概念も導入された。正午を零時（十二時）として、午前と午後それぞれを十二等分して時刻を決める方法と、七日ごとに繰り返す曜日である。伝習生は、とまどいながらもこの合理的な習慣を身につけていくことになる。

当初は座学中心である。これもオランダの方針だった。午前八時から十二時、午後は一時から四時までで、日曜日は授業がない。科目は航海学、運用学、造船学、砲術、測量、数学、蒸気機関学など技術中心で、他には銃砲調練というのがあった。

二十二名のオランダ人教官は、それぞれ担当する学科が決まっていた。

航海学、運用学、造船学は、ペルス・ライケン大尉。

造船学、砲術は、ス・フラウエン中尉。

船具、測量は、エーグ中尉。

数学は、デ・ヨンゲ主計官。

蒸気機関学は、ドールニックス少尉とエー・フェラールス少尉。

銃砲調練は、シンケルンベルク兵曹長。

しかし、学科と教官が明確に決まっても、伝習生の側は、自分が何を学び、最終的にどうなるべきか、知らされずに長崎まで送り込まれた人々がほとんどだった。上からの指示なら、昇進や加増の機会にはなるだろう。とにかく学べばいいのだ。それが大半の人々の考えだった。詳細な計画はもちろん基本的な方針すら決めずに、何でも走りながら考えるという、日本人独特の欠点はいつの時代も変わらない。

また、オランダ語の通詞がついているとはいえ、専門的な教育なので、最初は言葉の意味を通じさせるので精一杯だった。それで、すぐに教育計画が修正され、当初は毎日オランダ語の勉強となった。そうなると、辞書も不足してくるので、勝の提案で『ズーフ・ハルマ』の筆写が盛んに行われた。

正式に伝習が始まって間もなく、連日のように江戸から手紙が届くようになった。江戸の地震の様子を伝えるものがほとんどである。伝習生はお互いに情報を交換し合い、家族や知人の無事を喜び合ったり、災難を慰め合ったりした。中には不幸な知らせを受け取った者もあったが、すぐに帰府する者はいなかった。江川屋敷からは万次郎が代表で、駿河台からは塚本真彦が小栗忠順の代筆をして、それぞれ手紙が届いた。どちらも心配するほどの被害でなかったのは幸いだった。しかし、津多からの手紙は依然として来なかった。

授業には、幕府の公式の伝習生だけでなくその従者や諸藩から派遣された伝習生も一緒に出席したため、講義室は常に押すな押すなの活況を呈した。

特に佐賀藩の伝習生は、藩主鍋島直正《なべしまなおまさ》が科学好きであり、また藩士も長崎警備の経験があって海防の意識が高く、受講態度は真剣だった。蘭学の素養のある藩士が選抜されていたこともあり、諸藩の中では優秀さで群を抜いていた。

数学の授業がそれらしくなったのは、年が明けてからである。

長崎名物のハタ揚げの季節で、風が出るとそこかしこでハタが空を舞う。すぐに近くのハタと糸の切り合いを始め、操る者も観戦する者も時を忘れて興奮する。

出島からもハタが揚がっているのを眺めていた伝習生は、時間になったので、止むを得ず講義室に戻ってきた。

一般数学の講義は若い主計官デ・ヨンゲが担当した。会計事務が仕事で、計算問題は慣れている。赤ら顔で背のひょろりとした青年だった。大勢の生徒を前にして、おどおどしている姿が滑稽《こっけい》だった。

講義はすべてオランダ語でオランダ式だったから、数学は当然西洋式で計算は筆算である。最初に数字の書き方や記号の意味を覚えなければならなかった。いちいちオランダ通詞が横で訳しながら進めるのである。日本式の代数学である点竄術を知っている友五郎らは、じきに理解できた。しかし、暗算やそろばんですぐに計算できることを、筆算で書きながら計算するのはまどろっこしくてしようがなかった。

「はい。できました」

大きな声を上げて手を上げた若者が、デ・ヨンゲから指されて前へ出た。

黒板に白墨《はくぼく》で洋数字を書き並べる。三桁の数字だった。筆のような持ち方をしているので線が細い。オランダ人が扱うように書くと、耳障りな音がするので、伝習生はなかなか真似ようとはしなかった。

下手な字だが、正しい答が書けて誉められた。若者は意気揚々と自席に戻った。

「おかしいですよ。ちゃんと帳面の上で計算していたら、あんなに早く答が出るわけがない。きっと暗算で出したのでしょう」

横の高柳兵助が友五郎をつついた。

友五郎も、どうせそんなところだろう、と想像していたが何も言わなかった。まだ講義は始まったばかりなのだ。

若者が近くの伝習生に何か言われて、しきりに頭を下げている。

「あいつ。佐賀藩の者で、中牟田《なかむた》倉之助っていうのです。上司の佐野栄寿左衛門《えいじゅざえもん》から叱られています」

栄寿左衛門は、佐賀藩の精錬方で、伝習生の中の頭格だった。大坂の緒方洪庵《おがたこうあん》の適塾《てきじゅく》や江戸の伊東玄朴の象先堂《しょうせんどう》に入門経験があり、年齢は三十四歳である。中牟田倉之助は、蘭学をかじり出したばかりの十八歳である。しかし、二人ともオランダ語は非常によくできた。

年が明けてからやってきた倉之助は、言葉の障害が少ないから、すぐに追いついてきた。しかし、他人よりできることが分かると、つい横着《おうちゃく》をしたくなったのだろう。まして、倉之助は若い。にきびの目立つ顔が初々しかった。

「若者は元気な方がいい」

友五郎は、こういうときは、普段忘れている自分の年齢を思い出してしまう。幕府の伝習生の中ではもちろん、どうやら諸藩の伝習生を含めても、友五郎の三十九歳は最年長らしい。あえて自分より年上の者をあげるなら、大勢いる水夫や船大工の中から探し出さねばならなかった。

伝習はオランダの立てた計画に従って進められていったが、座学ばかりで、なかなか実地訓練が始まらなかった。基礎を理解していない状態でいきなり実地は無理だ、ということや、伝習生個人個人が何を目指しているのかはっきりしていない中で、実地はできないというのがオランダ側の言い分だった。

しかし、実際の船具を触れることも見ることもしないで、その名称を覚えるのは困難である。だからといって、いちいちスームビング号に乗せていたのでは、講義の効率は上がらない。オランダ側は幕府と交渉し、西役所内、総督の役宅裏の空き地に、フリゲート艦の帆柱とそっくり同じ物を据え付け、帆の上げ下ろしから索具《さくぐ》の使用まで、それを用いて指導することにした。

伝習生を前にして、掌帆長《しょうはんちょう》（ボースン）のホルンプケが声を張り上げ、それを通詞が負けないほど大きな声で訳した。

「帆柱は船首から順にフォール・マスト（前檣《ぜんしょう》）、メイン・マスト（主檣《しゅしょう》）、ミッズン・マスト（後檣《こうしょう》）と呼びます。マストは風を受けてたわみますから、船尾へ向かって数度傾けて立てられています。これがメイン・マストだとすると、横帆は下から順にメインスル、メイン・トップスル、メイン・ゲルンスル、メイン・ロイアルと呼びます。縦帆はメイン・ツライスルです。これがフォール・マストなら、横帆はフォースル、フォール・トップスル、フォール・ゲルンスル、フォール・ロイアルで、縦帆はフォール・ツライスルとなります。ミッズン・マストの縦帆はスパンカアです。しっかり覚えてください」

友五郎ら侍は、訳が分からなくてもとりあえず筆記できるが、無筆《むひつ》の水夫たちは頭の中を不思議な音が通り抜けるだけで、帆柱を見上げるどの顔も目はうつろ、口が半開きで狐につままれたようである。実物があっても名前を覚えるのはかなり手こずりそうだった。

数学は、小数、分数の計算から授業についていけない者が続出した。一、二度質問をするが、そこで分からない場合、授業の進捗を妨げることになるので、誰もが遠慮して我慢することになる。算術経験者は理解しながら帳面に書き取っていけるが、そうでない者は白紙のままである。教える側も、二年でこなすべき量がはっきりしているので、全員が理解するまで授業を停滞させるようなことはしなかった。

友五郎は数学の授業で目立った。福岡金吾も優秀だったが、友五郎には及ばなかった。

簡単な比例計算に入った段階で、友五郎ら算術経験者は宿舎へ帰ったあと、他の伝習生のために補講をすることになった。永井総督の指示だった。数学の補講は、小野友五郎、福岡金吾、高柳兵助が手分けして行った。

伝習生の中ではずば抜けてオランダ語ができた勝麟太郎は、最初こそ威勢が良かったが、数学の講義が進んでいくと不機嫌になり、補講にも顔を見せなくなった。補講をしてもついて行けない者はいる。次第に補講に出席する人数も減っていった。三人で補講を行う必要もなくなってきたので、真っ先に高柳兵助が手を抜くようになった。いつのまにか兵助は、伝習所の外で勝と付き合っていた。

雪を見ることもなく冬の日々が過ぎ、すっかり春めいてきたが、伝習は相変わらず座学中心で、海に出る様子はなかった。しかし、来るべき船上訓練のためにスームビング号の大規模な修繕が行われていた。

出島の庭園には、色とりどりのチューリップの花びらが風に揺れている。長崎はすっかり春になった。

友五郎は年明けに、津多へ手紙を出していた。じっくり見物していないので、長崎の風物はあまり書いていない。外から眺めた出島を、日本の中の異国と表現した。他に、昨年暮れの二十三日に締結した日蘭和親条約のお陰で、出島に拘束されていたオランダ人は、長崎市内の往来が自由になり、街中でもよく見かけるようになったことや、通詞を介した伝習のもどかしさから、はたして二年で修了できるか不安だが、精一杯学び取るつもりだといったことを書いた。

しかし、未だに返事が来ない。

ひょっとして留守中に妊娠が判明してはいないだろうか。津多はそれを手紙に書いて送ったのだが、途中事故があって、自分のところには届いていない。あるいは、夫からの手紙が届かないので、それを知らせて良いのかどうか迷っている。それともやはり、こちらの手紙は届いたのだが、妊娠の兆候もなく、津多の精神状態はますます悪化していて、手紙を読んでも返事すら書くことが出来ない。それどころか、届いた友五郎の手紙を読むことも……。

楽観的な想像はすぐに終わってしまうが、悲観的な想像は次から次へと悪い想像を生み、いつ果てるともなく続いてしまう。

友五郎は、妻の様子を調べて、こちらへ知らせてくれるように、万次郎へ手紙を書いた。続けて、小栗忠順へも近況を書いて送った。ただし、忠順へは津多のことは何も書いてはいない。

帆柱を失った昌平丸の修理が終わり、佐賀藩に注文した大砲を積んで江戸へ向かう時期になっても、まだ実地訓練は始まらなかった。

小栗忠順からの返事が先に届いた。

塚本真彦の代筆ではなく、忠順の筆跡だった。簡潔で淡々とした書きぶりだった。

昨年忠順は父忠高を失っているが、十月二十二日、正式に跡目相続し、又一を襲名した。又一というのは、小栗家の跡継ぎが名乗る名前である。その由来は、四代目の忠政が、戦《いくさ》のたびに「又一番槍は小栗か」と徳川家康の口癖になったことである。誇りある呼び名だった。遺骨は新潟の寺町法音寺と菩提寺である牛込横寺町保善寺に分骨したが、新潟の方は墓石がなかったので、この二月に建立《こんりゅう》する予定だという。碑文を佐賀出身の碩学枝吉神陽《せきがくえだよししんよう》に撰《せん》してもらったという件《くだり》には、忠順の亡父に対する哀惜《あいせき》の気持ちがにじんでいた。

忠順の手紙は近況以外に、幕府の蘭学政策にも触れていた。

昨年蕃書和解御用は洋学所となったが、その洋学所は、二月十一日に蕃書調所《しらべしょ》とまた改名された。頭取は古賀謹一郎である。諸藩の著名な蘭学者が、教授方として徐々に選抜されている。津山藩の箕作阮甫《みつくりげんぽ》、小浜藩の杉田成卿《せいけい》、安房藩の高畠五郎、薩摩藩伊東玄朴塾の松木弘安、長州藩の東条栄庵、宇和島藩の村田蔵六《ぞうろく》らである。場所も飯田町九段坂下に定められたという。そのことに対する意見は何も述べられていなかったが、少なくとも書き送ってきたということは支持していたに相違ない。

忠順の手紙では触れられていなかったが、三月二十四日、築地小田原町紀州徳川家下屋敷跡に講武所が完成し、四月十三日、正式に開所されたことが、ここ長崎へも伝わってきた。六人いる初代頭取の中のひとり、兵学の窪田助太郎は小栗忠順に柔術を指南したことがある。太平の世に慣れきった幕臣らをもう一度鍛え直そうという幕府の意志が表れていた。

ようやく万次郎からも手紙が届いた。

幸いにも友五郎が心配していたような異常はないという。

返事が忠順よりも遅くなった理由は、津多の様子を調べるのに日数を要していたからだった。実際万次郎は、友五郎から手紙を受け取ってすぐ、深川小名木川沿いの下屋敷を訪ねている。しかし、万次郎の身分を怪しんだ門番のためにその日は会えず、出直さざるをえなかった。二度目は、韮山代官の江川英敏から笠間藩江戸留守居役へ話を通しておいてから出かけた。友五郎から手紙を受け取って、早半月が過ぎていた。

それでも、津多本人には会わせてもらえなかった。友五郎の上役、渡辺孝三が応対してくれた。

やはり津多に妊娠の兆候はなかった。友五郎からの手紙は津多に渡ったが、放心した様子に変化はなく、返事を書ける状態ではないという。黙々と主人のいない家を守る姿は、遠目には正常に見えるが、顔を覗き込むと眼はうつろだという。上役渡辺孝三の妻女りんが、津多の様子に気を配ってくれているから安心してほしいとのことだった。

勉強家の万次郎は、いつのまにか達筆になり語彙も豊富になっている。忠順とは異なり、感情のこもった書きぶりだった。

とにかく津多の病状は心配だった。たとえ返事が来なくとも、津多へはできるだけ手紙を書こう。友五郎は、渡辺へ礼状を書き、津多への手紙には諏訪神社の護符を同封した。

伝習は七日に一日は休みになる。オランダ人による伝習に慣れ、また大地震後の江戸の様子も分かったので、気持ちの落ち着いてきた友五郎は、休日は木谷与一右衛門を訪ねるようになった。かつて山口和や長谷川弘が歩いた道を、与一右衛門から話を聞きながら歩くのである。

五月末のある日。風もなく江戸よりもかなり暑く感じられる日だった。

「山口先生は唐寺《とうでら》がお気に召したのか、父と参詣して回ったそうです」

「長谷川先生への手紙に、福済寺《ふくさいじ》、崇福寺《そうふくじ》、興福寺の名前がありました」

「風景を丹念に写生される方でした。明の人たちが媽祖《まそ》を祭るために、唐風の堂宇を建てましたから、珍しかったのでしょう」

「媽祖というのは？」

「シナ南部の海に近い地方で信仰される女の神様です。航海安全や安産にご利益があるとか……」

安産と聞いて、友五郎は与一右衛門から目を逸《そ》らした。

与一右衛門の説明はしばらく続いた。

興福寺で山口和は算額も見ている。今日は興福寺へ出かけることにした。興福寺は長崎の東、麹屋町《こうじやまち》の先にある。風頭山《かざがしらやま》の裾をめぐって仏閣が並ぶ一画だ。周辺には武家屋敷も多い。

桜町の木谷の店を出発して、紺屋町の通りへ出ると、興福寺の背の高い開山堂がもう正面に見える。中島川《なかしまがわ》にかかる石橋のひとつ、一覧橋を渡る。

「石橋というのは不思議ではございませんか。切石を積み上げるだけで出来た橋です」

二人は橋の中央で立ち止まり、川の上下を眺めた。作り過ぎかと思うほど短い間隔で、いくつもの石橋が並んでいる。

「石積みの工法は、興福寺の二代目住職だった唐僧黙子《もくす》如定《にょじょう》が伝えたものです」

「すべて唐僧がこしらえたのですか」

「いいえ。川下にある眼鏡橋を如定が作って見せ、後は長崎の者たちで作りました」

「どうやって作るのですか」

「はい。木材で土台を組んでおき、両側から切石を積み上げていくのです」

「最初から土台は太鼓型になっているわけですね」

与一右衛門は頷いてから、川の西側を指差した。

「一本向こうの通りが本大工町です。その裏店に加悦先生が住んでいます」

加悦と聞いて、友五郎は背の高いおうたの冷たい横顔を思い出した。なぜかもう一度会いたいと思った。

「加悦先生の具合はどうですか」

「病状は少し改善してきたようです。長年の酒の毒にやられたわけですから、これは容易なことでは治りませんが」

酒飲みが酒を断って養生するには、相当の意志の強さが必要だ。おうたの苦労も並大抵のものではないだろう。

「暮らしの方はどうしているのですか」

立ち入った質問だった。どうしてそんなことまで聞くのかと、訝《いぶか》しがられるかもしれない。それでも友五郎は、ここで聞いておかなければ、永久に何かを失う気がして、踏み込まざるを得なかった。

与一右衛門にとっても、加悦父娘は捨ててはおけない存在なのだろう。ごく素直に返事が戻ってきた。

「おうたさんが、丸山町か寄合町の居酒屋で仲居をして暮らしを立てているようです」

丸山という地名が友五郎の胸を刺した。もしかすると、他人には言えない勤めをして、どうにか生きているのではないだろうか。

「加悦先生と算術の話は無理でしょうね」

「そんなことはありません。いくらか具合の良い日もあるそうです。小野先生が瑪得瑪弟加塾の流れを汲む算術家に対して抵抗がなければですが……」

「それは問題ありません」

長谷川道場は本来流派の垣根を意識しない、外に開いた一派である。

「それでは、いずれ折を見てご紹介いたしましょう」

「ぜひお願いします」

つい言葉に力がこもってしまい、友五郎は咳払いをすると、興福寺に向かって先に歩き出した。興福寺を参拝した後、さらに崇福寺へ回り、眼鏡橋を渡って店に戻ったのは日暮れ時だった。おうたの家に寄ることはできなかった。

「おうたという女、やはり、丸山の遊女だったらしいですよ」

練習航海に気乗りしない兵助が、出し抜けに友五郎にささやいた。二人は、湾内に浮かぶ観光丸へ向かうスループ（短艇）の中にいる。八本のオールは水夫たちが漕いでいる。海上で浴びる初夏の陽射しは、海面の照り返しも加わって強い。

実訓練がようやく開始されると、海軍伝習に来たのだという実感が湧いてきて、友五郎は海に出る日が待ち遠しくなった。

しかし、教官の人数はわずか二十二名と限られているのに、伝習生は諸藩からの参加者や船大工、鍛冶職、水夫、火焚を入れると二百名近い。伝習目的の違いもあり、たった一隻の練習艦では、毎日訓練というわけには行かなかった。

「訓練中は私語を慎め」

友五郎はまっすぐ前を向いたまま低く言った。数少ない貴重な実地訓練なのである。

四月に、スームビング号は正式に観光丸と改称されていた。

佐賀藩の三重津製造所で整備をしたので、観光丸の機関は快調である。オランダから寄贈された軍艦だが、訓練を重ねるうちに次第に幕府の船だという感覚が強くなっている。愛着も湧いてきた。真剣な訓練の最中に、兵助は女の話を持ち出した。友五郎は、色々な意味で気持ちを踏みにじられた気がした。

「誰から聞いたとは言えませんが、そんな噂を聞きました」

「そうではない。おうたの母親が、丸山の遊女だったのだ」

執拗な兵助に、ついむきになって余計なことを言ってしまった。

おうたとの再会は果たしていないが、その後、与一右衛門からおうたのことは幾度か聞いている。おうたの母親が丸山の遊女で、馴染みになった加悦俊興が少なくない金で身請けした話は、貧しい暮らしの経験がある友五郎には美談に聞こえたものだ。

「母親も遊女でしたが、おうたも大きくなってから丸山に売られたのですよ。まったくひどい父親だ」

兵助は、加悦は遊女を女房にし、次には実の娘を遊女に売ったと信じているのだ。苦界《くがい》から救い出した女に生ませた娘を、苦界に落とす父親などいるものか。

「確たる証拠でもあるのか」

友五郎は、兵助をにらみつけた。

その剣幕に兵助はたじろいだ。しかし、自信がなくなったのでないことは、その表情から読み取れた。最近丸山へ通いつめている兵助なので、情報源は丸山だろう。もしかするとカツリンかもしれない。

学生長の勝麟太郎は、オランダ語が堪能なので、何かと幕府と教官の間に入って調整することが多く、オランダ人から「カツリンさん」と親しく呼ばれている。伝習生の間では、勝と肌の合わない者がやはりいて、彼らは陰で勝のことを「カツリン」と呼び捨てにしていた。

友五郎は不安になった。

「どうだ。証拠などないのであろう」

「そりゃ、形のある証拠を示せと言われたら、確かにありません」

そう言わせないでは気がすまなかった。

観光丸に接舷したので友五郎は黙ったが、怒りはおさまらなかった。胸が苦しかった。痛みすら感じていた。なぜそれほど苦しいのか自分でも分からなかった。

木谷与一右衛門に連れられて、友五郎が初めておうたの家を訪れると、先客があった。

「おう。お前さんも来たのかえ。日本中いたるところに数学の出来る人がいるんだなあ」

カツリンだった。言葉では感歎しているのに、平然たる顔つきだ。唇は引き結ばれたままで、無表情に近い。おうたと挨拶を交わしているところへ割り込んできて、主人のような態度で中へ誘う。友五郎はおうたに申し訳なさそうな視線を送りながら、座敷に上がった。友五郎らが来たことで、おうたは、ほっとしているようだった。

卓袱台の上を見ると、勝が持ってきたらしい胡麻餅の包みが開けられ食い散らかされている。長居しているのは明らかだった。

「勝さんは、どうしてここへ」

尋ねると、ついと視線を外す。

「おれは数学が不得手だ。今さらどう努力したって、急に二一天作《にいちてんさく》の五《ご》が出来るわけはねえ。数学が嫌えだからと言って、数学の出来る奴まで嫌えだ、そんな奴らは目障りだ、とは言わねえよ。この先の日本を背負って立つのは、若くて数学の出来る奴らだ。お前さんもそう思うだろう」

若くて、と付け加えたところが気に食わなかった。癇《かん》に障《さわ》った。明けて四十歳の友五郎は、やはり伝習生の中では最年長だ。が、とにかく数学の重要性は認めているらしい。

おっと、いけない。勝の話術にはまるところだった。友五郎は頭を切り替えた。

「加悦先生をどうしてご存知なのですか」

「おれは、桜町で聞いたのさ」

勝があごをしゃくったので、与一右衛門がすまなそうに顔を伏せた。

「薬を買いに寄ったついでに聞いたら、代々算術家だってえじゃないか」

そこで長崎在住の算術家の話題になり、いつのまにかおうたとも知り合いになり、ここへも顔を出せる関係になったのだと言う。情報収集に熱心で、行動範囲の広い人だ、とあらためて感心した。

「加悦先生は、江戸の瑪得瑪弟加塾の流れを汲む、数学者です。立派な著書もあります。長崎に来たらぜひ会いたい人でした」

加悦が著した『算法円理括嚢』は、長崎に来てから手に入れた。読んでみて驚いたのは、難問ばかりを扱っていることだった。特に、十字環問題は初めて見る形状をしていた。その優れた点について説明しながら、いつか教授してもらいたいと思っていたと言った。勝は上の空で、専門的な話にはやはり興味がないようだった。

「しかし、病に冒されて長いと聞いています」

茶を運んできたおうたが、暗く頷いた。

「手前の方でもあれこれと薬を差し上げてはいるのですが……」

算術仲間として与一右衛門も加悦の回復を心から望んでいる。

「勝さん。何か他に良い方法はないものでしょうか」

友五郎の心の中には、本当に救いを求める気持ちと、勝を困らせてやりたい気持ちが相半ばしていた。

しかし、勝はすぐ答えた。

「一度、クルチウスにも聞いてやろう。そうだ。ファン・デン・ブルック先生に診てもらうのも手だな。患者は動けねえから、俺が何とかして先生に来てもらわあ」

友五郎は、勝の口から商館長やオランダ医師の名前がごく自然に出てくることに圧倒されながら、どことなく胡散臭さも感じていた。心配しているようで、その実、別間で臥《ふ》せっている病人を見舞いもせず、ここでおうたと世間話をしていただけではないか。そんな気がするのだ。

それでも、おうたは感謝の気持ちでいっぱいらしく、目に涙をにじませながら、新しい茶を淹れている。

「私はまだ加悦先生にご挨拶を……」

言いかけた友五郎を無視するように、おうたが代えた茶をうまそうに音を立てて飲み干すと、勝は腰を上げた。

「おうた。いい便りを待っていな」

「本当にありがとう存じます」

「小野さん。あんたらはゆっくりしていきな。見送りはいらねえ。そのままでいいよ」

友五郎は黙って頭を下げた。

勝がいなくなって、友五郎は与一右衛門と顔を見合わせた。嵐が去ったような気分だった。ほっとしていた。

「それでは、ご挨拶とお見舞いを」

与一右衛門に促され、友五郎は腰を上げた。加悦は襖一枚隔てた隣室にやすんでいる。与一右衛門が声をかけて襖を開くと、病人は床の上にゆっくりと起き上がった。

「今日はご気分がよろしいようですね」

与一右衛門は言いながら、加悦が脇に畳んであった綿入れを羽織るのを、近寄って行って手伝った。

まだ還暦までは間があるだろうに、老人のように落ち窪んだ目や干からびた肌は痛々しいが、表情にかすかに生気が浮かんできている。白髪交じりの無精髭にも手入れの跡があった。

与一右衛門が友五郎を詳しく紹介し、続いて友五郎が挨拶した。

「先生のご高名は、江戸でもうかがっておりました。お体にさわらなければ、いずれ先生の『算法円理括嚢』についてご教示願いたいと思っております」

加悦は静かに応じた。

「お申し出はかたじけないが、恐らくおぬしにお教えすることはないと存ずる。なぜなら、私の算術は瑪得瑪弟加塾で学んだ法道寺先生から伝授されたもの。おぬしほどの腕の持ち主なら、法道寺先生の力量は把握されておるじゃろう」

瑪得瑪弟加塾も長谷川道場と同じ関流の流れを汲む数学塾である。加悦の言うとおりなら、『算法円理括嚢』も関流の秘伝以上でも以下でもないことになる。

友五郎は遠慮がちにいくつか質問してみた。加悦は簡単に答えながら、おうたに目配せして法道寺善の著書を持って来させた。

「法道寺先生の『算法円理即編』と『算法円理鑑円理極数之解』です。私は、これらを参考にして『算法円理括嚢』を著しました。どうぞ持ち帰ってお読みください」

数学のことで長話をしてはいけないと思い、友五郎は礼を言ってその本を受け取った。すぐに開いて中を見たいのをこらえて、脇へ置いた。

静寂の中で、加悦の息遣いがはっきり聞こえる。これ以上の話は無理だろうと、友五郎が暇を告げようとしたら、加悦は、勝麟太郎という男は、と口を開いた。

「ずいぶん生きのいい侍だ」

「精力的でございますよ」

与一右衛門が引き取った。

「世の中の枠組みがひっくり返るぐらいの状態になると、ああいう人がうまく立ち回っていくのでしょう」

それは確かな気がする。伝習所でも伝習生として学んでいる姿よりも、総督やオランダ教官と接触している方がずっと多い。

「それにしても、いったい何をしにここへ来たのでしょう」

友五郎は首を傾げたが、加悦はあっさりと答えた。

「おうただよ」

「え?」

「おうたが狙いだろう」

加悦は口辺に笑いを浮かべた。

「まさか」

勝は江戸に妻と四人の子がいるし、ここ長崎で女郎を買いに行ったという噂も聞いたことがない。

「おぬしの目に勝がどう映っているか知らないが、ああいった、どこにでも顔を出し、まめに他人と接触を持とうとする男は、女にも手が早いものだ。油断はならない」

「そういうものですか」

友五郎はまだ腑に落ちなかった。

「さようでございますなあ」

与一右衛門は納得して顎をなでている。

見送りに出て勝につかまっていたおうたがようやく戻ってきた。打って変わって表情が明るくなっている。

「どうぞゆっくりしていってください。父はお客様が来られた後は、見違えるように元気になりますから。もっとも例外もいますけど」

おうたは友五郎を見て頬笑んだ。冷たい印象を受けていただけに、初めておうたから温かなものを感じて、友五郎は体の芯がとろけるような気がした。

しばらく世間話に花が咲いた。長崎ではそろそろペーロン競漕《きょうそう》が近い。今年こそ負けるものかと若者たちが打ち鳴らす銅鑼《どら》の音が聞こえてくると、加悦は体が熱くなるという。今年は絶対に見に行くのだと言い張る加悦と、無理はやめてほしいと止めるおうたのやりとりが面白かった。父娘の様子を見る限り、兵助が話していたことはやはり信じられなかった。おうたを加悦が丸山へ売るなど考えられないことだ。

それから半月ほどたった休みの日、友五郎は一人で加悦を訪ねた。加悦は前よりもさらに元気だった。法道寺の著書を参考に、友五郎は『算法円理括嚢』について二、三質問をし、加悦は伝習所で学んでいるオランダの数学を熱心に聞いてきた。加悦にとって久しく経験していなかった楽しい時間だったらしく、つい長話になり、終わりの頃は疲労の色を浮かべていた。

「お子様と離れていて、お寂しいのではございませんか」

加悦をやすませて茶の間へ戻ると、おうたが遠慮がちに訊いてきた。

「まだ子供はいません」

おうたには意外だったようで、大きな目で見返されて、友五郎の胸が高鳴った。色白の顔に映える黒い瞳が美しかった。

「失礼なことをお聞きしました。お許しください」

急いで俯《うつむ》くと、新しく茶を淹れながら、横顔を向けた。長い睫毛が際立った。

「妻帯してすぐ妻は身籠《みごも》ったのですが、運悪く産声を聞くことはできませんでした」

「それは……。さぞ奥様はお気を落とされたことでしょう」

「ええ。もう何年も前のことになります。私は全く心配していませんが、妻は子が授かるようにとあちこちの御札をもらって歩いたりしているようです」

おうたが、透き通るほど肉の薄い茶碗に注いだ茶を勧めてきた。

友五郎は茶碗を取り上げた。

黄色い色をした茶で、初めて嗅ぐ香りがした。不思議そうな顔をすると、シナの茶で、乾燥させた茉莉花《まつりか》の花を混ぜた緑茶だという。ジャスミン茶だった。

飲んでみると、たちまち爽快な気分になる。心の迷いも憂鬱も消えていきそうだった。

その表情を見透かされたのか、おうたが少々きついことを言った。

「一日も早く伝習を終えられて、江戸へお戻りになりませんと、奥様は気が変になられるのではありませんか」

「そうでしょうか」

実際はおうたの言う通りなのだが、すぐに断定できることが解《げ》せなかった。

「私ならそうなります。小野様の人生には、何か想像もできないことが待っているような気がするのです」

「想像もできないこと?」

「ええ。何と言うのでしょうか。誰も知らない世界を見ると言うか、冒険が待っているような。そして出世されます」

「出世というのは、たとえば勝さんのような人のためにある言葉でしょう」

「ええ。あの方は出世なさる方です。でも、女が一生を捧げてついて行こうと思える人ではありません」

出世する男に見初められることは、女の幸せではないのだろうか。

「これは、女の直感です。勝様の人生には、女だからこそ共に味わえるような苦労が、なさそうに思えるのです。そこへいくと、小野様の将来には女の苦労がたくさん待ち受けているような……。ごめんなさい、わたし、易者でもないのに」

「いいえ、かまいません。どうぞ続けてください」

おうたは確かめるように友五郎の顔を覗き込んでいたが、安心したのか、再び口を開いた。

小野様の、と言いかけたところで、友五郎は、さえぎった。

「小野様の様はやめてください。あなたとは心を開いて話したい。私はおうたさんと呼ばせてもらいますから、おうたさんは、私を小野さんと呼んでください」

おうたは素直に頷いた。

「小野さんは、数学においては類い稀な才能をお持ちの方です。父もそう申しております。この国のこれからの行く末になくてはならないお方です。そのために味わう苦労はいかばかりか知れません。それは、女としても、共に手を取り合って乗り越えて行きたいものだ、と本能的に感じるのです。きっと奥様もそう思っておられるに違いありません」

津多に関する限り、おうたの想像は当たっていないだろう。津多の全身全霊は、武家の妻として、女として、子供が授かることの一点に集中している。極端な言い方をすれば、夫はこの小野友五郎でなくてもいいのだ。

友五郎は、おうたの主張を否定する気はなかった。おうたの考えを改めさせて何の意味があろう。それよりも、江戸と違って昔から海外の動きに敏感な長崎に住む女から、こうして自分の将来を日本の将来と関連づけて聞くこと、それは、初めて口にした茉莉花の芳香がする茶と同様に、友五郎には新鮮で心地よかった。

「この私が、この国のために、本当に何ができるのか、今は分かりません。けれども、おうたさんの期待はとても励みになりますし、正直言ってうれしいことです」

おうたは言葉を返してこなかったが、津多とは逆に、友五郎に一日も長く長崎にいて欲しい、と思っているような気がした。

「暮し向きのことで不便はしていませんか」

帰るときに、友五郎はそっと聞いてみた。

おうたは心配はいらないと首を振ったが、すぐにそれでは不十分だと思ったのだろう。

「詳しくは申し上げられませんが、生計のことは、どうぞ心配なさらないでください」

念を押した。きっぱりとした言い方だったので、友五郎は信用していい気がした。

数学の講義が一気に難しくなってきた。三角関数、三角法、指数、対数、級数といった高等数学に入ってきたからである。

教師は、デ・ヨンゲからペルス・ライケンに変わった。ライケンはオランダで航海学を修了している。高等数学はお手の物だった。

「これからはマテマテカ（mathematica）ではなくビスクンデ（wiskunde）を教えます」

最初の講義で、ライケンはそう言った。同じ数学でも、これまでオランダ語で数学はマテマテカだと思っていた友五郎には、ビスクンデは初耳だった。ライケンによれば、ビスクンデの方が格調高い表現なのだという。

西洋の高等数学は、主に幾何の問題をそろばんを駆使して解く日本の数学とは大きく違っていた。しかし、三角関数のような新しい概念を理解しなければ、西洋の進んだ航海術を身に付けることはできない。加えて、通詞を介した授業である。伝習生は、理解するのに非常に難儀した。

ここまで数学が高度になると、やはり友五郎の出番だった。三角法などは長谷川道場で身につけていたし、天文方ではオランダのスワルトの航海術書を翻訳した経験もある。デ・ヨンゲからも聞いていたろうが、ライケンは、友五郎のずば抜けた数学の実力に目をつけた。寄宿舎では伝習生に数学を教えていることも知った。授業の進捗を遅らせないためには友五郎にしっかり数学を理解してもらう必要があると判断したライケンは、時間外に特別に友五郎だけを出島へ呼んで、指導することにした。

ライケンは総督の永井尚志に提案し、快く了解された。

あとから勝麟太郎が、自分も同行させろと訴えてきたが、ライケンは、専門的な数学を教えるのだからカツリンさんには無理だと言って、その要求を退けた。

友五郎は二度目の出島へ渡った。

六月も末の土曜日の午後である。この時間帯は、水夫らが船の掃除をするぐらいで、友五郎らは講義も実地訓練もない。

永井がつけてくれたのは、本木昌造《もときしょうぞう》という三十四歳の熟練した通詞だった。

伝習所の専任通詞は、本木はじめ十四名が任命されている。授業内容は高度だし専門書を使用するので、日に日に伝習生の数が増えることも加えて、とても手が回らなかった。蘭和辞典『ヅーフハルマ』の写本がいくらあっても足りなかった。本木は、蘭和辞典の次に必要なのは文法書だと判断していたから、昨秋、活字判摺立所取扱掛に任命されたのを機会に、準備に着手し、今月になってようやく、オランダ語文法書『セインタキシス』の印刷に成功した。刷り上った五百二十八部は見事な出来栄えで、伝習生らに重宝《ちょうほう》がられている。

本木は数学の講義が行われるライケンの住居へは向かわず、表門を入ると左折して庭園に友五郎を案内した。

庭園はいつも花盛りだった。花に詳しくない友五郎でも、それらの多くが日本の花でないことは推定できた。本木は一つ一つオランダの名前を教えてくれた。

「これは、もしかすると、江戸でも見られるのではありませんか。阿蘭陀石竹《せきちく》と名付けられています。オランダ語ではアンジャベル（anjelier）と言います」

八重《やえ》に咲いた真紅の花びらが、友五郎の目に強烈に映った。

この日、ライケンは、関数という概念について解説した。自然現象を表現する上で、重要な概念だと聞かされたが、友五郎にはなかなか理解できなかった。休憩をはさんで四時間近い特別講義が終わると、友五郎は夕食に招待された。オランダ人の料理人が作ったフルコースで、友五郎にとっては、ナイフやフォークの使い方も初めてで、とまどいの連続だった。

食事を終えて外へ出ると、辺りはかなり暗くなっている。用事のある本木は、ひと足先に帰っていたので、友五郎ひとりである。初めて飲んだ赤ぶどう酒に酔ってしまい、星明りの下で踏む足元があやしかった。

そのとき、商館長クルチウスの住む建物から出てくる、白い着物が薄闇の中にほのかに浮かんだ。どうも女らしい。

どこへ行くのかと思っていると、女はまっすぐファン・デン・ブルックの家へ向かった。ブルックは商館医で、嘉永六年（一八五三）着任以来、出島のオランダ人だけでなく長崎の住民の治療にもあたっていた。物理、化学に造詣が深く、幕府や諸藩の伝習生から通詞にいたるまで熱心に教えていた。

女がブルックの家の前に立つと、やがて、入り口が明るくなった。

意外にも女はおうただった。

酔いが急に回ったように友五郎の動悸が激しくなった。突然兵助の言葉を思い出した。

（おうたは丸山へ売られたことがあるのですよ）

出島に出入りできる女は遊女に限られていた。そういった女たちを、長崎では〈阿蘭陀行《ゆき》〉と呼んだ。

風に吹かれて酔いをさましながら、おうたが出てくるのを待ったが、胸苦しさは一向におさまらなかった。

やがて、おうたが出てきた。俯いたまま急ぎ足で近付いてくる。帰ろうとしているのだ。

友五郎は表門の内側で通せんぼするように待ち構えた。

すぐそばまで来て、おうたは立ち止まり顔を上げた。

「小野さん。どうしてここへ」

「それは、私の聞きたいことだ。あなたこそ、何をしに出島へ……」

声が震えた。

「カピタンのクルチウスさんにお願いして、ブルック先生からお薬を分けていただきに来たのです。あのう……勝様が便宜をはかってくださいました」

友五郎の胸が楔《くさび》を打ち込まれたように疼《うず》いた。

「勝さんが口をきけば、簡単に出島に入ることができるのですか」

友五郎の背後には番人が控える表門がある。ここを出るにも入るにも、木製の鑑札を見せなければならない。女が見せるそれは、〈阿蘭陀行〉だけに許された通行許可証で、遊女であることの証でもあった。

おうたはうろたえ、返事に窮している。友五郎がおうたを遊女と疑っていることに気付いているのは間違いない。しかし、その疑いを晴らすためのひと言が出てこない。

まさか本当に遊女だとは思っていないが、勝の便宜にしても、違法なものだったのかもしれない。勝なら丸山で鑑札の一枚ぐらい手に入れることは容易だろう。〈阿蘭陀行〉になりすまして行け、ぐらいのことは言いそうである。もしそうだとしたら、そんな男の好意に甘え、言われるがまま大胆にも番人を騙して出島に出入りするおうたが、友五郎には許せなかった。

「あなたは鑑札を持っているのですね」

おうたはびくっとした。

「〈阿蘭陀行〉の鑑札を持っているのですね」

「詳しくお話すれば、分かっていただけると思います。これには深い訳があるのです」

強くかぶりを振りながら、おうたは必死に訴えた。想像した通りだった。

「何も聞きたくない」

友五郎はおうたに背を向けた。

「待ってください」

すがりつくような声が聞こえたが、友五郎は歩き出した。

番人に突きつけるように鑑札を示すと、急いで表門を潜り、石橋を渡って出島を後にした。追いすがるおうたが番人に止められている声が聞こえたが、決して振り返らなかった。いくらか酔ってもいたが、腹が立ってしようがなかった。

三　精霊流し

「まだ九時にもならないのに、テルモメートル（寒暖計）がもう八十度（摂氏約二十七度）を超えている」

初めての長崎の夏である。佐々倉桐太郎は暑さが苦手だった。うだるような暑さを敵のように嫌っているが、負け惜しみなのか、習いたての寒暖計が示す気温を何度も口にした。そして、激しく扇子の音を立てた。

「こういうときは、座学より艦上訓練の方がいい」

中島三郎助が無愛想に続いた。

七月十一日月曜日、盛夏である。

その日の講義開始前、榎本釜次郎が伝習生全員の前へ進み出た。暑さが伝習生たちの私語をやめさせない。ざわめきの中、釜次郎は快活な口調で喋りだした。

「昨日、オランダ商館長ドンケル・クルチウスから永井総督へ書状が届きました。それによりますと、オランダへ注文した蒸気船二隻のうち、ヤッパン号は来春までに回航されてきますが、もう一隻はまだしばらくかかるとのことです」

伝習生の間に失望の声が上がった。

「来春とはいったいいつのことか。船が出来ても、長崎まで回航するのに、さらに半年とかかかるのではないか」

「オランダは本当に我々の蒸気船を作っているのだろうな」

毎年この時期は、風向きと潮流の関係で、長崎への帆船の来航は最も多くなる。野母《のも》にある遠見番所から小瀬戸、梅香崎、永昌寺へと狼煙《のろし》の伝達で届く「帆船見ゆ」の知らせに、伝習所内には決まって期待と緊張が走る。期待はオランダから届けられる予定の最新鋭の練習艦である。ようやく伝習にも慣れ、座学より実訓練を好む伝習生が多くなっていたからだ。

長崎奉行水野忠徳が、老中阿部伊勢守の指示でクルチウスへ蒸気軍艦建造を依頼したのは、ペリーが来航した年の秋である。それから既に三年が経過していた。

最近、観光丸の船底が傷んでいることが判明し、早急な修理が必要だった。修理が始まれば、ひと月は訓練できなくなる。

不満と懐疑の声を吹き上げる伝習生の中で、友五郎は、初めて聞くヤッパン号という船名に言い知れぬ感動を覚えていた。ヤッパン号とは、訳せば日本号である。

オランダの姿勢には、常に日本への厚誼《こうぎ》を強く感じる。時間はかかっているが、約束通りの蒸気軍艦が完成しつつあるに違いない。二年の伝習期間中に、必ずヤッパン号に乗れる。友五郎は、期待に胸の高鳴りを覚えた。それは、まるで本大工町を訪れるときの胸の高鳴りに似ていた。

長崎は丘陵に囲まれていて平地が少ない。切支丹が隆盛だった長崎では、神社仏閣は市街地の周辺に追いやられた格好だ。そのため山裾には寺院と墓地が手をつないだように並んでいる。墓地は丘陵の斜面にまで這い上がっている。それらは、殉教した多くの切支丹の冥福を高い所から祈っているようだ。

七月の盂蘭盆会《うらぼんえ》は火と音の祭と言ってよい。日が暮れれば、市内の家々は軒につるした灯籠《とうろう》に一斉に火をともす。そこかしこで花火が流星のごとく夜空を切った。灯籠は墓地も例外ではない。十三日の新盆の墓に始まって、十四、十五日には、墓という墓すべてに二つも三つも飾った灯籠に火がともる。夕方から人々は酒肴の用意をしてそれぞれの墓へ詣で、火をともすだけでなく、そこで賑やかに酒宴を張るのである。宴もたけなわになると、墓地にもかかわらず、火箭《ひや》と呼ばれる花火が打ち上げられた。盂蘭盆会の期間、長崎の夜は明るく騒々しく、市街地がこころもち広くなる。

日曜日以外は教育を休まない方針の海軍伝習所だったが、一年のうちでも最も重要な祭りを迎える長崎の住民に気を遣って、永井総督がペルス・ライケン、ドンケル・クルチウスに休講を申し入れた。十三日は水曜日、十四日は木曜日、十五日は金曜日だから、このままでは一日も休みにはならないからだ。

「我が国では、毎年この時期、盂蘭盆会と称して亡くなった先祖の霊を呼び寄せ、暫時共に過ごした後、再び、先祖の霊を送ります。そのために、土地土地でやり方は異なりますが、霊を迎えるために目印の火を焚いたり、霊を送るための船を作って海や川へ流したりします」

永井の説明を支持するようにクルチウスは、ライケンへ顔を向けた。すると、ライケンは口髭をなぜながらにやりとした。

「先祖を敬う精神的な行事は、日本の文化そのものでしょう。伝統は大切にするべきです。それでは、十三日から三日間だけ伝習は休講といたしましょう」

ライケンのこの即答は、既にクルチウスとの間で事前に打ち合わせがなされていたことを物語っていた。来日して三年になるクルチウスは、長崎の伝統行事を熟知している。この、毎年繰り返される夏最大の行事を、今年は初めて出島の外で眺められるのだ。

「私も、心行くまで日本の盂蘭盆会を楽しませていただきますよ」

昨年、初めて出島の中から望見したライケンも、同じ考えだったらしい。

十三日からの休講が十二日に決まり、伝習所内は沸き返った。

「小野さんは、明日からどうされますか」

夕食後、春山弁蔵が人なつこい顔を向けてきた。自分より五つも年下なのに、この男と話していると、気持ちがゆったりとなごんでくるから不思議だ。

「知り合いの薬屋を訪ねたりしながら、長崎の盆祭りを見物します。夜はせいぜいそのことを手紙に書いておこうと思います」

「それは良かった。まじめな小野さんのことだから、こういう時に西洋数学の復習をきちんとしておく、とでも言い出すのではないかと心配でしたよ」

「それも考えましたが、そんなことを言おうものなら、弁さんにどこかへ連れて行かれるかもしれません。その方がかえって怖い」

弁蔵は大きな声で笑った。

「願ってもない三日続きの休みです。既に多くの伝習生が姿を消しています。大方、丸山町か寄合町へ行ったのでしょう」

「遊郭ですね。私のような貧乏人の行く所ではありません」

「おや。懐に余裕があれば、小野さんのように物事を六分儀で測るような方でも行かれるのですか」

面白いことを言う男だ。友五郎は苦笑しながら切り返した。

「弁さんこそ、浦賀に残してきたご妻女が怖くて遊びに行けないのではありませんか。それで、同罪になる者を探している……」

「いやあ。これはまいった。図星ですね。小野さんは数学だけでなく、難しい人の心理を解くのも巧みだ」

弁蔵は、太い眉をいっそう垂れて、顔をくしゃくしゃにした。

長崎の盆祭りが頂点に達するのは十五日の夜から十六日の未明にかけてである。

精霊流《しょうろうなが》しがあるからだ。長崎の住民は、竹や麦わらで精霊船を作る。帆には白い紙を貼った。ここに宗旨《しゅうし》名や南無阿弥陀仏と書いて、提灯をともし、午前二時の鐘を合図に海へ流すのである。二、三十年に一度は大流しといって、唐船《とうせん》を作る。これを長崎港内曳航《えいこう》する。その後、白崎へ陸揚げして派手に燃やすのである。中国の彩舟流《さいしゅうなが》しの影響を受けた行事だった。

精霊流しを見ようと、伝習生は西役所を出た。丸山町や寄合町へ繰り出して、先に精進《しょうじん》落《お》としをした不心得者も、これを見るために西役所へ戻っていた。

昨年の日蘭和親条約締結によって、オランダ人は出島の外の往来が許されるようになっていたから、オランダ人の姿も混じっていた。彼らにとっても、この精霊流しは、ぜひとも間近で見たい長崎の奇祭だった。

夕方から周囲の山裾の墓地でともされた夥しい数の灯籠の明かりや間断《かんだん》なく打ち上げられる火箭が、夜の深まりとともに次第に少なくなり、やがてすっかり消えてしまう。それを待っていたように、今度は、市中の家々から、また新たな光と音が生まれ出る。

人々が抱えているのは自家製の精霊船である。竹を編んで船形にし、それを麦藁《むぎわら》や菰《こも》で包んで浮かぶようにする。大きさはおとなが両手でやっと抱えられるほどである。

帆柱を立て、白い紙で帆を張る。そこには、極楽丸、西方丸といった船名や南無阿弥陀仏といった文字が書かれている。さらに色紙を貼って作った小さな提灯をのせ、火をともす。火は冥土へ送り返す死者の霊魂の象徴だ。

各戸から吐き出された精霊送りの使者たちは通りで合流し、大きな流れとなる。午前零時はとっくに過ぎている。群衆の中には鉦《かね》を打ち、火箭を飛ばし浄《きよ》めの爆竹《ばくちく》を鳴らす者もある。火と音の洪水は一路海を目指して進む。騒々しくも荘厳《そうごん》な行進だ。

「アイトステーケント（すばらしい）！」

「モーイ（美しい）！」

オランダ語の感嘆の声が混じっている。

友五郎は、西役所を囲む塀を背に、湾内に向かって立っている。精霊送りの行列は、市街地からやってきて、友五郎の足元を抜け、大波止へ突き当たる。精霊船を流し終えた人々は、名残惜しむ間もなく左右へと押しやられていく。

友五郎は群集の中におうたを見つけた。背が高いのですぐ分かった。やや小ぶりな唐船を胸に抱いている。提灯には既に赤い火が入っている。薄い浴衣が月夜にも透けて見える。誰の霊を送ろうとしているのだろう。濡れ羽色《ばいろ》というのか。艶やかな髪の色がなまめかしい。

大波止の汀《みぎわ》に人々は横一線に並ぶ。後ろから押すな押すなという状態だ。既に数え切れない精霊船が湾内に光群となってたゆたっている。無数の蛍光の明滅にも似て、対岸飽《あく》ノ浦《うら》の闇を背景に、波のまにまに漂っている。ときおり大きな海面の揺れに翻弄された船が、提灯から出火して燃え上がり、短い人の一生を象徴するようにみるみる燃え尽きて消えていく。

午前二時の鐘が鳴り響いている。

足が濡れるのも厭わず、汀にしゃがんでいたおうたが、波の引き際に精霊船を浮かべてそっと押すと、呆気なく船は波にさらわれていった。

時の鐘が鳴っても流すのをためらっている人が多い中で、おうたの潔さが友五郎には悲しく見えた。

やがて、群集の中からおうたが抜け出してきた。江戸町の通りを海に沿って抜けて、出島の前を過ぎた。友五郎は西役所を迂回して、おうたの先回りをした。

船番所の前で追いついて名を呼んだ。

おうたは立ち止まって振り返った。

友五郎は深く頭を下げた。

「先日は出島で失礼しました」

おうたがどんな反応を示すか、友五郎は恐れと期待で体がこわばった。

その緊張した場面に伏兵が現れた。

「弁さん、……」

精霊流しを一緒に見る約束をしていた春山弁蔵が、今ごろになって帰ってきたのだ。酒の匂いがして、足元が心もとない。

春山はおうたに気付くと笑顔でお辞儀をした。

「春山弁蔵です」

「こちらはおうたさんといって、算術家の加悦俊興先生の……」

友五郎が詳しくおうたを紹介しようとすると、春山の方が喋りだした。

「いやあ、兄貴風《あにきかぜ》を吹かせて若い連中を誘って飲みに行ったのはいいが、とんだ散財《さんざい》をしてしまいました。連中はこれから精進落としに行くそうですが、一文無しの金蔓《かねづる》にはもう用がないのでしょう。置いてけ堀《ぼり》をくいました。あはは。小野さん。江戸へ帰っても女房には内緒ですよ。じゃ、私は部屋へ帰って寝ますから、ここで失礼します」

春山らしい気の遣い方で、友五郎が呼び止めるのも無視して、立ち去った。

「人情味のある方ですね」

おうたは春山の後姿を目で追いながら呟いた。

「浦賀奉行所の同心です。日本で洋式帆船を設計できる貴重な一人です。私より年下だが、親父のように温かい人だ」

ようやくおうたがこちらを向いた。

おうたの瞳が星明りや湾内に浮かぶ精霊船の灯火を反射して瞬《またた》いていた。

「もうご立腹なさってはいらっしゃらないのですね」

「おうたさんこそ、私の一方的な物言いに、さぞかし……」

「腹が立つより、悲しかった……」

二人の横を、精霊船を流し終えた人々が無言で通り過ぎていく。汀の近くで爆竹の音が響いた。二人は岸壁に寄った。

「おうたさんも、誰かの霊を送ったのですか」

おうたはすぐには答えず、油を流したようにゆったりとうねる海へ顔を向けた。流星のような火箭が光の筋を海面上に描いた。

歩きましょう、とおうたを促した。

「死んだお母さんですね」

おうたは強くかぶりを振って、歩き出した。友五郎も従った。

「賑やかな精霊流しだ。しかし、派手で騒々しいほど、私には人々の悲しみが伝わってくる」

「母ではありません」

二人は雑踏を掻き分けながら、人のいない方、静かな場所へと道を選んで行った。

「母は死んではいません」

「それは知らなかった」

加悦と二人だけの暮しだし、精霊流しをする姿を見たので、てっきりおうたの母は死んだものと想像した。

「父へ届けばいいな、と思って船を流したのです」

おうたの話が不連続で、友五郎はとまどった。俯き加減だったおうたが、顔を上げて、まっすぐ友五郎の方を見た。大きな瞳がまたたいている。

「父はオランダ商館員でした。オランダ人かもしれませんが、そうでなかったかもしれません。イタリアかスペインからシナへやってきた宣教師の末裔だったと言う人もいます。本当のことは分かりませんし、名前も知りません。名前も残らないような仕事しかしていませんでした。そして、オランダの商船で長崎を出て行きました。オランダへ帰ったのかもしれません」

彫りの深いおうたの面差しは、やはり異人の血をひくものだったのか。ということは、加悦はおうたの父ではない。加悦はなぜおうたを育て、おうたの母はどこにいるのだろう。友五郎の頭に疑問が渦を巻いた。

おうたは、母は、と言いかけて、しばらく言いよどんだ。

「ご想像通り〈阿蘭陀行〉でした。父と呼んでいる加悦俊興は母の兄です」

いつのまにか石橋の手前に来ている。中島川にかかる石橋群の中でも海に近いその橋は、よろず橋だった。おうたは躊躇なく前へ進んだ。自分の家とは逆方向である。友五郎はおうたについて、よろず橋を渡った。

「母は、出島で下級商館員の父と馴染みになって、私を身ごもり、産みました」

再び沈黙が二人の間に重苦しく横たわった。

友五郎は次の言葉を待った。

「でも、私が生まれたときには、もうその商館員は長崎を去った後でした。商館員の子を産んだ母は丸山にいづらくなり、ある日、ふっといなくなったそうです。伯父は母を売った金で暮らしていました。そして、姪である私を引き取ったのです」

「お父さんを恨んでいないのですか」

「恨むなら母を売った伯父でしょう。でも、大きくなるまで父親として育ててくれましたし、恨んでなんかいません。本当の父親に対しても、母は恨んでいなかったそうですから、私も恨みません。お国の指示には従わなければならなかったのです。こういうことって、今までにも何度かあったそうですよ。シーボルト先生というお医者の場合もそうで、其扇《そのぎ》という遊女との間におりいねという娘が生まれています。おいねさんはシーボルト先生が認めた子だったので、どうにか幸せに暮らしていますけど、私の場合は、産まれるまで誰の子か分からないと言われましたし、髪や目の色が明らかに違っていたわけではありませんから」

おうたは潮騒《しおさい》の音を背景に、自らの生い立ちを淡々と奏でている。友五郎の胸には、おうたの物語は、まるで異国の音楽のように響いた。

二人は南へ向かって歩き続けた。次第に人の姿が減っていき、明らかに長崎の中心から遠ざかっていたが、向かっている方角にも夥しい数の大きな建物が立ち並んでいた。

最後の橋を渡り終えて踏みしめたのは、丸山町、寄合町といった遊郭から唐人屋敷へ続く場所だった。友五郎には初めての一画だった。日中喧騒に包まれていた長崎は、日が暮れるに従い、夥しい数の神聖な光で山から海辺までが洗い清められ、今や、全く違った顔を見せていた。

驚くことに、どの店も明かりがともっているし、次々に人影が吸い込まれていく。さっきまで死者の霊を送っていた人々の、悲しさや寂しさを忘れるための儀式が、これから始まるのだ。

盂蘭盆会最後の夜、長崎は眠らない街になるのだろう。

おうたに導かれるまま、待合茶屋《まちあいぢゃや》らしい店の前へやってきた。入りしな、おうたは、友五郎の耳元でささやいた。

「長崎の女は、精霊流しの夜は好きな人と朝を迎えます」

友五郎は、自分でも信じられない潔さで覚悟を決めると、おうたの後について暖簾をくぐった。

初めて朝帰りした友五郎が、井戸端へ行くと、春山弁蔵が顔を洗っていた。顔を上げた弁蔵は、うれしそうに水の入った柄杓《ひしゃく》を差し出した。

「今日は土曜日です。午前中の蒸気機関学さえ終えてしまえば、午後からはすることはありません。ゆっくり休めます」

「かたじけない」

友五郎は両手で柄杓を受け取った。喉を落ちる水の冷たさが気持ちよかった。

九月になって、忠順直筆の手紙が届いた。

内容は事実と要点だけの事務的なもので、覚書のような書き方だったが、そうすることで、かえって緊迫した事態が伝わってきた。

先ず、ハリスの着任が記されていた。

ハリスは七月二十一日サン・ジャシント号で下田に着いた。二年前の日米和親条約、通称神奈川条約第十一条に基づき、大統領の命令で総領事として来日したのである。

アメリカが用意した条約文は、オランダ語を介して誤って翻訳・理解されたため、ハリスの着任は予想外のことだった。結局、ハリスの強い態度に押され、八月五日、柿崎村の玉泉寺《ぎょくせんじ》が宿所として提供された。

ハリスはそこを最初の総領事館と定め、高々と星条旗を掲げた。そして、着任するなり、下田奉行岡田備後守《びんごのかみ》忠養《ただやす》に対し、江戸へ行きたい将軍に会わせろと要求した。日本にとってきわめて緊急かつ重大な用件があるというのだ。

忠順は、ハリスの行動から、彼は通商条約を結ぶためにやって来たのに違いないと推理した。いよいよ日本も、独立した国家としての行動が求められるときが来たのだ。それにしても、恐るべきは、ハリスという人物である。彼が強硬な態度を示すことができるのは、軍艦あるいは軍隊を引き連れているからではない。彼は、オランダ語の分かる書記官ヒュースケンと、清国人の下働き五人しか連れていない。それでも、彼の態度は堂々たるもので、アメリカの代表としての威厳に満ちていた。こういった人物を交渉相手とするには、よくよくの覚悟がなければならない。

友五郎も、長崎へ来て、初めてオランダ人と接した経験から、西洋人の行動や意思決定には、きわめて論理的で体系立ったものが基盤にあることを感じていた。そこへいくと、日本人というのは、難しい問題に対して、常に曖昧《あいまい》で融通無碍《ゆうずうむげ》な対処法をとっている。

たとえば、ペルス・ライケン大尉以下、講師団は一人ひとり教授担当が明確に決まっていて、他の講師の領分は侵さない。これに対して、伝習生たちはというと、艦長要員の旗本三人と、航海士要員の天文方三人は、伝習目的が比較的明確だった。ところが、それ以外の幕臣に対する命令書は、

〈大小砲船打ちは勿論、陸戦並びに台場の製作等にいたるまで、すべて砲術関係いたし候儀は洩らさざるよう修業いたし、云々〉

とあり、軍事関係なら何でも学んで来いという乱暴な指示だった。だから、ほとんどの伝習生は、自分が何を専門に身につけるため送られてきたのか、明瞭に認識していない。また、そのことを問題とも思っていない。オランダ人が教えてくれるものを見てから、自分で判断すればいいだろうぐらいに思っている。こういった感覚は、西洋人には理解しにくいものだった。

また、忠順は、無防備なまま外国を受け入れてしまったこのときに、幕閣内は未だに開国か鎖国かで方針が一本化されておらず、さらに、病弱で子のない将軍家定の後継者を誰にするか

でも意見が割れているという。血筋の最も近い紀州藩主慶福を推す南紀派と、英邁の聞こえが高い一橋慶喜《よしのぶ》を推す一橋派の対立である。

初めての訓練航海が近付いていた。観光丸で平戸《ひらど》まで往復し、伝習の成果を実地に試すのである。

長崎港内での訓練には何とかついていった高柳兵助だが、外海訓練が近付くにつれて、様子がおかしくなった。夜が明けてもなかなか起き出さない。塞《ふさ》ぎ込んで、口数がめっきり減ったかと思うと、急に陽気にしゃべりだす。しばらく姿が見えないと心配していたら、突然どこからともなく現れる。

出発前日の十月六日朝、兵助の姿が忽然と消えた。

「やはりどこにもいません」

講義の合間にも西役所内を探してくれた春山弁蔵が、夕食前、肩を落として友五郎のところへ報告しに来た。

「いつかはこうなる気がしていた」

捜索から早々に引き上げてきた福岡金吾が、寝そべったまま吐き捨てるように言った。

「他の伝習生より数学ができるのに……」

「その数学を生かせるのは船の上だ。船にからきし弱い体質じゃ、宝の持ち腐れだ。もう少し辛抱すればいいものを、さっさと諦めてしまったのだろう。愚かな奴だ」

「出航まではまだ日にちがある」

友五郎は諦めきれないが、金吾は起き上がって、もう食事に行く構えである。

「小野さん。もっと探しましょう」

弁蔵の誘いに、友五郎は決心した。

「総督へ届けて、次の日曜日に丸山へ行ってみよう」

ためらいなく丸山へ行くと言えたのは、おうたとのことがあったからだろう。

「そこで見つからなければ、もう長崎には……、いや、そう考えるのはまだ早い」

しかし、その努力は徒労に終わった。兵助の行方はその後も全くつかめなかった。


平戸への訓練航海は、三昼夜にわたり、帆や索具、舵の操作、蒸気の運用から測量までうねりの高い海上で行われたから、伝習生にとって緊張の連続だった。

兵助がいなくなって、天測《てんそく》は友五郎と金吾の二人だけである。

「気分が悪い。俺はもうやめるぞ」

四百トンの観光丸でも揺れるので、金吾はすぐに船酔いして六分儀を手放した。

友五郎にとって、船上測量は伊豆大島沖以来これが二度目である。そのときも平気だったし、今回も全く船酔いの兆候すら出ない。揺れる船の上で、六分儀を操作するのは難しいが、納得するまでエーグ中尉からコツを教えてもらった。そのお陰で、今回の航海では、かなり正確に操作できるようになった。

外海の訓練航海は、伝習生の実力を明瞭に浮き上がらせた。オランダ語ができても、抜群の理解力や記憶力があっても、船上で力を発揮できない者がいるのである。

友五郎の目で見ても、揺れる船上で明らかに有能なのは、運用方では浜口興右衛門《おきえもん》、蒸気方では山本金次郎だった。二人とも浦賀奉行所の同心である。

浜口は八丈島の生まれで、浜口久左衛門の養子になった。海の申し子みたいに頑強な男で、背が高く面差《おもざ》しは掘りが深い。そして、友五郎と同じく全く船に酔うということがなかった。

二十九歳である。山本は三十二歳だが、童顔なので浜口よりも若く見えた。数学が得意で、蒸気機関の分解・組立を熱心に繰り返していた一人である。

艦長候補では、矢田堀景蔵が、冷静で的確な判断力を示した。算術が得意な彼は、直感で物事を判断するようなことはなく、情報や証拠を集め、論理立てて結論を導いた。

意外だったのは、水夫たちである。彼らは、塩飽島や浦賀そして地元長崎の出身がほとんどで、元々が船乗りである。船酔いの心配はないが、帆を広げたり畳んだりするために帆柱へ上《のぼ》ることが怖くてできない。和船は身縄《みなわ》を使って帆桁を上下することで帆を張ったり降ろしたりするから、帆柱へ上る必要がない。特に老練な水夫ほど、この作業が苦手だった。

「あいつ、なかなかやるな」

いつも真っ先に上って、佐々倉やオランダ教官が感心するのは、佐柳島《さやぎしま》の富蔵だった。痩せてひ弱な感じがするが、大きな船に乗れるのがうれしくて、言われたことは何でもした。二十一歳でまだ独り身である。

平戸訓練航海を終えて帰ってきた次の日、十月十日金曜日は臨時休講日となった。

友五郎は、本大工町への道を急いだ。航海の後は、なぜか無性におうたに会いたかった。

加悦俊興の家は留守だった。

友五郎の声を聞きつけた隣家の妻女が顔を出した。既に顔見知りになっている。

「昨日で奉納踊りが終わった諏訪神社へ出かけましたよ」

回復著しい加悦は、近頃では足慣らしに近所を散策するようになっている。もうそこまで足が伸ばせるのか、と驚きつつ、妻女に感謝して諏訪神社へ向かった。むろんおうたが付き添っているだろう。

ところが、境内のどこを探しても加悦やおうたの姿が見つからない。神社の周囲を探し回った後、途中で追いつくかもしれないと思いながら、元来た道を通って加悦の家へ戻ってきたが、二人とも帰っていなかった。

加悦を見舞って、オランダ人から学んだ数学の話をするのも楽しいが、帰るときには決まっておうたと一緒に外へ出る。眼鏡橋の袂で別れることもあるし、崇福寺まで足を伸ばし境内でゆっくり話すこともある。

今日は、できればおうたと二人きりで会う約束をしたかった。

「うちで待ちますか」

隣家の妻女がまた出てきたが、きまりが悪くなった友五郎は、他にも用事があるからと嘘をついてその場を去った。

湿った風が吹いて、足元に枯葉がまとわりつく。友五郎は急におうたが遠くへ行ってしまったような気がした。

平戸への訓練航海で、実際に蒸気船を操作できた経験は大きかった。自信がついたのである。すると今度は、造船についても、実際に自分たちで蒸気船を建造してみたいという気運が盛り上がった。オランダへ発注した蒸気軍艦の到着が遅れていることも理由だった。

観光丸の蒸気機関の分解・組立を何度も繰り返した者の中に、鉄砲方江川組の鍛冶職《かじしょく》小林菊太郎がいた。湯島桜馬場で英龍の指導で大砲を鋳造した経験もある。手先の器用な彼は、精巧な模型まで作って、ドールニックス少尉を驚かせていた。

蒸気機関は様々の部品から構成されている。その部品は鉄材から作る。従って、鉄鉱石から鉄材を作るための溶鉱炉、さらに部品に仕上げるための各種工作機械が必要である。当時、最も進んでいた佐賀藩ですら、蒸気機関を自作するために、三重津製造所の設備を準備中だった。

それに、蒸気機関学を学ぶ一期生は、長崎奉行所の小人目付や地役人たちで、技術的な素養を備えていたわけではなかった。いくらなんでも、蒸気船建造は無理である。

そうは言っても、一期生の中には、鳳凰丸や戸田号建造に関わった者がいる。船大工も多い。

「ぜひやらせてくだせえ」

伊豆の船大工、鈴木長吉が代表して勝麟太郎に直訴もしていた。速やかに伝習を終えて郷里へ帰りたいという本心もあった。

友五郎も、小さくてもいいから自分で設計して洋式帆船を作ってみたかった。それで、ライケン大尉に頼んでみた。伝習の遅れを気にしていた大尉だったが、友五郎らの熱意に折れた。

「カッターならいいでしょう」

造船の専門家、ス・フラウエン中尉の指揮で、カッターの建造が開始されたのは十月二十一日である。

友五郎ら一期生の伝習は決して順調とは言えないのに、第二陣の伝習生がやってくるという噂が広まった。四月に開所した講武所から見れば、長崎海軍伝習所は講武所の出先機関みたいなものである。遠く離れているために、長崎の伝習の進展がきわめて遅く感じられる。海軍創設を急ぐ幕府は、長崎海軍伝習所での伝習をさらに加速させたかった。また、江戸にも伝習所を作り、より多くの海軍士官を育成したかった。そこでは、費用のかかるオランダ人を雇うのではなく、伝習所の卒業生を教官にしたい。早目に一期伝習を切り上げてでもそうしたかったのである。

幕府の考えは友五郎にも理解できたが、それに従うことはおうたとの別れが早まることでもあった。既に長崎での生活は、おうたなしには考えられなくなっている。オランダ人から学ぶ数学も航海術も日増しに高度になっていったが、友五郎は心底没頭していた。休日は、七日に一度必ず巡ってくる。夢中で学べば学ぶほど休日はすぐにやってきた。ひと目だけでもおうたに会えれば、また翌日から勉学に集中することができた。江戸に帰ってからの、おうたのいない生活はどうなるのだろう。十も二十も若返ったように張り切っているのは、おうたがいるからだ。

安政三年（一八五六）師走、江戸から二期生が長崎に到着した。

一期生と総入れ替えになる予定だった。二期生の中から新たな頭取つまり学生長が決められた。大目付伊沢美作守の三男謹吾である。謹吾は榎本釜次郎と昌平黌で同級だった。

釜次郎は、正式に二期伝習生となることができた。既に頭角を現していた釜次郎だったが、謹吾が昌平黌時代の彼の優秀さを主張したことが大きかった。

二期生も選り抜きの構成だった。さらに、伝習の意志も目的も明確だった。

浦賀奉行所与力、岡田増太郎の弟、井蔵《せいぞう》は、昌平黌出の秀才で、伝習所では蒸気機関学を学ぶことになる。このとき二十歳である。

箱館奉行所支配調役並、伴鉄太郎も二期生の中にいた。箱館も以前から異国船との関わりがあって、国際感覚、危機意識は強い。彼は、航海学、測量術を希望していた。このとき三十二歳である。

江川組からは、手代の松岡磐吉《ばんきち》と手代見習の肥田《ひだ》浜五郎が加わった。松岡には蒸気軍艦を操船したいという夢があった。肥田浜五郎は、江川英龍の侍医だった肥田春安の息子である。肥田は伊東玄朴の下でオランダ医学を学んでいたが、科学に対する関心が強く、もっと広く西洋技術を学びたいと思っていた。彼も、岡田井蔵と同様に蒸気機関学を学ぶ。このとき二十六歳である。

年が明けて、一月六日、永井総督とペルス・ライケン大尉の会談が出島で持たれた。永井は、これまでの教育に対する感謝の言葉を述べた後、海軍伝習の計画変更を打ち明けた。三月に一期生を卒業させ、観光丸を操船させて江戸へ回航させる。自分も一緒に帰府する。江戸に幕府による海軍伝習所を設立するためである。ここへは、一期生に続く二期生がやってきたし、自分の後任の総督も赴任してくると予告したのである。

ライケンは口髭に触れながら何度も首を振り、通詞の通訳を二度も確認してからはっきりと言った。

「今回の伝習生が優秀な人材であること、そして、稀に見る熱心さで学んでいることは認めます。しかしながら、当初計画の二年の伝習を八ヶ月も早めて修了することは中途半端であり、承服しがたいことです。私たちは自信をもって卒業させることはできません。また、本国に対しても、任務を完了できたと報告できません」

明快な論理だった。

逆に予想した回答だったので、永井はすぐに用意した考えを伝えた。

「貴殿らが任務を十分に果たしたことは、幕府が保証します。続けて、二期生に対しても同様の教育を施していただきたい」

そして、下田に赴任したハリスが強硬な外交交渉を始めたことや、中国におけるイギリスの横暴など、日本の緊張はかつてないほど高まっているため、海軍整備は一刻の猶予もないことを説明した。

「しかし、夏まで待てば、より優秀な教官が、最新鋭の蒸気軍艦を伴って……」

「私も幕府の命令には従わなければならない立場です。貴殿ら軍人と同じように」

最後は、ライケンが永井の苦しい立場に理解を示した。

「それでは、せめて江戸へ出航するまでに観光丸の船体、機関、艤装《ぎそう》の総点検と修理をしてください。最後の最後まで私たちは最善を尽くしますが、船が傷んでいたのでは、江戸までの無事な航海は望めません」

友五郎は、ライケンから数学を学ぶために、イギリス人アレキサンダー・ワイリーと中国人李善蘭が著した『代微積拾級』を購入して利用していた。友五郎は、日本人で初めて西洋流の微分学、積分学を学ぶまでになっていたのである。

安政四年（一八五七）三月、一期生は全員伝習を終了し、永井尚志とともに観光丸を操船して江戸へ帰る筈だった。

既に乗組員と役割も決まっていた。

艦長役は矢田堀景蔵、運用方は佐々倉桐太郎と浜口興右衛門、測量方は小野友五郎、蒸気方は山本金次郎といった顔ぶれである。

勝麟太郎他十三名は陸路で帰府する予定だった。

ところが、寸前になって、ペルス・ライケンから次のような申し出があった。

「夏になれば教官も新しい陣容と交代する。二期生もまだ伝習を始めて日が浅い。ここで優秀な一期生が全員いなくなることは、教育の進捗に問題が出るであろう。誰か一人でも残って、次の伝習に支障が出ないように、新教官との間に入って二期生を導いてはくれないだろうか」

もっともな提案であった。

一期生は、誰しも、伝習が十分とは思っていなかったから、その役割を志願してここへ残りたかった。しかし、先輩として二期生を指導することはできても、新しい教官との調整役まですることとなると躊躇せざるを得なかった。

すると、勝麟太郎が真っ先に手を上げた。

「しかたがねえ。おいらが残るよ。艦長役になるためには、運用も蒸気も測量も何でも身につけなきゃならねえのに、算術ができねえばっかりに、不出来なまんまだった。幸い、オランダ語だけなら誰にも負けねえ。新任の教官たちとの橋渡しにゃあ、うってつけの落第生だと思うが、どうだ」

続いて、べらんめえ調と同じくらい流暢なオランダ語でライケンへも話しかけている。ライケンは戦国武者を思わせる髭を震わせながら笑顔で頷いている。

勝の志願を誰も制止できなくなった。

こうなると、カツリンだけにしっかり伝習を受けさせてたまるか、と佐々倉が自分も残ると言い出したので、我も我もと志願する者が相次いだ。

友五郎も名乗りを上げた。志願はしたものの、心中は複雑だった。残留して航海術や数学をもっときわめたいと思う一方で、全く手紙をよこさない津多のことを考えれば、ここは命令に従って帰る方がいい気もする。しかし、それ以上に友五郎の体の奥で疼くものがある。おうたのことだ。おうたのいないこれからの人生は、はたしてどうなるのだろう。おうたは友五郎にとって花だった。出島の庭園で見た真紅のアンジャベルだった。

友五郎の残留は許されなかった。既に乗組員として決まっている者を残すことはできないという理由からだった。オランダ人ぬきで蒸気船観光丸を操船し、初めて江戸まで航海するのである。最初に乗組員として選抜された者たちは、伝習の成果が認められていて、江戸へ帰れば軍艦教授所の教授方になることが決まっているのである。

結局、永井が陸路帰府組の中から、希望が強く中でも実力のある者を選抜した。

勝麟太郎、中島三郎助、春山弁蔵、望月大象、飯田敬之助らである。

二月末までに、観光丸の船体、機関、艤装のオーバーホールは完了していた。

三月一日、第一期生の卒業式がおこなわれた。出島での入所式から、一年四ヶ月である。長くて短い十六ヶ月だった。

一期生らの手でカッターの建造が懸命に続けられていたが、これは完成にはいたらなかった。それでも、全長二十二メートル、幅五メートル、一本マストの船体は、大波止の仮設建造場で既に形を見せている。

「鳳凰丸を完成させた中島さんが残るのだから、安心だ」

佐々倉が力強く言った。

「同感だ。それに、建造しているところを二期生に見せることもできたし、残工事は、二期生に対する置き土産だろう」

浜口興右衛門は陽に焼けて逞しい腕をさすりながら言った。澄んだ瞳には、この男特有の優しさがあふれていた。佐々倉も浜口も浦賀奉行所に勤める者として、居残り組になる中島三郎助や春山弁蔵に対し、気兼ねと羨望と相半《あいなか》ばするものがあった。

「弁さん。お世話になりました」

友五郎が礼を言うと、弁蔵は、年齢よりずっと老けた顔をくしゃくしゃにした。

「心残りなことはたくさんあるでしょうが、お任せください。様子はときどきお知らせします」

弁蔵はおうたのことをほのめかしている。

「お願いします」

友五郎はもう一度頭を下げた。あとでおうたの連絡先を教えようと思った。

長崎最後の休日は、訓練航海が悪天候で長引いて、自由時間は半日もなかった。友五郎は夕方会えたおうたと、眼鏡橋の袂で別れの挨拶を交わしただけだった。

前日まで講義も訓練も普段通りに進められていた。卒業式の今日は木曜日で、長崎を去る三日後まで、もう休日はなかった。友五郎は明日から帰府の準備だけで過ごすのを覚悟していた。

いよいよ明日江戸へ向けて出航という日が暮れると、やはり伝習所をこっそり抜け出す者が後を絶たなかった。同室の福岡金吾までが既に姿を消していた。ごろりと寝転んだ友五郎は、開け放った窓から西空に沈みかける細い上弦の月を眺めていた。月をはさんでかすかに天王星が、続いて金星、火星、木星が縦に一列に並んでいる。

(日が沈み、月が沈むのを、まるで惑星が追いかけているようだ)

風もない晩春の長崎の夜は、しっとりと暖かかった。

外で声がして返事をすると、弁蔵が戸を開けて神妙な顔を見せた。

「これが届きましたよ」

入ってきた弁蔵は、恐る恐る真っ白な封書を差し出した。

受け取って開封すると手紙だった。

〈いつかの茶屋でお待ちしています。うた〉

友五郎の胸が高鳴った。

顔を上げると、弁蔵がぺこりと頭を下げた。

「余計なことをしました。おうたさんから誘わないと、小野さんとはもう会えませんよ、と手紙を届けたのです」

「弁さん……」

弁蔵のくしゃくしゃの笑顔は、今にも泣き出しそうだった。

弁蔵の協力で伝習所を出た友五郎は、思い出の茶屋まで一目散に駆けた。

その夜、友五郎は、自分でも信じられないほど荒々しくおうたを求めた。おうたも友五郎の激情に全身で喜びを示し、何度も声を上げた。友五郎が果ててもなお強くおうたを抱き締めると、体の下でおうたは身悶《みもだ》えし続けるのだった。

やがて、夜が明けてきて、友五郎が身支度を始めると、おうたが背後から抱きついてきてすすり泣きだした。

友五郎は振り返って、両腕でおうたを抱いたが、かけてやる言葉がない悲しみに、おうたが小さな悲鳴を上げるほど思わず力が入ってしまった。


三月四日午前、大波止から八本オールのスループに乗って、一期生らは次々に沖の観光丸に乗り移った。いよいよ長崎に別れを告げるのである。

既に蒸気は炊いてあり、煙突から黒煙が風のない空に揺らぎながら立ち昇っている。

友五郎ら士官候補生が、港に向いた舷側《げんそく》に並んだ。大波止の辺りは、出るときとは比べ物にならないほどの人出になっている。友五郎は、昨年の精霊流しの夜を思い出した。今年はおうたと二人で精霊船を流すつもりだった。しかし、その夢はあえなく消えた。

群衆の中に、おうたの姿がはっきりと見て取れた。今朝別れた時とは違う着物だった。明るい柄がおうたの今の気持ちを表している気がした。そのおうたは手を振っている。

艦長の矢田堀景蔵が、部署についている乗組員に出航の合図を送った。スチームパイプから泣き叫ぶような汽笛が響いた。

友五郎も夢中で手を振った。

船体が心地よい振動を伝え、静かだった海面に鮮やかに白い航跡を残していく。おうたの姿が次第に小さくなって、群集にまぎれていった。友五郎は胸を締め付けられる思いがした。

第三章　咸臨丸航米

一　別船仕立の儀

安政六年（一八五九）九月十七日の朝六時。既に日が昇って一時間ほどがたっていた。

高く澄み通った秋空の下、品川の海は湖のように穏やかだった。

小野友五郎は昨日から咸臨丸《かんりんまる》に乗り込んで、軍艦奉行水野忠徳らの視察の準備を整えていた。

長崎海軍伝習所から帰府して、早二年が過ぎていた。

予定通り教授方として友五郎が出役した軍艦教授所は、まもなく軍艦操練所と改められた。

待望久しいオランダに発注した蒸気軍艦ヤッパン号が、第二次教師団の操船で長崎に着いた。

ヤッパン号は、観光丸と同程度の大きさだが、推進方式は外輪ではなく二枚羽根のスクリューである。ヤッパン号は、易経《えききょう》にある地沢臨《ちたくりん》・初爻《しょこう》〈咸臨貞吉《かんりんていきち》〉にちなんで咸臨丸と名を改めた。易占いでは「象《しょう》に曰《いわ》く、志正しきを行うなり」と何でもうまくいくという。咸臨とは「君臣互いに親しみ厚く情洽《あまね》きの至りなり」という意味である。

伝習を終えた二期生と勝麟太郎を除く一期生の居残り組が乗った鵬翔丸《ほうしょうまる》が、軍艦操練所の練習艦として品川に碇泊したのは、昨年五月だった。鵬翔丸は三本マストのバーク型帆船で、蒸気機関を持たない。長崎に来航した英国船を幕府が買い上げたものである。

咸臨丸は、三期生のための実習や江戸との往復に使用されたが、昨年暮れ品川に投錨《とうびょう》したとき、修理を必要とすることが判明し、浦賀に回航された。

咸臨丸は約九ヶ月かけて浦賀で修繕が施された。浦賀は鳳凰丸が誕生した土地である。鳳凰丸建造に従事し、長崎で伝習を受けた浦賀奉行所の与力、同心らが咸臨丸の修理に当たった。中島三郎助、春山弁蔵、山本金次郎、浜口興右衛門らである。船大工らを指図したのは、もちろん、長崎海軍伝習所でも学んできた鈴木長吉だった。

咸臨丸の修繕に長期間を要したのは、船底の修理を必要としたのに、浦賀には船渠《せんきょ》すなわちドックがなかったからである。陸地で建造した鳳凰丸を海へ浮かべることはできても、その逆は難しい。小型の船なら、港の奥、干鰯《ほしか》市場近くにある堀が利用できたが、咸臨丸には無理である。大型船を再び船底が見えるまで空中へ支えるには、排水可能な大きなドックが必要だった。

友五郎は何度も浦賀へ足を運び、このドックを築造するのに多大な日数を要しているのを目の当たりにしている。

ドックは川に並行する形で人工の溝渠《こうきょ》を掘り、架台を沈めておく。そこへ船を誘導し、流れを堰き止めて排水することにより乾船渠（ドライ・ドック）とする考えであった。ドックの建設は湧水との戦いだった。

軍艦奉行がやって来るのは、咸臨丸の完成具合を検分するのが目的だった。軍艦操練所では、この日の行事を総出で準備した。長崎海軍伝習所と同様に軍艦操練所も総督を置いたが、この二月に軍艦奉行と改称している。軍艦奉行は操練所の最高責任者なのである。

品川沖には、咸臨丸のほか、鵬翔丸、昨年七月にイギリスから献上された蟠龍丸《ばんりゅうまる》も碇泊している。当初長崎へ回航していた朝陽丸《ちょうようまる》もこの日、船端を並べる手筈だったが、到着が遅れていた。朝陽丸はオランダへ建造依頼した二隻目の蒸気軍艦で、咸臨丸の姉妹艦である。今年一月、勝麟太郎はこの朝陽丸で帰府した。お馴染みの観光丸は、昨年十二月佐賀藩へ貸与していたから、幕府の全軍艦がそろう予定であった。

艦長の布陣は、咸臨丸が矢田堀景蔵、鵬翔丸が伊沢謹吾、蟠龍丸が佐々倉桐太郎、朝陽丸が勝麟太郎だった。四隻の船を同時に動かすとなると、軍艦操練所はほぼもぬけの殻《から》となる。

友五郎は左舷に沿って船首へ移動した。軍艦操練所は晴れきらぬ朝靄の向こうにかすんでいる。船端を打つ波の音が心地よい。かもめが波間に浮かんでいる。

「『別船仕立の儀』がまた起きましたね」

背の高い岩田平作がやってきて、横に並んだ。浦賀奉行所同心の時、長崎海軍伝習所へ一期生として派遣され、帰府後、軍艦操練所の教授方をしている二十代半ばの秀才である。

「批准書《ひじゅんしょ》交換の使節派遣にしても、時機を逸した感があるのに、便乗して別に船を仕立てるといった議論は、かえって混乱を招くのではないか。それにまだ噂の域を出ていない話だ」

友五郎は冷静に応じた。

日米修好通商条約と貿易章程がポウハタン号上で調印されたのは、昨年六月十九日のことである。条約は批准書の交換をもって成立する。この儀式をアメリカの首都ワシントンで行うことをハリスに約束させたのは、初代外国奉行五人の一人、岩瀬忠震《ただなり》だった。

八月二十三日、遣米使節が発令された。外国奉行水野忠徳、同永井尚志、目付津田半三郎、同加藤正三郎の四人であった。直後『別船仕立の儀』が四人連名で老中へ提出された。

軍艦操練所の教授方らは、既に四年もの間操船訓練を続けている。彼らが自ら操船して彼の地へ至れば、遠洋航海訓練となるのはもちろん、米国で実際の海軍を見聞することもでき、日本海軍創立に大いに役に立つに違いない。だから、正規の使節とは別に船を仕立て、日本人だけの船を派遣すべきと提言したのである。

この『別船仕立の儀』は、軍艦操練所の人々を奮い立たせた。教授方はアメリカへ航海するという使命感で武者震いした。それは友五郎も例外ではなかった。しかし、すぐ友五郎の頭に浮かんだのは、津多の青白い顔だった。長崎伝習が決まったときも、期待に胸を膨らませた夫とは反対に、妻はひどく塞ぎ込んでいた。長崎から帰ったことで、いったんは明るさを取り戻した津多だったが、やはり子が授からないため、再び表情が暗くなっていた。海外渡航の話など津多を絶望の淵に沈めるだけである。

しかし、遣米使節も『別船仕立の儀』もやがて保留になってしまった。条約締結阿部伊勢守の開国路線を引き継いでいた老中堀田備中守正睦は、条約締結の勅許《ちょっきょ》を得ようとしたが失敗して事実上の失脚。この機に乗じて大老に就任した南紀派の井伊掃部頭直弼《かもんのかみなおすけ》は、条約締結や将軍継嗣《けいし》を断行し、これらに反対する人々を次々に処罰していった。いわゆる安政の大獄によって、一橋派に属した岩瀬忠震も永井尚志も処罰されたのである。それで、遣米の話は一切が白紙になった。

毛深い脛《すね》で床板を踏み鳴らしながら、佐々倉桐太郎が軍艦操練所の教授室へ入ってくるなり、ほぼ一年ぶりに別船仕立の噂を伝えたのは三日前の午後のことだった。

「噂の元は勝さんだということです」

佐々倉が面白そうに説明し、友五郎がばっさりと斬り捨てた。

「勝さんの言葉では、少し心もとない」

そう言いながら、友五郎には心当たりがあった。勝麟太郎が帰府する直前の様子を伝えるおうたの手紙を思い出したからである。手紙はいつも春山弁蔵に送ってもらっていた。

手紙の終わりには次のように書かれてあった。

相変わらず前触れもなく勝様はうちを訪ねてまいられます。たいてい伯父は具合が悪いと言って相手をしませんので、私が話し相手になります。近頃はアメリカへ行くのだとそればかり熱っぽく語ります。本当ですか、と尋ねますと、決まったも同然だとのことでした。世間では、ご大老による粛清の嵐が吹き荒れ、次は自分かと連座やとばっちりを恐れているお侍が普通なのに、たいへん不思議な気がいたします。伯父に言わせると、あの人はこういう時こそ自分が有為の人だという印象を幕閣へ植え付ける機会だと心得ているのだそうです。そう言えば、外国奉行の水野筑後守（忠徳）様や永井玄蕃頭（尚志）様へ手紙を出して、その返事も来ていると自慢しておりました。それがどういう意味があるのかは、私には分かりかねますが、勝様がいなくなれば、ここも少しは静かになってうれしい気がします。

うたの笑顔が見えるような手紙で、そのとき友五郎は真紅のアンジャベルを想った。

いずれにせよ、勝の工作は的を射ていたと思われる。水野はかつてペリー来航後に長崎奉行として赴任しているし、永井は長崎海軍伝習所の初代総督だった人だ。法螺《ほら》話に聞こえる勝の弁舌も、案外幕閣の判断を誘い出したのではないかという気がしてくる。

横に立っている岩田は、その勝が流した噂の議論を、また蒸し返したのである。

「でも、噂が人を動かすこともあります。それに、あらためて使節が決まったことですし、井伊様の一連のご処置も峠を越えています。機会は到来したと見るべきではありませんか」

岩田は真剣に噂を信じようとした。

確かに、この九月十三日、あらためて幕府は遣米使節を決定した。

正使は外国奉行兼神奈川奉行の新見豊前守正興《しんみぶぜんのかみまさおき》、副使は箱館奉行の村垣淡路守範正《むらがきあわじのかみのりまさ》、そして監察として小栗忠順が任じられた。

翌十四日、友五郎と万次郎は神田駿河台の小栗邸に招待され、内輪だけで忠順の大役拝命と昇進を祝った。忠順の監察役は抜擢であり、拝命直前の十二日、本丸目付役に進んでいた。

十五日には早くも『別船仕立の儀』の噂が、操練所内を駆け巡ったのである。

そして、折も折、水野忠徳による、修復なった咸臨丸検分が計画された。永井尚志が失脚した後、水野が軍艦奉行に就任していた。今回の使節から外されたとはいえ、軍艦操練所の最高責任者として、再び『別船仕立の儀』を提出してもおかしくはない。

操練所の面々は、水野の前で実力を見せようと気合が入っていた。

「もし別船仕立が実現すれば、これ以上の訓練はありませんよ」

アメリカ行きを希望していることでは、岩田と勝が操練所では双璧だった。

「確かにそうだ。今日のお奉行の検分は、それを後押しするかもしれないな。しっかりやろう」

友五郎が認めてやると、安心したのか、平作は軽く一礼し、伸びをしながら船尾へ歩いて行った。

「小野さんなら間違いなく測量方として乗組めますね」

振り返ると、春山弁蔵が人なつこい顔で立っている。この男は乗船すると髭を剃らないから、早くもあごの辺りがむさくるしくなっている。

「別船のことか」

「そうですよ。別船を仕立てることができるかどうかは、小野さんの腕をご老中方が認めるかどうかにかかっています」

「大袈裟な言い方だな。蒸気船が一人で走るものでないことは、おぬしも知っているではないか」

「もちろん知っていますとも。艦長役から、運用方、機関方、そして水夫、火焚にいたるまで一人としてなくてはなりません。でも、私が申し上げているのは、他の人と代えることができない要《かなめ》の人という意味です」

今度は、春山が横に並んで船端を強くつかんだ。

友五郎は話題を変えることにした。

春山は津多の病気のことを知らない。所詮噂に過ぎないとは思っていても、これ以上『別船仕立の儀』について話すのはつらかった。

「ここ半年、海軍創設への道は停滞している。乾いた砂が水を吸うように、オランダ海軍から船の運用や機関、造船術を学び、軍事調練まで受けていた長崎時代が懐かしい」

「もう長崎海軍伝習所はありませんからな」

春山も寂しそうに呟いた。

(伝習所がなくなっても、長崎にはあの人がいる)

友五郎にとって、おうたがいる限り、長崎は思い出だけの土地にはまだなってはいない。津多の身を案じる一方で、おうたに対する想いを熱くしている自分が不思議だった。

「それにしても、慌しい閉鎖でしたね」

友五郎らが長崎海軍伝習所の閉鎖を知ったのは、今年一月朝陽丸で帰府し、軍艦操練所教授方頭取として築地に出仕してきた勝麟太郎からである。その夜の宴席の挨拶の中で、幕府の方針としていきなり暴露されたのである。

「長崎での三年四ヶ月の伝習を終えて帰ってきた勝麟太郎である」

勝は三年四ヶ月を強調して挨拶を始めた。誰よりも長期間学んできたことを前面に出して、先ず出席している人々を圧倒したのだ。勝の口調は次第に熱を帯び、いつものべらんめえ調になっていった。

「長崎海軍伝習所は、所期の目的を達成した。間もなく三期生の伝習を終えて、伝習所は閉鎖となる。おっ。知らなかったみたいだな。そうなりゃあ、江戸の軍艦操練所が唯一海軍伝習の場所ってことだ。だが、オランダ人から教えられたことを、ただそのまま伝えていればいいってえものじゃねえよ。これからは、これまで以上に海へ出ることだ。それも日本の周囲をぐるぐる回るだけじゃあ駄目だ。海を越えて、アメリカやイギリス、オランダまで行けなけりゃあ、身についたことにはならねえ。日本人だけで航海するんだぜ。俺は必ずそういう機会を作るし、行ってみせる」

居並ぶ操練所の幹部らに驚きを超えた懐疑の表情が浮かんだ。あまりにも現実離れした意見に、友五郎も度肝《どぎも》を抜かれたが、勝らしいはったりだとそのときは思った。

カッテンディーケらオランダ教官にこのことが伝わったのは、今年二月六日である。総督の木村図書《ずしょ》は第二次団長のカッテンディーケを西役所へ呼び出し、伝習の成果が上ったことを理由に正式に伝習所閉鎖と教官の帰国を通達したが、カッテンディーケは教育が不十分であると訴えた。木村にしても、長崎へ赴任して一年九ヶ月になる。カッテンディーケの主張していることには本心は同感だったが、幕命に背くことはできなかった。

「今日は、蟠龍丸が祝砲をぶっ放すかもしれませんね」

一町ほど沖にたゆたっている船を春山弁蔵は眺めている。豪胆な佐々倉が艦長だからやりかねないな、と友五郎も思う。

軍艦奉行水野忠徳が乗る艀がやってきたのは、日が西に傾きかけた頃だった。機関は昼前から炊いており、いつでも機走できる状態にあった。

艀は咸臨丸へ横付けされた。乗船してきたのは水野だけでなく、軍艦奉行並の木村図書も一緒だった。長崎から六月二十五日に帰府した木村は、今月十日に軍艦奉行並に任命されたばかりである。水野が軍艦操練所の所長なら、木村は副所長といったところだ。二人が一緒に現れたことで、友五郎は、別船仕立がいよいよ真実味を増してきた気がした。

咸臨丸の煙突から吐き出される真っ黒な煙が、風向きが変わって水野と木村を襲った。二人は慌てて口を抑え、眼をしばたたいていたが、表情に余裕があった。気遣って近寄ってきた艦長の矢田堀景蔵を、心配ない、と水野が手で制した。

敬意を表した総員配置を見て、先ず木村が矢田堀をねぎらった。

「待たせてすまなかったな。お奉行は登城してから遅く操練所へ来られた。中食《ちゅうじき》もまだのご様子だったので、弁当をつかっていただいた」

人の心をとらえることに巧みな木村らしい言葉だった。

「かたじけのうござります」

「修理はすっかり終わったのか」

「はは。浦賀での修理は初めてのことで、ドック築造に手間取りましたが、それからはほぼ順調でござりました。ただ、あらためて船底内部を点検してみますと、古材を用いたと見え、ところどころ腐りかけているものがござりましたゆえ、取り替えましてござります」

「久しぶりに咸臨丸を見て懐かしい思いがしたが、そんなことがあったのか」

面長で目鼻立ちのくっきりした水野が鷹揚に尋ねた。

「はは。オランダも案外いい加減なところがあるのかもしれませぬ」

「いや。それはむしろわしの責任だ。癸丑《みずのとうし》の年（嘉永六年）、黒船が浦賀に現れた直後、わしは長崎奉行を拝命し長崎へ赴いた。そのとき、オランダへ蒸気軍艦を発注する使命を帯びていた。わしは、商館長のクルチウスに、どんな手段を講じてもよいから、できるだけ早く二隻建造して欲しいと頼んだ。隣国で戦争が勃発したオランダの国情からすれば、極東の小さな島国のために蒸気軍艦を作る余裕など本当はなかった筈だ。それでも、時間はかかったが約束を果たしてくれた。少々粗雑なことがあったとしても責めるわけにはいかぬ」

水野と木村の艦内検分がひと通り終わると、鵬翔丸、蟠龍丸と三隻が一斉に展帆《てんぱん》し、舳先をそろえての帆走となった。

三隻は佃島の方角へ小半刻《こはんとき》（約三十分）ほど進んだ後、そこでいったん停止し、蒸気機関を搭載する咸臨丸と蟠龍丸だけが帆をたたみ、反転しながら機走を開始した。

完全に向き直ると、一気に機関を全開にしたから、咸臨丸は勢いよく進み出した。

「おお。これは見事じゃ」

近くにあった索具につかまった水野が感嘆の声を上げた。

「速いのう。まるで飛ぶようだ。矢田堀。これなら世界中どこへでも行けるな」

「はは。もちろんでござりますとも。使節を乗せたアメリカの船など一気に追い抜いて、神国《しんこく》日本海軍の実力をとことん見せつけてやりましょう」

矢田堀の自信たっぷりの言い様に、友五郎は舵を握る春山弁蔵を振り返った。

春山は両腕で舵を握りながら、首だけ回してこちらを見た。太い垂れ眉の下の大きな目が一文字になっている。笑顔なのだ。

水野と木村を十二分に堪能させて検分は終了した。

機走で遅れをとった蟠龍丸の佐々倉桐太郎から、はたして祝砲を放ちたいという提案があったが、水野は許可しなかった。

「江戸の人たちを驚かせたら、どんなお咎めがあるか、想像するだけで鳥肌が立つ」

矢田堀は眉をひそめていた。


二日ぶりに小名木沢屋敷内にある長屋へ帰ると、友五郎は玄関で出迎えを待った。すぐに津多とにきび面《づら》の少年が式台《しきだい》に膝を揃えた。

「お帰りなされませ。父上」

少年は、この七月一日に正式に迎えた養子松之助である。藩庁にも届けて承認されている。後で知った小栗忠順からも祝いの品として渋い柄の縮緬《ちりめん》が届いた。

妻帯して十二年になる。津多にはこれ以上精神的な負担を与えるわけにはいかなかった。それで、長兄熊次郎あらため七郎兵衛の三男松之助を養嗣子に迎えることにしたのである。松之助は十四歳だった。

笠間藩内でも評判の叔父の元へ養子に入った松之助は、身の引き締まる思いで、毎日を義母の津多と過ごしていた。津多は、松之助を友五郎の跡継ぎとしてふさわしいように、厳しくしつけていた。実の子ではなくても、松之助を立派に育てることが新たな生きがいとなって、津多の病気は影をひそめている。これが長く続けばよいが、と友五郎は思う。

「中浜様からお使いの方がこれを」

居間へ入るとすぐ津多が袂から折りたたんだ文を差し出した。

友五郎は、まだ正式に通知はないが、近いうちに渡米の話を切り出すときが来るような気がして、それはどんなときだろう、とぼんやり考えていたから、文を渡されて我に返った。

「駿河台のお殿様から依頼されていた仕事が完成したらしい」

すばやく読んで明るく言うと、津多は着替えを手伝う手を止めて、それはようございました、と合いの手を打った。

ところで、それはどんなお仕事ですか、と聞いてくれれば話は早いのだが、武家の妻女らしさを心がける津多はそんなはしたない尋ね方はしない。

万次郎の仕事は小栗忠順の渡米にかかわることだったから、友五郎も何となく自分からは切り出せなかった。話しているうちに次第に他人事ではなくなってくる。

「明日は操練所での稽古はないから、中浜君に同道して駿河台へ参る」

「はい。それでは、着ていくお召し物に火熨斗《ひのし》を当てておきましょう」

「頼む」

「いつの日か、こういったお勤めが松之助にも勤まるようになるかと思うと、今から楽しみでございます」
自分の腹を痛めた子でもなく、しかもいくらか薹《とう》が立ち始めた養子に対してもひたむきに母親になろうとする妻の姿に、畏怖とも憐憫ともつかぬ感情を友五郎は抱いた。

万次郎は忠順の依頼で、急いで英会話書を編み始めた。正式に忠順に使節の命が下るひと月前で、七月末のことだった。

日露修好通商条約の批准書交換のために、七月十八日、東部シベリア総督ムラビヨフが箱館ロシア領事ゴスケビッチを伴い、九隻の艦隊で品川へ来航した。使節らが江戸滞在中の二十七日夜、ロシア海軍士官ら三人が横浜で日本人数名の襲撃を受け、二人が死亡し、一人が負傷するという大事件が発生した。攘夷《じょうい》の嵐が吹き荒れた幕末で、最初の異人斬りだった。

最も早く通商条約を結んだのはアメリカである。一年以内にワシントンで批准書を交換するという約束の期限も過ぎていた。アメリカに続いて条約を結んだ列強が続々と批准書の交換を求めて使節の訪日を予定していた。

そこで発生した事件なのである。

幕府としては、批准書の交換は条約を最初に結んだアメリカから、と時間を稼ぐ作戦が取れなくなった。それどころか、ロシアが怒れば戦争にもなりかねない。ロシアは九隻の艦隊を江戸近海に配備しているのである。

批准書交換のための遣米使節選定に入る一方、ロシアとの平和的な解決に腐心しなければならなかった。

小栗忠順に極秘に遣米使節内命があったのが、このときだった。忠順は早速準備に入ったが、そのひとつが中浜万次郎に命じた英会話書編纂だった。オランダ語に比べて、日本ではアメリカの言葉はあまりにも馴染みがなさ過ぎる。遣米使節らの英会話学習書にするのが目的だった。万次郎がひと月あまりで書き上げたのは『英米対話捷径《しょうけい》』という。四十丁の木版刷りにして百部を刷り上げた。彼にとって『亜美理加合衆国航海学書』に次ぐ二冊目の著述となった。

一方、ロシアとの交渉はうまくいき、八月五日、外国奉行村垣範正とゴスケビッチが日露修好通商条約の批准書を交換した。日仏修好通商条約の批准書を交換するため、駐日フランス総領事デシェンヌ・ド・ベルクールが品川沖に来航するのは、この五日後である。外国奉行らは、諸外国との応接に、一日として気の抜けない日々が続いていた。

軍艦操練所で午前の講義を終えた友五郎は、津多の作ってくれた弁当をつかい、食後の茶を喫していると、軍艦奉行並木村図書が呼んでいると使いが来た。すぐ参ります、と応えたが、生徒数八百人に膨れ上がった操練所で、技術的な講義を担当する友五郎にゆとりはほとんどない。午後の数学の講義を、今年九月九日、蕃書調所から軍艦操練所教授方手伝出役に抜擢された赤松大三郎に頼んだ。赤松は十九歳と若いが、長崎海軍伝習所三期生の中では飛びぬけて優秀だった。友五郎はすぐに赤松の優秀さに目をつけ、もしかすると自分の後継者はこの若者かもしれない、と何かにつけて手を出したり口を出したりしていた。

(長崎で作った講義録を貸してやったが、はたしてひねた生徒らにどれだけ侮られることなく教えられるかだな。後で、本人と生徒両方に首尾を聞いてみよう)

友五郎は珍しく口元を緩めた。

「咸臨丸は、今頃どのあたりであろう」

部屋へ入るなり、木村に尋ねられた。

「お奉行や木村様のご検分のあった翌朝五時半に出航しましたから、今日二十七日まで九日間、順調なら、そろそろ下関の近くかと存じますが」

木村は満足そうに頷きながら、また訊いた。

「これはあくまでもたとえばの話だが、軍艦操練所の面々だけで太平洋を渡れ、と言ったらできると思うか」

予期していた質問ではあったが、友五郎は慎重に応じた。

「アメリカまで参るのでございますね。できるともできぬとも簡単にはお答えしかねます。もし数年後というのであれば、必ずご期待に沿うようにいたしますが、今すぐというのであれば、私見ではございますが、いささか無理難題かとお答えするしかありませぬ」

「今すぐでは無理か。おぬしほど航海術に長けた男がいても、太平洋は渡れぬか」

「私ひとりの力など、陸地を遠く離れた大海原ではちっぽけなものでございます。そこでは、一人や二人の力では何ともしがたい、困難や危険が待ち受けており、総員の気力と力、技術そして経験がものを言う、まさにごまかしの効かない世界でございます」

「幕府選りすぐりの長崎海軍伝習所一期生が二年近い実地訓練をオランダ海軍第一次教師団から受け、さらに二期生、三期生と第一次に勝る専門的な第二次教師団から訓練を受けたのだぞ。そして、ここ築地の操練所においても訓練は続いておる。その間、幕府の船は当初の観光丸一隻から、鵬翔丸、咸臨丸、蟠龍丸、朝陽丸と増えていった。江戸と長崎の往復などかなりの回数にのぼる。しかも、一度たりともオランダ人らの助けを借りたことはない。それでも、太平洋横断は図りがたいと申すか」

温厚な木村にしては珍しく語気を強めた言い方だった。

「お言葉ではございますが、命がけの航海となりますゆえ、かように申し上げました」

木村の射るような視線をまともに受けて、友五郎は一歩も引かなかった。

すると、しばらくして木村は破顔《はがん》して、大きな声で笑った。友五郎は何事が起きたかとあっけにとられた。

「さすが、小野友五郎だ。日本海軍において、そちは宝ぞ」

表情を引き締めて、木村は種明かしを始めた。

「長崎を立つ前、カッテンディーケと何度も議論してきた。それは、オランダ教師を失う我々の今の実力についてだ。わしも伝習所の閉鎖は不安でならなかった」

カッテンディーケによれば、表面上の訓練はかなり進んだかもしれないが、本質的に学ぶことができないものが課題として残っているとのことだった。それは、日本固有の身分や職務、経験、伝統といったものの呪縛が障害になっているからで、そのために洋式海軍があまねく備えている規律やそれに基づく行動といった点で差があるという。陸地を見ずに何日間も大海原を航海し、また船を用いた戦を数限りなく経験した上に構築された海の掟でもある。日本人は、それを、まだ受け入れられないでいる。カッテンディーケは木村にそのことをくれぐれも忘れないようにと何度も念を押したという。

「今朝、八時に水野様と何度目かの打ち合わせをした。別船仕立のことだ。日本海軍に魂を入れるためには、是が非でもこれは実現しなければならない。たとえ実力不足であったとしてもだ。したがって、絶対に幕閣の決断を引き出す」

友五郎は木村や水野の決意を理解し、しっかりと頷いた。

「しかし、海上を悠々と進んでいるように見える咸臨丸でも、水面下では螺旋が唸りを上げて回転しているように、今は夢のようなこの計画も、実現可能な計画へと練り上げていかねばならぬ」

木村はそこで言葉を区切ると、続きをなかなか口にしなかった。

冷めた茶を喫してから、いっそう柔和な表情を作って、ようやく口を開いた。

「それを共に作りたい。先ず、その方に尋ねたいのは、船の選定だ。正使はアメリカで用意した船に乗っていく。別船は当然当方で選定する。どの船が適当と思うか」

渡米する船については、内心考えてなかったわけではない。たとえ『別船仕立の儀』が単なる噂だったとしても、一人の技術者として、この想像は楽しい作業だった。幕府が所有するあるいは、日本が所有する全艦船の中から太平洋横断に最もふさわしい艦船を、技術的に選抜するのである。

「日本として正式に別船派遣となれば、当然さまざまの名目が生じ、その果たすべき目的は多岐にわたることと存じます。されど、先ず何をさしおいても、無事に太平洋を横断できることがすべてに優先すると考えます」

木村は、もっともだ、と頷いた。

「その選定基準は、船の航行能力なかでも遠洋航海に耐える能力ではないでしょうか。長い航海の間には、嵐はもちろんのこと、雹《ひょう》に打たれたり炒《い》るような陽射しに晒されたりすることもございましょう。そうなりますと、選定基準は、船の安定性と耐久性から、できるだけ大型であること、そして船齢が若いことです。また、順風時の速力が十分になければ長距離を短期間に走破できませんから、帆柱の数、帆の枚数が多いこと。さらに、台風などで帆柱を失った場合や、べた凪での運行、隘路《あいろ》や湾内、港への出入りでの操船し易さから蒸気機関を装備していることが必須です。そして、蒸気機関を有効に働かせることについては、外輪船より螺旋船の方がすぐれております。なぜなら、長い航海となれば荷物の量はかなりのものになり、出発時と到着時では喫水線《きっすいせん》が相当に変化すると考えられるからでございます」

「解説はよう分かった。して、その方が推す船はどういうことになる?」

「はい。私の選定順位は、朝陽丸、咸臨丸、観光丸、蟠龍丸の順か、と」

木村は黙って頷くばかりで、同感ともそうでないとも言わなかったが、友五郎は納得してもらえたと思った。

「恐れながら、愚見をのべさせていただいてもよろしいでしょうか」

「何なりと申せ」

「正直申しまして、整備さえ万全に整っておれば、さきほどの四隻には著しい性能差はないと考えております。最も心配なことは、さきほど木村様が言及されました乗組員の技術、経験不足、そして海の掟でございます」

「その通りじゃ。それについては、わしに秘策がある。その方なら、賛同してくれると思うが、どのような秘策でも、協力してくれるか」

友五郎は、深々と頭を下げた。

横浜にジョン・マーサー・ブルック大尉が滞在していた。彼は、アメリカ海軍の測量船フェニモア・クーパー号の艦長だったが、七月下旬、浦賀沖で台風のために難破して、船を失ってしまった。部下と帰国の便船を求めていた。

ブルック大尉は、測量の専門家で、彼の任務は北太平洋から日本近海の測量だった。一八二六年十二月十八日生まれで、十四歳のときに見習士官候補として海軍に入って以来、実務経験を積みながら海軍技術者とくに測量士として第一人者となった。一八五三年に北太平洋探検測量隊の一員に選抜されるなど、当時最も北太平洋を熟知した軍人の一人だった。

木村から最後に明かされた秘策というのは、別船仕立がかなったとき、ブルック大尉に同乗してもらうというものだった。

友五郎は、その日の夕刻、駿河台へ使いを送った。

翌早朝、小名木沢へ返事が届いた。

友五郎が打ち明けた不安に、忠順はブルック大尉の人物について確認することを約束してくれた。

そして、忠順の行動は早かった。遣米使節として任命された大義名分もある。十月四日の午後、横浜運上所へブルック大尉を呼んだのである。

忠順は、用人の吉田好三、塚本真彦、江幡祐蔵、そして所領のひとつである上州権田村《ごんだむら》の名主で、学問好きなことから、しばしば江戸へ呼んでいた佐藤藤七ほか若い家来三人を伴った。

友五郎が忠順に呼ばれて出かけていったのは、十月十五日の午後七時である。

遣米使節を正式に申し渡されて一ヶ月の忠順は、余裕が出てきたのか、あるいはますます気力が充実してきたのか、最初から饒舌だった。大老の粛清が既に大方終了し、幕閣の最大の関心事が遣米使節派遣の準備に移っていることを満足げに語った。別船仕立の件についても、慎重に根回しが進んでおり、決定はもうすぐなされるだろう、とのことだった。

友五郎も応じた。

「一昨日、木村様の軍艦検分がまたございました。このたびは、先回品川到着が遅れて検分できなかった朝陽丸にお乗りになって、わざわざ江戸湾から出るようにご指示までされました。再び品川まで戻られてから、蟠龍丸にも乗艦されますかと艦長の勝さんが尋ねますと、朝陽丸よりひとまわり小さくて、帆柱が二本しかない蟠龍丸が、朝陽丸よりも性能が上とは思えない。確認する必要はない、と仰せだったそうです。このお言葉から推しても、別船としてふさわしいかどうかの検分であったことは間違いないと思われます」

「水野殿は、軍艦奉行とはいえ、かつて一橋派に属していたことから、あまり大きな動きはできない。ここは軍艦奉行並の木村殿がお力を発揮する場面だろう」

「木村様からはもうひとつお話がございました。佐賀藩で修理していた観光丸を品川へ向かわせているというのです。これも別船仕立の準備でありましょう。現時点、どの船が選ばれるか分かりませせぬゆえ」

ようやく忠順は、横浜で会ったブルック大尉の話を始めた。

「軍人らしく折り目正しい態度だったが、顔面髭もじゃで、風貌はまるで熊のような男だった。ところが、話し始めると、世界地図を示しながら、こちらが質問することに、ひとつひとつきわめて具体的な回答をするのだ。そのうちに、おぬしと話をしているような気分になったぞ」

「さようでございますか」

相槌を打ったが、忠順の最初の言葉で友五郎もブルック大尉に会ってみたくなった。

「少し、ご披露しましょうか」

友五郎が来ると必ず同席する江幡が、持参した帳面を広げた。ブルックとの一問一答を書き付けてあるらしい。

「日本から批准書を交換するワシントンまでの所要日数を尋ねましたところ、途中サンドイッチ諸島へ立ち寄り石炭などを補給し、サンフランシスコへ向かい、そこでしばらく碇泊した後パナマへ向かい、汽車に乗り換え、再び船で向かうのだそうですが、早くて五十三日ほどだと申しておりました。区間区間の見積もりも確かのようで、何と言っても、あわせて五十三日というのに感心しました。いい加減な男なら、ふた月ほどであろう、と答えるところです。また、手荷物の大きさを聞いたところ、最大で幅三尺、長さ六尺とのことです。航海中に使用できる水の量を尋ねれば、一人一日に一ガロンと言い、その量を円筒状の絵を書いて示してくれました。さしわたし（直径）が五寸で、高さが七寸とのことでした」

忠順も黙ってはいなかった。

「ワシントンからニューヨークまで距離は何里あるかと聞いたら、即座に百五十里と答えおったぞ。友五郎。分かるか」

「計算したのでございますな」

「そうじゃ。ブルックという男、わが国の一里が彼の国の六千二十フィートだと知っていての暗算なのだ。一フィートは、一尺二分に当たると説明しておった。計数に明るく論理的な物言いに加えて、日本の計量法をわきまえているのが、実に好ましく思えた」

忠順がそこまで感心するなら、別船に乗り込んでもらうのにこれ以上の人物はない気がした。木村がブルック大尉に白羽の矢を立てた慧眼《けいがん》に、友五郎はあらためて敬服した。

十月二十八日、水野忠徳が軍艦奉行を解かれ、西の丸留守居へと転ぜられた。井伊大老は最後の最後までけじめをつけることを忘れなかった。後任は小普請奉行井上清直である。

十一月二十三日、三河西尾藩主で老中の松平和泉守乗全《いずみのかみのりやす》より、木村らへ差し紙が届けられた。

〈御用の儀之有り候間　明二十四日朝四ツ　西の丸へ罷《まか》り出《で》る可《べ》く候〉

『別船仕立の儀』が、ついに実現するのである。

十一月二十一日、小栗忠順は諸大夫《しょだいぶ》となった。幕府では従五位下である。そして二十五日、豊後守《ぶんごのかみ》に任じられた。正式な使節にふさわしい身分を与えられたのである。

忠順は、後顧《こうこ》の憂いを取り除くため、十一月二十六日、旗本日下数馬《くさかかずま》家から六歳の鉞子《よきこ》を養女にもらった。数馬というのは、実は小栗家十代又一忠清の実子である。

忠順の父忠高は、旗本中川飛騨守忠英《ひだのかみただてる》の四男だったが、嫡男のない忠清が病臥《びょうが》したため、その養子になった。ところが、忠清が死んだ後に数馬が生まれたため、忠高の次男として届け、後に日下家へ養子に出していたのである。もし数馬がもう少し早く生まれていたら、忠高は小栗家に養子には来なかった筈である。つまり、忠高が養子に来なければ、忠順も生まれなかったことになる。

忠順が日下数馬の血を引く者を養子に迎え入れることは、ある意味で、小栗家の正統の血を受け継ぐことにもなるのだった。

十一月二十八日、木村図書は軍艦奉行に進み、摂津守《せっつのかみ》を叙爵し、喜毅《よしたけ》と名乗ることが増えた。軍艦奉行は役高二千石である。これも忠順にそれなりの身分を与えたのと同様に、別船に乗り副使として派遣される木村にふさわしい身分を与えたのだった。

「旦那様。松之助を誉めて差し上げてください」

帰宅した友五郎の着替えを手伝いながら、津多が明るく言った。

「長谷川道場の秋田先生から、松之助は筋が良いと誉められて、入門が許されました」

「そうか。それは良かった。しかし、一度にあれもこれもというのは、少し無理があるのではないか」

座敷の隅で俯いている松之助へ、友五郎はちらと視線を送った。

「そんなことはございません。養子とは言え、松之助は旦那様の甥なのですよ。筋が良くて当然ではありませんか」

笠間では時習館で学んでいて、儒学はそこそこ身につけているとのことだったが、それ以外は、全く未知数だった。他の学問に手を染めていなかったのは、必要がなかったこともあるが、一番の問題は束脩だった。実兄の暮らしは決して楽ではなかった。

それが、友五郎の養子になると同時に、津多の孟母《もうぼ》に等しい躾と訓育が始まったのだ。日比谷御門内にある上屋敷で行われる月例の藩儒《はんじゅ》による講義はともかく、万次郎の伝手《つて》で、本所亀沢町の団野道場で剣術を、芝新銭座の江川塾では、オランダ語、英語そして銃隊調練を開始した。さらに津多は、小野友五郎の嫡子ならば数学ができねばならない、と長谷川道場入門も強く主張したのだ。

学問については、友五郎は津多ほど執着していなかった。特に数学は、本人の感覚的なものに左右される傾向があり、努力させてどうこうなるものではないと思っていた。

「松之助は将来ある若者だ。その才能は誰よりもわしが信じている。大事に育てようではないか」

着替えが終わったところでそう言うと、津多は少し納得したのか黙った。友五郎は居間へ向かった。

友五郎と松之助の夕食の準備がしてあった。

松之助を養子に迎えてから、通いの女を近隣の農家から雇って家事を任せていた。津多の負担が軽くなり、いっそう津多は松之助の教育に身を入れた。

「江川塾で学ぶオランダ語や英語はどうだ」

食べながら松之助に聞くと、一瞬どきっとしたようで、食べ物を飲み下せないでいる。

「慌てないで、飲み込んでから、ゆっくり答えなさい」

津多が笑いながら、松之助へ茶を勧めている。この養子は少し優しすぎると思った。

「まだアルファベットを学んでいるところですが、どちらがどちらやら、混乱しているところです」

「エイ、ビー、シー」

「英語でございます」

「アー、ベー、セー」

「オランダ語でございます」

「ダンク・ウ・ヴェル（ありがとう）」

「ハラーハ・ハダーン（どういたしまして）」

「見事なオランダ語だ。江川塾では誰から学んでおる？」

「榎本先生がときおり来てくださいます」

「榎本釜次郎か」

「はい」

長崎では勝麟太郎の次ぐらいにオランダ語が堪能だった。江川塾で学んだオランダ語に長崎で磨きをかけて、帰府してからは御礼奉公のつもりで江川塾へ顔を出しているらしい。松之助から聞くまで友五郎は知らなかった。

それに比べて、江川塾の英語は中浜万次郎が教授だが、捕鯨業振興に力を注いでいる万次郎は、軍艦操練所の英語教授も滞りがちで、江川塾までなかなか手が回らないようだった。

食事を終えて、津多の淹れる茶を喫しながら、友五郎は語調をあらためた。

「昨年から日本は次々に諸外国と通商条約を結び、港を開いていることは存じておろう。これは日本が世界の仲間として認められるために必要な儀式だ」

津多も松之助も急に居住《いず》まいを正し、緊張した面持ちになった。

「だが、外国は日本に来て日本を見聞して条約を結んでいるが、日本人は諸外国を見ることもなく条約を結んでいる。これは国際的な常識に照らしてみても、きわめて非常識であり、日本にとって不利なことだ。それで、アメリカとの条約を正式に調印する儀式を執り行う名目で、小栗様は、アメリカが用意する船でアメリカへ渡られる」

ここまでは、幾度も話したことではないが、二人とも承知していることである。勝気で察しのいい町人の女房なら、お前さんもアメリカへ行くつもりかい、と訊いてくるところだろう。

たとえそう思っても、津多は決して口にはしない女だった。

「実は、一年前に使節派遣が決まったときも起こった話なのだが、この機会に日本からも独自に船を仕立て、太平洋を横断すれば、国威発揚は間違いない。そして彼の地へ渡れば、アメリカの海軍とその施設、さらに進んだ外国の文化というものを見聞してくることができる。長崎海軍伝習所でオランダ人から学んだこと、築地の軍艦操練所で日々研鑽していることをより深く学び取ることができる。だが、その計画は、国内にはびこる攘夷論者一掃のために長く頓挫していた。それが、ようやく実現の運びとなる日が近付いているのだ」

松之助はこの若者にしては珍しく驚いたように目を見張って友五郎を見返して関心の高さを示しているが、津多は視線を落とし、やや俯き加減で、何を考えているのか計りがたかった。

友五郎は十分に間を置いてから、結論を述べた。

「わしも任命されるかも知れぬ」

松之助の目が輝きだした。

「父上がアメリカへ行かれるのですね」

「わしらが船を操って、だぞ」

「そんなことができるのですか。アメリカまではどれだけかかるのですか。アメリカはどれだけ離れているのですか。京や大坂、長崎よりも遠いのですか」

この長屋に地球儀はない。友五郎は、松之助にゆっくりと世界について説明したことがなかったことに気付いた。

「よし。松之助には後で世界地図を使ってアメリカがどれだけ遠くにある国か教えてやろう。その前に、申し伝えておくことがある。これは日本にとってきわめて重要な御用なのだ。派遣される者は幕府から一人一人任命される。正直に言っておくが、いくら重要な御用とは言っても、日本にとって初めての試みであり、命がけの任務となる。派遣される者もその家族も覚悟が必要だ。出発前に水盃《みずさかずき》を酌み交わして行かねばならない」

津多の不安や混乱は想像に難くないが、ここで、大丈夫なのかとか承知したのかと確かめる女ではない。武家のしきたりとして、御用は第一であり、それは武士の命にもまさることだった。もしかすると、津多は友五郎以上にわきまえていたかもしれない。

「松之助。違い棚の中に世界地図がある。取ってくれぬか」

友五郎の言葉を合図に、津多は軽く一礼すると、食膳を片付け始めた。


小名木沢屋敷が寝静まって、友五郎夫婦も褥《しとね》についた。

「旦那様」

闇の中で、津多が呟いた。

友五郎は小さく唸った。

「松之助を養子に迎えられたのは、此度《こたび》のアメリカ行きが近付いていたからでございますか」

「それもある」

「では、一番の理由は？」

「何度も申したように、小野の家を守るためだし……」

津多は友五郎の次の文句を辛抱強く黙って待ち続けた。

「家を守るためだし、そなた以外に妻を持つ気はない」

友五郎はきっぱりと言った。

ややあって、津多が床から出る気配がした。

「旦那様」

温かな体が寄り添ってきた。

口にしたことは嘘偽りではない。だが、津多のぬくもりに浸りながら、消しても消しても浮かんでくるおうたの面影と格闘している友五郎だった。

二　波濤を越えて

友五郎らが渡米のために咸臨丸に乗り込んだのは、安政七年（一八六〇）一月十二日である。最後に乗り込んできたのが木村喜毅で、午後八時だった。木村は五人の従者を連れていた。福沢諭吉、秀島藤之助、斎藤留蔵、大橋栄次、長尾幸作である。福沢諭吉は、もともと、木村の家来ではない。幕府の蘭医桂川甫周《ほしゅう》の築地の塾に学んでいたところ、木村が渡米の命を受けたことを知った。桂川は木村の妹婿である。福沢は桂川の紹介状をもらって木村に会い、その従僕として渡米を許されたのである。二十七歳だった。

木村主従が乗り込んだ時点で、品川沖の咸臨丸の乗り組み人数は日本人九十六名である。これに加えて、ブルックらアメリカ人十一名が横浜で乗船してくる予定だった。

十三日の午後七時、矢田堀景蔵が指揮する朝陽丸に先導されて、咸臨丸は横浜に着いた。翌十四日は太陽暦で日曜日にあたるため、ブルックらの統一行動はなかったが、ブルック一人だけは、朝から咸臨丸を訪れ、また夕方には勝らがブルックの宿舎を訪れ、アメリカ人乗船のための段取りを打ち合わせた。

十五日には、ブルックらの荷物と一緒に食料にするための動物が積み込まれた。鶏三十羽、家鴨《あひる》二十羽に加えて豚が二頭である。ブルックの助言で、公用方の吉岡勇平がアメリカ領事館を通じて調達した。一日がかりの大仕事だった。

十六日午前、ときおり小雨の降る中、ようやく全員が乗船した。乗組員は百七人となった。全長約五十メートル、幅約七メートル、排水量六百二十五トンの咸臨丸には多過ぎる人数だった。艦前部の船室が日本人士官ら、後部の船室がアメリカ人らのためにあてがわれた。彼らは乗客扱いである。

午後一時、咸臨丸は横浜を出航し、浦賀に着くや、狭い入り江の奥まで、艦長勝の指示で巧みに船を進め、午後五時、錨を下ろした。友五郎が七斤《きん》（四・二キログラム）の手用測鉛《しゅようそくえん》を用いて停船位置の深さを測ると七尋《ひろ》（十二・六メートル）あった。

乗組員の荷物や石炭、保存のきく食料は既に積み込みが完了していた。浦賀では新鮮な野菜や薪水《しんすい》の補給のため、しばらく碇泊する。木村喜毅は、当地出身の佐々倉桐太郎、山本金次郎、浜口興右衛門、岡田井蔵らを自宅へ帰らせた。木村らしい思いやりだと、友五郎は思った。

勝は、疲れたと言って、夕食も摂らずに船室へこもった。別船派遣の方針が決まった後も、誰が行くのか、どの船で行くのか、はたまたブルックらを同船させるのか、先頭に立って張り切ったり、希望が通らずふてくされたり、深謀遠慮や上下左右への気配りに余念がなかった。心労が続いていた。不眠不休でこれまで倒れなかったのが不思議なくらいだった。

翌十七日の朝は快晴だった。

友五郎は、晴雨計で水銀柱二十九・六インチ（一〇〇二・四ヘクトパスカル）、寒暖計で華氏五十度（摂氏十度）を確認した。

ブルック大尉の同乗も、通訳としての万次郎採用も、そして渡米艦がブルックの進言で咸臨丸になったのも、わずか半月前に決まったことだった。すべて木村の使命感から出た決断だった。万次郎は木村や勝とブルックの間を往復して用件を伝えているが、ほとんどブルックと行動を共にしている。万次郎の捕鯨船での経験の豊かさはもちろんのこと、アメリカで身に付けた学識、優秀な頭脳、明るく前向きな人間性に目をつけたブルックは、彼をただの通訳として扱ってはいなかった。咸臨丸の船体や備品類、船の操船について、詳しく解説しているようだった。航海術を仕込んでいるのだ。友五郎は、それが二人の仕草からすぐ分かった。友五郎は二人に近付いた。

万次郎が、友五郎も学びたがっていると言うと、ブルックの目が輝いた。ブルックはクロノメーターの補正法を教えようと言い出した。咸臨丸には八台のクロノメーターがあった。そのうちの一台は、ブルック大尉が持ち込んだフェニモア・クーパー号のものである。ブルックの指導で、それらを比較しながら、補正の仕方を学んだ。

その夜友五郎は、二人とともに艀で港へ渡った。月の高度を正確に測るため、揺れる船を避けたのである。

月光は海に落ちると波間に砕け、そこで無限の光源となって生まれ変わる。周囲にまきちらされる反射光は、岸壁を洗う海水の音を伴奏に、冷たい音色を奏でているようだ。

一月十七日、午後九時を少し回った、浦賀の桟橋である。

友五郎は、六分儀を構えて月の高度を測っている。月は東南東の海上、約二十五度のところで輝いている。五日前に品川沖に碇泊した咸臨丸の上から測定した月は、一度完全な円となり、再び縁が少し欠けていた。雲ひとつない群青色《ぐんじょういろ》の空である。月の真下はるか、灯明崎の灯明堂が暖かな光を放射している。

「月の上方に土星が並んでいますね」

万次郎が英語で呟くと、ブルック大尉が後ろで組んでいた手をほどいて空を指した。

「月の南側にある星座は六分儀座です。知っていましたか」

「もちろんですよ。船乗りなら知らないわけがありません」

ブルックは髭に覆われた口元を緩めた。万次郎と会話するときはいつも楽しそうである。

友五郎は地面にしゃがんで、月の方位を紙の上に鉛筆で記した。分度器を用いて、恒星シリウスとの角度を測った。紙面には何本もの線が引かれている。角度はおよそ七十五度だった。

「ここは、北緯三十五度二十一分、東経百三十九度四十八分です。品川とは経度で五分離れています」

友五郎が少し緊張して報告すると、ブルックは笑顔で頷いてくれた。長崎海軍伝習所でペルス・ライケンから褒められたときの感激が戻ってきた。

友五郎は今回の航海が成功することを確信した。そして、自分にとって、貴重な経験だけでなく、同時に世界最高峰の航海技術と知識が得られることを幸運に思った。


「急げ。急げ」

勝の叱咤《しった》する声が甲板で響く。

水の積み込みが予想外に遅れていた。

「おい。これで十分なのか。長崎まで往復するのとはわけが違うぜ。ひと月いやふた月かみ月、島影ひとつ見えねえ大海原を走ることになるかもしれねえんだ」

船倉には鉄製の水槽が二十四個あった。それらへ樽で運ばれた水を汲み置くのである。しかし、水槽を覗きこんで、勝が真っ先に首を傾げた。十七日に積み込んだ水はすべて入れた筈なのに、まだだいぶ余裕がある。誰が見ても少ない気がした。当初から水槽の容量に対して運び込む水樽の数量の見積もりが不足だったに違いない。いったい誰が見積もったんだ、と勝がどなっても、皆下を向くばかりである。

犯人探しをしている時間はない。友五郎は船大工の鈴木長吉から尺《さし》を借りて水槽に近寄った。

「小野なら計算は確かだ。やってみてくれ」

勝に言われるまでもない。水槽の内寸を測ってみると、容積は合計百二十石（二一六〇〇リットル）である。五斗樽なら二百四十個で満杯になる。実際に運び込んだのは、百八十個だった。

友五郎は、念のため万次郎を介してブルックの意見を聞き、それを勝へ報告した。

「ブルックによれば、水は一人一日一ガロン（約四・五リットル）、これは二升余りになりますが、それだけ必要で、百七名なら二百二十五升が一日分です。現在の積み込み量では、四十日でなくなる計算になります。四十日分は、太平洋横断の必要最少量とのことです」

水槽を一杯にすれば五十三日分になる、まだ十三日分積める、と付け加えた。

「積み込めるだけ積み込め！」

勝は命じた。

慌てて吉岡らが追加調達しに行ったが、しばらくすると、樽がないと公用方下役の小永井五八郎《こながいごはちろう》が情けない顔で報告しにきた。いったんお役御免になった樽は、借りてきた樽屋、酒造家、味噌醤油問屋へ既に返してしまっていたのだ。

「しょうがねえな」

舌打ちして勝は自ら出向いていった。

初めての太平洋横断だから、仕方ないといえば仕方ないのかもしれない。しかし、責任者を決めたり、あらかじめブルックや万次郎に尋ねたりしておけば、こういう事態にはならなかった筈だ。

一時間ほどで勝が戻ってきた。

「ポウハタン号は、今日にも品川を出発する」

「本当ですか」

小栗忠順は家来九名をポウハタン号に同乗させると言っていた。その中には、塚本真彦、江幡祐蔵がいる。友五郎は、彼らの興奮が想像できる。自分もつい六日前に経験しているのだ。

友五郎は舷側に寄って、江戸の方角を眺めた。今にもポウハタン号の船影が水平線に浮かんできそうだった。

「まだ、見えはせん。しかし、決して出遅れてはならぬ。我々の咸臨丸が先にサンフランシスコに着くのだ。絶対にそうするのだ」

勝は呪文《じゅもん》のように呟きながら、甲板を行ったり来たりし始めた。

勝にとって、ポウハタン号に何日も遅れて到着することは絶対許せなかった。日本人の手で初めて太平洋を横断するのだ。歴史に残る快挙を成し遂げるためには、ポウハタン号の後塵《こうじん》を拝《はい》するわけにはいかないのだ。

「大圏《たいけん》コースをとれば最も早く着けます」

ブルックは最短航路を勧めていた。

地球は球形である。平たい海図上の二点を直線で結んだ航路は最短距離ではない。大圏コースとは、地球が球形であることを考慮した最短の航路だった。

一日中、水の積み込みが続いた。手の空いた水夫らは、デッキの隙間をピッチで充填したり、帆を干したり忙しく働いた。その間に、勝は何度も港と船を往復している。じっとしていることがなかった。友五郎は、万次郎と一緒にブルックのそばを離れず、アメリカ航海術の話に耳を傾けていたが、勝の精力的な動きには驚かされた。

最後の水樽が積み込まれたのは、午後九時だった。

十九日朝、木村が会議を招集した。艦長の勝を始め、各役割の長となる者たちである。運用方は佐々倉桐太郎、測量方は友五郎、蒸気方は肥田浜五郎、公用方は吉岡勇平。医師の牧山修卿《しゅうけい》も呼ばれた。野菜の積み込みがまだ終わっていないと吉岡が報告し、船体、帆、索具および汽缶の状態は問題ないと佐々倉、肥田が続けて報告し、気温、水温、気圧、風向き、潮流の状況を友五郎が報告した。

「水夫、火焚を含めて、出航に耐えられない病人はいますか」

木村は牧山に丁寧に尋ねた。

「艦長の体調がすぐれないのが唯一の懸念事項で、他に病人はおりません」

牧山は勝の方を見た。勝は何でもない、と怒ったような顔をして手を振ったが、すぐに咳き込んだ。激務で疲労しているところに風邪をひいたらしい。

木村は勝のやせ我慢を見て少し心配そうだったが、本日午後三時出航と決めた。

「用事のない者は、昼までに帰艦することを条件に、最後の浦賀の土を踏んできてもよい」

「よし。それなら、東福寺《とうふくじ》の聖観音《しょうかんのん》に航海安全を祈って来よう」

勝は元気なことの証明と艦長としての責任感を示すために、そんな提案をした。東福寺は西浦賀にある寺で、そこに祀られている聖観音は、紺屋町の船頭が紀州の熊野灘を航行中に海から拾い上げたものと言われ、海難救助の神様として崇《あが》められていた。

地元出身者は木村の配慮でそれぞれ帰宅し、昨日の日没までに帰艦していたし、それ以外の者も、浦賀と咸臨丸の間を艀で往復し様々な用事を終えていた。それで、勝に賛同する者が殺到した。友五郎もなぜか神妙な心持になり、聖観音を拝んでくることにした。決して死を恐れるものではないが、航海の無事や乗組員の安全が得られるなら何でもしたかった。

上陸するためにはわずかな距離でも艀を利用する。順番待ちである。心が急いている人々を先にして、友五郎は舷側に立ち、見るともなく港の桟橋を眺めていた。勝は真っ先に上陸してしまい、友五郎は置いてけ堀をくった格好だった。

出航が近いことを知った浦賀の人々が、次第に桟橋に蝟集《いしゅう》してきた。その人もじっとこちらを見つめ返している。まさか、そんな筈はない。友五郎は身を乗り出した。その人もじっとこちらを見つめ返している。まさか、そんな筈はない。あり得ないことだ。友五郎は目を凝らした。背の高い大柄な女性だった。色白の顔。大きな目。おうたに違いない。

友五郎は艀を待つ水夫らの列に割って入った。

「すまぬ。先に行かせてくれ。知り人が港に来ている気がする」

「これは小野様。よござんすよ」

伝習所以来の佐柳島の富蔵が小腰をかがめた。富蔵らのお陰で、次の艀で桟橋に降り立つことが出来た。

おうたが寄って来た。

「どうして、ここへ」

おうたは長崎にいるもの、と思い込んでいるから、ついこんな問いかけが口をついて出る。無粋《ぶすい》な男だ。挨拶ひとつできないのか。友五郎は胸のうちで自嘲する。

思えば、おうたと会うのは実に三年ぶりである。

「皆様がアメリカに行かれるお噂は、去年の十一月には、もう長崎へ伝わっておりました。不思議そうなお顔をしていますのね。勝様ですよ。あの方はまめに手紙をくださいますから。いいえ、手紙だけではありません。勝様の使いだと言って来られた伝習所の方も。肥田浜五郎様とか」

「肥田までが……？　しかし、長崎からここまで、よく来られましたね」

「勝様にお願いして、あれに乗せていただきましたの」

おうたは沖合に碇泊する船を指差した。

昨年末長崎へ出張した蟠龍丸が、優美な姿を見せている。英国王室の専用遊覧船だった二本マストのスクーナーである。ただし、機走もできるし、大砲も四門備えていた。

「本当か？」

友五郎が聞くと、おうたは口元を押さえて笑った。

「本当なわけないでしょう」

友五郎はため息をついた。蟠龍丸は幕府の軍艦である。軍艦に女を乗せるわけがない。しかし、勝が何らかの形で力を貸したのは間違いないだろう。

「大坂までは船を利用しましたが、東海道は自分の足で歩きましたのよ」

見れば、おうたは足ごしらえもしっかりした旅姿である。藤沢宿に着いたのが一昨日で、今朝は鎌倉から早立ちしてきたという。鎌倉で寺巡りをしていたので、危うく見送りに間に合わなくなるところだったという。

「勝さんは知っているのですか」

おうたはにこりとしながらしっかり頷いた。

「心配なさらなくても大丈夫ですよ。だって、勝様にはちゃんと別の方が来てらっしゃるのですから」

友五郎はおうたの目が示す方角を見やった。

そこには女と語らう勝の姿があった。その女も旅姿だった。長崎で勝の妾同然だったお久である。

（あの男、長崎の女と別れの挨拶を交わすために……。聖観音を拝むなどと偽って、破天荒《はてんこう》なことをしでかす男だ。毎日頻繁に下船を繰り返していたが、女の到着を待っていたのかもしれない。体調不良というのも怪しいものだ）

「それにしてもよく女二人で……」

「実は、長崎から藤沢宿まで高柳様が案内してくださったのです。通行手形も高柳様が……」

「高柳って、高柳兵助のことか。あいつ、まだ長崎にいたのか」

「はい。高柳様は勝様の門人になったらしく、勝様のことを勝先生と読んでいました。実際、勝様の指示で色々なところへ出かけていたようです。今回は、お久さんを連れてくるようにって言われたそうですけど、藤沢を出立してからは、一人、横浜へ向かわれました」

いずれにせよ、おうたもちゃっかり同行してきたというわけだ。これでは、友五郎もおうたを呼び寄せたと言われてもしかたない。

「私も同罪にされてしまったのか」

「ま、いいじゃありませんか」

おうたは鷹揚に手でぶつ仕草をした。

浦賀出身の乗組員が少なくないため、家族との最後の別れのときを過ごす風景がそこかしこで見られた。佐々倉などは、幼い子供らとの別れがつらそうだった。

そのお陰で、友五郎や勝の姿はあまり目立たなかった。

友五郎は、東福寺へおうたを誘った。

おうたに合わせてゆっくり歩を進めながらときどき体が接近すると、懐かしいおうたの匂いがして胸が高鳴った。誰も見ていなければ、柔らかなその手を握りたかった。時間があれば、どこか二人だけになれるところへ連れて行き、思い切りおうたを抱きたかった。

次々に浮かぶ思い出に話が弾んで、参拝を終えて港に戻る頃には、太陽は中天を通り過ぎ、乗船の刻限になっていた。

「不思議だ。おうたさんと一緒にいると時が経つのが恐ろしく早い」

「これ以上一緒にいると、私たち、あっという間に年寄りね」

一瞬おうたの戯言に面食らった、友五郎はすぐに理解して戯言で返した。

「帰ってきたら、浦島太郎かも知れぬな」

「向こうで乙姫様に誘惑されないでね」

友五郎はおうたの目を見つめ、おうたも熱いまなざしを返してきた。二人は向き合ったまま半歩も近寄らなかったが、気持ちの上ではしっかりと抱擁しあっていた。

おうたは、この後、お久と一緒に横浜へ行き、高柳と共に外国の船に乗せてもらって長崎へ帰るという。女のおうたにとって、長崎と江戸を往復するのは、友五郎が太平洋を渡ってアメリカへ行くのと同じ冒険に違いない。

友五郎は揺れる艀に平気で突っ立って桟橋を見ていた。

おうたが手を振ったので友五郎も手を振った。友五郎の手には諏訪神社の、おうたの手には東福寺の守り札が握られていた。


正午から士官らによる当直も始まった。運用方と測量方の二人がひと組になり、昼夜を六等分して四時間ずつ担当する。最初は、佐々倉と赤松で、次の午後四時から八時までが鈴藤と松岡、そして、浜口と友五郎、伴と根津と続く。

西風が強く吹く中、咸臨丸は蒸気を焚いて、午後三時三十分、浦賀を出航した。

「昨日より晴雨計が十分の一インチ下がっています。海は少々荒れるかもしれませんよ」

万次郎がブルックの言葉を訳して教えてくれた。

西風はますます強くなり、船は飛ぶように走り出した。しばらく木村も勝も甲板に立っていたが、風と揺れに耐えられなくなり、船室に降りていった。操船は当直に任せたのである。

午後八時から深夜零時までの当直は、初夜直《しょやちょく》といい、浜口と友五郎だった。

友五郎と浜口が羅針盤をのぞいて針路を確認しあっているところへ、万次郎と福沢諭吉がやってきた。福沢は万次郎から英語を学ぼうと品川出航以来まとわりついている。万次郎は辟易しているが、福沢は無頓着で終始にやにやしている。近付いて来て、舵輪を握る浜口にも軽口をたたいた。

「快調ですね。このまま行けば、アメリカまで案外早くたどり着けるのではありませんか」

万次郎が不愉快そうにさえぎった。

「海をあなどってはいけません。小さな咸臨丸は、最も早くサンフランシスコへ着けるように大圏コースを選んでいますが、冬の北太平洋は荒れます。これから試練の海になります」

「無風になるより、少しぐらい風が強い方が、速度が出ていいと俺は思うがな」

万次郎の慎重な発言に、浜口が強い口調で応じた。八丈島生まれの浜口は、長崎海軍伝習所一期生のときから、頑健《がんけん》さが目立った。精悍な風貌で、海の申し子みたいな男だった。

「浜口さんは平気みたいですが、船に弱い人は早くも青い顔をして寝込んでいるのですよ。福沢さん。そうでしょう?」

「そうだった。うちのお殿様のお世話をしなければならない。夕食も全く口にされなかった」

福沢は傾いた甲板を器用に歩きながら、ハッチを開けて、船室へ続く階段を降りていった。

「そんなに船酔いがひどいのか」

友五郎は心配した。今回の航海には、海軍伝習所や軍艦操練所で訓練を積んでいない者が多く乗っている。木村の従者や医師らである。

「一番重いのは艦長かもしれません。もともと船に弱いところへ、過労で風邪をこじらせていましたから。ブルック大尉が、私にときどき様子を見るようにと言っています」

「この程度で倒れているようでは、日本人だけで決行するのだと息巻いていたのを笑われるぞ」

「しかし、……」

浜口があからさまに非難しているように、勝には肉体的にも人間的にも艦長として適性を欠く面がある。しかし、と友五郎は思う。

咸臨丸に乗り込んだ百名近い顔ぶれを見れば、ある特徴が浮かび上がってくる。遣米使節の正式な副使役で、家柄も人柄も全く申し分ない木村喜毅を除くと、残りは軽輩の幕臣や水夫、火焚、大工、医師らであった。艦長の勝にしてからが、木村の口利きで、ついこの間両番上席に上げられたばかりである。出自、身分の異なる乗組員をまとめていく苦労は並大抵ではないと思うし、それができる器の人は、この中には、どう見ても勝以外にはいないように思われる。

「もっと海が荒れたら、我々も船酔いで役に立たなくなるのだろうか」

友五郎の不安を万次郎がきっぱりと否定した。

「小野さんは大丈夫です」

「俺はどうだ？」

「浜口さんも大丈夫です。目の配り、身のこなしから見て、お二人とも船には恐ろしく強い。五年以上も船の上で暮らした私が言うのだから間違いありません」

「そうか。万次郎さん。それなら、あの男はどうだ。いつも万次郎さんを追い掛け回している」

万次郎は大きく両腕を開いて首をかしげた。

「残念ながら」

「あの男も強いのか」

万次郎は頷いた。

そのとき船が大きく弾んで、大きな音がした。足元が浮くような感覚がして、一気に船体が落下する。水夫たちの悲鳴が上った。続いて、海水が三人に降り注いだ。傾いた甲板を海水が川になって流れていく。

三人は顔を見合わせた。互いに平然とした顔を確認している。

「胸のすくような航海になりそうだ」

浜口が力強く言って、舵輪に向き直った。彼の前面には、船の航跡が白く泡立ちながら伸びている。舵輪は後ろ向きについているのだ。

「順風だ。帆はこのままで行くぞ」

この間の航海日誌に、友五郎は次のように記した。

方向西、九時より南西、十時三十分南東、測程儀八時より九時迄二里、九時より十時まで五里半、十時半より六里半。城ヶ島南東の方より方向を西に向け、九時に到りて帆を用い、方向を南西に変じ、十時半風強き為《ため》、フォール・トップスル及びメイン・トップスルを一段縮帆《しゅくはん》し、方向を南東に変じ大島の沖に到る。風西北東、風力三番（風速四・五メートル）、帆フォースル、フォール・トップスル、メイン・トップスル。

書きながら友五郎は、オランダ教官から教えられたマストや帆の呼び方が、ブルックや万次郎が使うアメリカの言葉とよく似ていると思った。前檣の下から二つ目の横帆フォール・トップスルを、彼らはフォア・トップスルと発音する。他に、後檣ミッズン・マストは、彼らが口にすると、ミズン・マストと聞こえるのである。

咸臨丸が急流や暴風雨に悩まされたのは、翌二十日からである。

天候は曇で、海面は生き物のように大きくうねっていた。強い北風が吹きつける中、船は北東に針路をとっていた。逆風をついて斜めに帆走していく間切《まぎ》りである。しかも黒潮を横切ろうとしているため、船の進行は難渋《なんじゅう》を極めていた。

木村の従者五人と医師の弟子二人は一室に詰め込まれていた。七人の中では、福沢だけが元気で、他の六人は、ハンモックに慣れず皆床に横たわっていて、食事も摂れない状態だった。

木村の従者の一人、尾道《おのみち》生まれの長尾幸作は二十六歳である。医術を深めようと江戸へ出てきたところが、主人の勧めで、今回の冒険に加わることになった。ひどい船酔いで横になっていたが、波が激しく船腹を叩く音や、丸いガラス窓に吹き付ける雨粒の音で眠ることもできなかった。長尾は、ふらふらと立ち上がり、ガラス窓越しに外を見て、肝をつぶした。たけり狂ったような海が周囲から襲い掛かり、窓の向こうが海中になる。船は何度も海に飲み込まれるのである。

斎藤留蔵も木村の従者の一人で、十六歳である。江川太郎左衛門の家の手付だったが、鼓手《こしゅ》という役目で木村に従ってきた。斎藤はやっとの思いで用便を済ませた。逆流する海水のしぶきが尻を濡らし、船酔いが一瞬醒めたような感じになった。元気の出た斉藤は、階段を上って甲板に出てみた。外へ首を出すと、突風に髷《まげ》を撥《は》ね上げられ、元結《もとゆい》が千切れた。それにもひるまず、目を細めて見た甲板上の光景は驚くべきものだった。嵐の中でマストに上り、帆を畳んでいるのは、船客だった筈のアメリカ人たちだったからだ。しかも、口笛を吹くなど、いかにも楽しげだった。

咸臨丸には百人近い日本人が乗っているのに、甲板上に見えたのは、友五郎、浜口、万次郎の三人だけだった。

日本人にとって、これほどの荒海は初経験だった。ブルックにとっても、航海人生の中で屈指の悪天候だったというから、日本人らの脱落は非難できない。塩飽島の水夫たちにしても、荒天時は船を出さないというのが伝統なのである。風や波が吹き付ける中でマストに上り、帆を畳んだりしろという方が無理だった。

その日は、明け方からアメリカ人らの活躍が始まった。この時点で、日本人水夫らは全員動けなくなっていた。前夜までに二段縮帆したメイン・トップスルが裂けていたので、これをアメリカ人水夫らが上って畳んだ。命令したのはブルック大尉である。フォースルも裂けていたので、同様に畳んだ。船尾のスパンカアも風に煽られて危ない。これを絞りかけているうちに裂けてしまうほどの強風だった。結局、ツライスルと蒸気の力でどうにか波を乗り切っている状態だった。

友五郎と浜口の当直は、午後直（正午から午後四時）だった。

この頃から風がめっきり衰えてきた。

それでも友五郎は、大きく揺れる船の上で正午の天測をし、航海日誌に記録した。

北緯三十四度四十一分。東経百四十二度三十八分。方向東北東、測程儀平均五里、風北、風力四番（風速六・三メートル）。昨夜来の風にて波高く、視界甚《はなは》だ不平にて、太陽高度漸《ようや》く測り、経緯度を算し得て是を推測に比較すれば北東の方に差多し、是《これ》はかねて聞く潮流によるものなるべし。

測程儀で求めた船の速度から推算した以上に経緯度が進んでいるのは、以前教えられたように黒潮に乗っているせいだろう、と冷静に分析している。

「黒潮に乗っていますよ。海の色も変わったでしょう。水温も（華氏）五十五度（摂氏十二・八度）から六十二度（十六・七度）に上ったそうです」

万次郎が友五郎に伝えた。ブルックが紐のついた水温計を持ち上げた。雫《しずく》が垂れている。

次の当直、伴鉄太郎と根津欽次郎《きんじろう》が、ふらふらしながら甲板に上ってきた。

「向かい風だが、風は弱い。ツライスルをもっと上げよう」

浜口が舵輪を握ったまま元気付けるように言った。万次郎がブルックに伝えると、頷いて、水兵長のチャールズ・スミスへ命じた。アメリカ人はこっそり当直を組んでいるらしく、常に数人が甲板にいて、ブルックの指示でいつでも行動できるようにしていた。

「アメリカ人ばかりにやらせていてはいけない。水夫たちを呼んでこよう」

友五郎はまだ具合の悪そうな根津を励ましながら、二人で船内へ降りた。

当直は明けたが、富蔵を含めて三人の水夫を甲板へ引っ張り上げ、伴と根津に引継ぎが終了したのが五時過ぎだった。それから、友五郎と浜口は、ブルックや万次郎と一緒に夕食を摂った。

友五郎は器用に飯を炊き、浜口はアメリカ人が捕ったイカを七輪《しちりん》で焼いた。

「日本人の男は皆料理が上手だ。リズィーに話したらきっと喜ぶでしょう」

ブルックがよく口にするリズィーというのは、彼の妻の名で、エリザベスの愛称だと万次郎が教えてくれた。温かいご飯を、箸を使ってほおばるブルックを見て、友五郎はこのアメリカ人にますます好感を抱いた。

二十一日は北の風が強く雨も降り出した。

午後直の赤松大三郎が、ガラス瓶四本を海中へ投じた。中には、〈午後二時五分、北緯三十六度三十四分、東経百四十二度十四分〉と書いた紙を入れてある。他に、船や船長、測量者、当直者の名前が書いてある。これは、ブルックの提案で、後から航行してくる者が拾えば、潮流の具合を知ることができる、と日本人らに教えたのである。若い赤松は素直に言うとおりにした。ブルックは機会あるごとに日本人士官らに航海に関わることを教えようとした。

二十二日はさらに雨風がひどくなり、ミツズン・マストのスパンカアが破れた。風が強いからと言って帆を畳んでいては船を進めることができない。ぎりぎりのところで風をとらえ船を進めていく技量と勇気が必要だった。そういうことを体で覚えているアメリカ人たちは、スパンカアが破れても動じることなく、マストに上りてきぱきと処置していく。

二十三日午前八時、友五郎が当直のとき、右舷に吊ってあったボートの綱が切れ、大急ぎでボートを船内に取り込む騒ぎがあった。このとき誰かがキャビンの天窓《てんまど》を踏み破ってしまった。一連の騒ぎで、富蔵が真っ青な顔をして、船内へ降りていくのを友五郎とブルックが目撃した。

「だいぶ、弱っていますね」

ブルックが片言の日本語で言ったので、友五郎も英語交じりで応じた。

「イエス。ドクターに診させます」

心安いことから、少し富蔵を使いすぎた、と友五郎は後悔した。しかし、ドクターに診せるとは言ったものの、船医役の牧山修卿も木村宋俊も船酔いで起き上がれない。

「ジョン・マンも、少し、休ませてあげてください」

「ジョン・マンは、シーシックしないと思いますが……」

「昨日から、ジョンは眠っていません」

ほとんどの水夫が倒れているので、責任感の強い万次郎は、アメリカ人ばかりに頼ってはいられないと、昔取った杵柄《きねづか》で、昨夜は何度もマストに上って縮帆と展帆を繰り返したらしい。

その後も万次郎は休むことなく水夫として働き続けた。午後九時頃には、フォール・トップマスト・スタンスルが破れ、その縮帆のために、また万次郎がフォール・マストに上った。

友五郎は夜半直《やはんちょく》(午前零時から四時)だった。甲板に上がると、万次郎が舵輪を握っていた。伴鉄太郎の姿が見えなかった。彼の代わりに当直をしていたに違いない。

「ずっと寝ないでいたのか」

気のいい男が、黙って頷くだけだった。

風は依然として強く、ときどき霙《みぞれ》交じりの雨が降ってくる。万次郎の髪には、海水とも雨水ともつかない水滴が、氷結して白く光っていた。

「誰も出て来られないと思って、命がけで働いていたのに、下でのんびり飯を炊いていて小火《ぼや》を起こした者がいたのです」

「何だって?」

友五郎は驚いて、思わず叫んでしまった。

「飯を炊いている余裕があるならマストへ上れ、と注意したら、逆に、マストへ吊るすぞ、と脅されました」

「いったい誰だ? そんなことを言う奴は、俺が吊るしてやる」

浜口も憤っている。

「さあ。もういいから、下へ降りて休め。舵輪は俺が握る」

そこへ、ブルックが天候を見るために出てきて、万次郎から同じ話を聞かされたので、この温厚な軍人まで声を荒げた。

「マストへ吊るすというのは、犯罪者を処刑する意味です。船乗りに対する、これ以上の侮辱はありません。艦長へお願いして、私がその男を吊るしてやります」

ひとしきり物騒な話が続いたが、やがて、甲板上には人影がなくなり、浜口と友五郎だけになった。嘘のように海が静まり返り、空に無数の星が輝きだした。

舵輪を握ったまま浜口が言った。

「海が荒れなければ、美しい夜空だなあ」

「見ろ。月が出ているぞ」

南東の海上に下弦の月が昇っている。

すぐ左に火星が赤く輝いていた。

「俺はときどき長崎を思い出す」

浜口が遠くを見るような顔をした。

「精霊流しはきれいだった」

友五郎はおうたを思い出していた。


二十四日、二十五日は、再び強風とうねりのために、何度も帆の縮帆と展帆を繰り返した。帆を降ろしたままでは船は進まないから、どうしても風を読んで帆を上げる。しかし、風向きや風の強さによっては、帆を選んで降ろさねばならないのだ。霙や雪交じりの雨が降ったり止んだりする中、アメリカ人と万次郎そして一部の日本人水夫らがマストを上《のぼ》り下《お》りした。寒暖計は華氏四十八度（摂氏約九度）を示していた。伴鉄太郎に加えて松岡磐吉も具合が悪くなり、万次郎と浜口が当直を代行した。

二十六日は一転して無風状態となり、しかし蒸気を焚く気力もなく、咸臨丸は波間を漂う難破船のようになった。木村が出航後初めて甲板上に姿を見せ、士官や水夫らを激励し、ブルック大尉らアメリカ人に感謝と労《ねぎら》いの言葉をかけて回った。木村の頬がげっそりとこけている。それでもきちんとした身なりで、白緒の草履を履いているところは、生まれながらの旗本の血だろうか。一方勝は、依然として船室から出て来ない。

そして、翌二十七日未明から、再び海が荒れだし激しい風が船を襲った。波は小山のように盛り上がり、咸臨丸は木の葉のように揉まれ、ほとんど海中に沈みかけた。お陰で、海水は船室内まで流れ込み、備付の器材は倒れて破損し、衣類もたいてい水に浸かった。

船は激しく動揺していたが、午前直の明けた友五郎は、正午にきっちり天測をした。ブルックが横で見ているので気合が入った。海図に現在位置を記入し、航海日誌に次のように記した。

推測　北緯三十七度七分三十秒。東経百五十七度三十一分三十秒。

実測　北緯三十七度四分〇秒。東経百五十七度十二分〇秒。

距離　五十五里半。合計三百八十七里半。

相変わらず松岡は上がってこないので、次の当直は、万次郎が代理をすることになった。

風は夜になるとますます強くなり、ときおりスコールも交じった。帆が唸り帆桁は不気味にきしんだ。友五郎は、浜口と共に二十八日午前零時から四時までが当直だった。この強風も風向きは良く、ブルック大尉らアメリカ人は、徹夜で操船の協力をした。船は波風に弄《もてあそ》ばれながらも、帆は風を的確にとらえ、飛ぶように走った。どこから飛来したのか、たくさんのかもめが競うように船の周囲を飛んだ。二十七日から二十八日へかけて、実に九十八里も進んだ。

しかし、この二十八日に、ブルックの忍耐はとうとう限界を超えた。

風雨が強く、当直士官が船室へ引っ込んで、正午の天測もしなかったからだ。代わりに、午前四時から当直をし続けている万次郎が天測もした。天候はさらに下り坂になろうとしていた。

「どうして決められたとおりにできないのですか。私が親切で教えることを素直に聞けないのですか」

夕直（午後四時から八時）のために甲板に上がってきた友五郎と浜口が、いきなりブルックに怒鳴られた。二人が叱られたのではなく、きっちり当直を守れない士官がいることを訴えられたのだ。

「船酔いで倒れているのなら、誰かが交代するしかないでしょう」

浜口は本来午後直に立っていなければならない件と根津の弁護をしたが、ブルックは許さなかった。

「無断で当直をしないのは重大な問題です」

「もうだいぶ前から、大尉は私に、士官らへ伝えてくれと、色々なことを言ってきたのですが、私の力不足で……」

疲労困憊《ひろうこんぱい》している万次郎は、蚊の鳴くような声で言った。

それで、友五郎にはブルックの誤解がようやく分かった。彼には日本人の身分や役職を重んじる習慣がまだ理解できていないのだ。

「ジョン・マンにいくら言っても、通訳の言葉では命令権はありません。仰りたいことは、提督か艦長へ申し上げてください」

やはりそうだったのか、と納得したブルックは、万次郎に木村を通じて全士官を甲板上に招集させた。そして、危険な状況になりつつあること、絶対当直を中断してはいけないことを力説したのである。

「当直士官は、全員の命を守る義務があります。それが海の上での掟なのです」

しかし、集まった士官のほとんどの目はうつろだった。強風が吹き付け、天秤のように傾きを繰り返す甲板上で、伴や松岡、佐々倉などは何度もたたらを踏み、真っ直ぐ立ってもいられない有様だった。

ブルックは、もはや当初決めた当番は意味をなさなくなっていると判断した。

「能力のある者だけに当直をやらせて欲しい。元気な者なら水夫でも火焚でも誰でもかまわない。我々も協力する」

彼は木村に向かって断固主張した。

それでも、木村は首を振った。

「当直は、職位のある者が全うしなければならない。皆、元気を出して頑張ってくれ」

命令というより懇願に近かった。しかし、無理なものは無理なのである。

「それなら、士官の補佐役を任命してください」

友五郎は妥協案を提示した。既に乗組員個々の適性は見抜いている。

木村の目が輝いて、妥協案に乗ってきた。

「小野さんは、誰を推薦しますか」

「蒸気方の肥田浜五郎、山本金次郎、同じく小杉雅之進《まさのしん》が適任です。それと、既に何度も助力している中浜万次郎を正式に認めてください。それでも不足するところは、私や浜口が補い、欠員は決してないようにします」

確かにブルックの言うとおり、当直のいない船は嵐の中では死と背中合わせである。有能な士官の頭数が不足しているなら、有能な補佐役をつければいいのだ。

木村が当直士官の補佐役を任命し、それをブルックに認めさせることで、何とかその場はおさまった。

夕直の浜口、友五郎は無事勤めたが、続く初夜直では、松岡の代わりに肥田が立った。さらに夜半直では佐々倉の代わりに、浜口が再び立った。二十九日の朝直（午前四時から八時）では、伴の代わりに友五郎が立ち、そのまま午前直まで八時間の当直を勤めた。

こういったできる者が代行する体制が、その後も続いた。

ブルックは、水夫の配置も明確に決めるように提案し、これも木村を通じて実行された。ブルックは万次郎がどんなに有能でも、日本の習慣の中では妬《ねた》まれこそすれ尊敬はされないのだということを思い知った。

未熟な上に荒天続きで満身創痍の咸臨丸乗組員ではあるが、次第にブルックの指導で、それらしい形を整えつつあった。

二十九日の夜から、風波が弱くなった。

翌三十日の午前十時頃には、無風状態になった。咸臨丸は波間に漂う板切れ状態である。二時半頃、左舷斜め後方に三本マストの帆船が見えた。根津欽次郎が知らせて、元気な者たちが甲板へ上がってきた。穴倉から出てきた熊のようだった。しばらくその船の噂が続いて、元気を取り戻した者もいた。

その後も似たり寄ったりの日々が続いた。

二月五日、咸臨丸は日付変更線を過ぎたが、日本人はそうした場合同じ日付を繰り返すことを誰も知らなかった。この日は、気温は摂氏十度と低かったが、出航後十七日目にして初めての快晴で、午前五時半には南西に虹が見えた。

午前直の友五郎が天測し、航行距離を計算すると、千二十里となった。サンフランシスコまでの中間点が目の前である。

友五郎が作業をするときに限って、ブルックはそばで見守っている。ブルックは愛弟子を見る目で見ていたのだが、当の友五郎はいつも緊張していた。

「どうです。何年分もの航海訓練を受けたような気分でしょう」

万次郎がブルックの言葉を伝えた。ブルックが彼本来の柔和な表情を見せているので、友五郎は肩の力が抜け、うれしくなった。

「悪天候に加えて、艦長が病臥したままで、提督は船の指揮ができない。そんな状態でここまで航行できたということは、友五郎たちの力と成長以外の何物でもありません」

「私たちは最初日本人だけで太平洋を渡ろうと考えました。そうしなければならない、という酔ったような使命感もありましたが、実を申せば、それは可能だから、と誰もが思い込んでいました。あまりにも私たちは無知すぎました」

「自らを恥じる必要はありません。友五郎たちはここまでやってこられたのですから」

そこでブルックは、冗談交じりだという意味を込めて、教官のように胸を張り、右のこぶしを口に添えて軽く咳をしてから言った。

「病気の艦長へは鶏のスープとぶどう酒をプレゼントしました」

友五郎が首を傾げると、万次郎が解説してくれた。

「大尉は見えないところで、色々と気を遣っているのです。皆があまりにも勝艦長を見放しているので、昨日からアメリカ人の食事を差し入れ出しました」

それを聞いて、友五郎は感銘を受けた。人の上に立つ者は、ただの一人も無視してはいけないし、気にしていることを具体的な行動で示すべきなのだ。こういう人物こそ艦長にふさわしいのだ。

「それでは、遠慮深い友五郎にはサムナー法を教えましょう」

「サムナー法？」

聞き返すと、万次郎が自分の考えを言った。

「サムナー法は船の位置を決定する高度な方法です。私も習ったことはありません。貴重な講義を受けられる絶好の機会です。ぜひ習っておくといいですよ」

友五郎は出航以来、たとえ暴風雨であろうと当直を休んだことは一度もない。それどころか、他人の当直まで代行していた。正直言って、疲れがたまっていた。午前直に続いて、正午の天測と航海日誌への記入が終わったところで、早く船室に戻って休みたかった。ところが、大洋中の船の位置を決定する高度な方法、サムナー法を教えよう、とブルックが言っているのだ。

「どうします、小野さん」

万次郎の問い掛けに、友五郎は右のこぶしを握った。

「今すぐ教えてください」

友五郎の疲れはどこかへ吹っ飛んでいた。正確には疲れが消えたのではなく、意識の外へ追いやられただけで、蓄積した疲労は体にべったりと張り付いている筈だ。

六日の朝、はるか後方にちらりと現れた帆船が、七日も同様に船尾、風上に見えた。三本マストで、ぐんぐん近付いてきた。そして少し追い越した。

友五郎と浜口、山本が午前直のときだった。

「手旗信号を送っているぞ」

浜口の声に、山本が遠眼鏡で読み取った。

「四九一〇だ」

友五郎が信号辞典を片手に言った。

「何船なりや、と訊いている」

信号辞典はオランダ語なので、ブルックは読めない。万次郎が説明している。

友五郎らはこういう場合、どうしていいか分からない。

「艦長か提督にお尋ねしようか」

浜口が呟いた。

万次郎は、早く答えないと、不審船として怪しまれますよと注意した。

「日本の船だ、と答えなさい」

ブルックの命令に従うことにした。

山本が手旗で「五九六三（日本）」と伝えた。

続いて、「今度は、一五九〇（旗を揚げよ）だ」と言ってきたので、「五四七二（軍艦）」と返すと、先方も同じ手旗を振ってきた。

「もっと船を近付けてくれ」

というブルックの命令に、浜口が大きな声で応じた。

「日本人の操船の巧みさを見せてやろう。メイン・トップスル、フォール・トップスルを張れ！」

嵐の中での浜口の超人ぶりは、水夫たちに知れ渡っている。海の真っ只中では、力のある者に従うようになるものらしい。見知らぬ帆船が近付いたので、慌てて甲板に出てきた水夫たちまでが、浜口の号令で、するするとマストへ上りだした。

ブルックは部下に命じて前檣に星条旗を揚げさせて、船首へ移動した。友五郎らがその後を追った。

「ループルを持ち出したぞ」

長崎海軍伝習所一期生の山本がオランダ語で言った。

浜口の見事な操船で、相手の船に接近し、ブルックは部下が持ってきた大きなメガフォンで会話を試みた。

「香港からサンフランシスコへ向かうフローラ号です。船長が答えています」

フローラ号はメイン・トップスルの角度を振って風を逃がして速度を落とすと、二船はきれいに並走を始めた。友五郎は感嘆の声を上げた。

ブルックも咸臨丸を紹介し、二人の会話が続いた。

服装を整えた木村がそばに来て立った。福沢と長尾が脇に控えた。

「日本の使節が乗ったポウハタン号を見たか」

「さあ。そんな船は知らないな」

「こっちの船にも、日本の偉い人物が乗っている」

「そうらしいな」

万次郎の通訳を聞いて、木村が鷹揚にお辞儀した。

「咸臨丸はよく走るな」

「お互いに先にサンフランシスコに着いたら、相手の船のことを伝えよう」

「よい航海を祈る」

「経験の浅い日本人が操る船に負けるなよ」

「負ける筈ないじゃないか」

フローラ号の船長の発言に、浜口が叫んだ。

「フォール・ゲルンスル、メイン・ゲルンスルを張れ！」

「おう！」

という掛け声とともに、下にいた水夫たちが一斉にマストを上って行った。

やがて、咸臨丸は背中を押されたように速度を増して、フローラ号を引き離した。嵐の中で自信を失い、ブルック大尉に叱られ通しだった日本人乗組員が、初めて心を一つにして咸臨丸を進めているのだ。これに気付いたフローラ号も、風を読みながら帆を操り、右になり左になりしながら追いすがる。

この日米の軍艦競走に友五郎は心を奪われていたが、ふと振り返ると、勝がフォール・マストに寄りかかるようにして立っていた。慌しく走り回る水夫たちの向こうで、小柄な勝は目立たない。そばに寄って話しかけようと思ったが、眉間にしわを寄せて口を固く結んでいるので、やめた。

横でブルックが囁いた。どうやら今朝は生卵とワインを届けさせたらしい。勝の回復は近いだろう。

しばらく追いつ追われつが続き、夕方にはフローラ号が経験の差を見せつけて、前方風下に位置を取った。

日が沈んであたりが暗くなると、かなり遠くにフローラ号の明かりが明滅するのが見えた。やがて、雲が多くなり、雨もよいの風が叩きつけるように吹いてくる。ジブ（船首に張った三角帆）を畳み、スパンカアを降ろすと、フローラ号の明かりは闇に吸い込まれていった。

次の日も友五郎と浜口は自分の当直以外に、他人の当直の代理も務め忙しかった。その代わり、測量を仕込んでいる山本の技量がかなり上がってきた。

「昼過ぎに艦長が上がってきて、大尉にワシントンまで行きたい、と言っていましたよ」

夕直に立っているとき、万次郎が教えてくれた。勝は昨日よりずっと具合が良さそうだったと言う。

「正使と一緒にワシントンへ、か？」

「本心はそうかもしれませんが、大尉がワシントンへ帰るのと同行したいと言っていました。大尉は、艦長の適性を見抜いていましたから、提督が許可したらその方がいい、と勧めていました。艦長は政治家として認めて欲しかったのでしょう」

正使一行に不慮の事故があった場合は、木村喜毅が代理を務める手筈であった。一方で、昨年の十二月一日西の丸白書院で、将軍家茂《いえもち》から直々にアメリカ行きを命じられている。正使新見豊前守、副使村垣淡路守、目付小栗豊後守と一緒である。木村は副使としてであった。何事もなくても、サンフランシスコまで着けば、木村は咸臨丸の一行と別れ、正使らとワシントンまで行動を共にする。太平洋を半ば横断し、サンフランシスコが近付いてくると、功名心の強い勝の性格が、体調の回復と同時に鎌首《かまくび》を持ち上げてきたようだ。

「勝さんの回復はめでたいことだが、少し不安も感じるな」

友五郎は空を見上げた。小雨がぱらついてきた。変わりやすい天気にはもう慣れっこになっていた。

九日から十一日にかけて、咸臨丸は霧に包まれた。うねりは大きく、風向きはあまりよくない。水温も下がってきた。アメリカ人らが、カリフォルニアの天候のようだ、と冗談を言っているが、日本人には通じていなかった。三日間ほとんど天測もできなかった。九日に近くで鯨が潮を吹くのを見た。十日にブルックからクロノメーターの補正の仕方を再度教えてもらった。

ブルックはワシントンの海軍観測所に勤務していたことがある。天測とクロノメーターを使用した位置測定に関しては第一人者だった。そのブルックが風邪気味になり、さすがの友五郎も体のだるさを感じた。師と仰ぐブルックの風邪がうつったのかもしれない。十一日に木村の指示で飲料水の残余確認があった。

「ケートル（水を入れた鉄製の箱）は、十四個が空になって、残り十個だったそうです」

仮眠から起き出してきた友五郎に、既に甲板に上がって伸びをしていた浜口が告げた。

「サンフランシスコまでもつのか」

「吉岡が心配しています。さんざん世話になっておきながら、余裕が出てきたのでしょう。水を使い過ぎているのはアメリカ人ではないかと言っています」

「まさか……」

「小野さん。お加減が悪そうですけど。熱っぽいお顔をしていますよ」

それには応えず、友五郎は横を向いた。

山本金次郎が上がってきた。蒸気方の山本は浦賀奉行所の同心だった。長崎海軍伝習所では一期生で、その後、軍艦操練所の教授方になっている。三十五歳と年齢の高さでは友五郎に次ぐが、蒸気機関の専門家を目指す彼は、アメリカでの見聞を非常に楽しみにしていた。

「霧は深いですけど、暴風雨よりはましかもしれません。こういうときに少し休んでおいた方がいいですよ」

浜口が強く勧めてくれたので、十二日午前零時からの夜半直を山本に初めて任せた。

友五郎が休んでいる間に、ブルックと勝との間で交渉があり、日本人士官は初めてブルックから操船の指導を受けた。

ブルックらは悪天候のときは進んで船を操った。そうしなければ自分たちの命も危ないからだ。比較的海が落ち着いているときは、ブルックは日本人らに航海術を自主的に伝授しようとした。それを素直に受け入れたのは、友五郎と浜口の当直組と万次郎そして赤松だけだった。ただし、万次郎の本来の役目は通弁方なので、彼を指導することより、他の日本人士官や水夫たちを優先させるべきだった。

九日から霧の中に突入し、逆風が吹くことが多かった。ブルックは西洋式の上手回し（間切り）を教えようとしたのだが、誰も進んで応じようとしなかった。そこで、今度は艦長の勝へ話し、彼から命じてもらうことにした。勝には生卵の恩義やワシントン行きの負い目もあった。

十二日も似た空模様で、逆風が吹くたびに、日本人らはアメリカ人の模範操作を学んだ。

十三日は一転して無風状態となった。その間に夥しい数のアホウドリが飛来して、甲板に人々が集まった。甲板に降りたアホウドリは動きが緩慢《かんまん》で、水夫たちが追い掛け回して遊んだ。何度も歓声が上がり、そのうちに一羽が水夫につかまった。

「藤九郎《とうくろう》を捕まえたぞ」

水夫が得意げに木村の前へ両手で抱いたアホウドリを持ってきた。

「藤九郎と呼ぶ鳥か……」

木村は鳥を左右から子細に眺め、捕まえた水夫に褒美《ほうび》の銀子《ぎんす》を渡すと、水夫は喜んでアホウドリを逃がした。

午前直の友五郎が正午の天測をした。

北緯四十三度三十四分三十六秒、西経百六十度五十二分十八秒だった。

経度はほぼハワイに近い。進んだ距離を計算すると、千四百四十六里である。

十四日には太陽が顔を出したので、湿った衣類寝具類を干した。ブルックも友五郎も風邪気味から復調していたが、水夫の中には寝込む者が増えていた。佐柳島の富蔵の他に青木浦の源之助も重かった。これまでの疲労と寒暖の差に体がついていけないからだろう。病気が蔓延するのを恐れ、木村は二人の医師に予防薬を配らせた。粋なはからいで焼酎を薬と共に渡したので、水夫らが喜んだ。

十五日には二頭目の豚が調理された。乗組員に力をつけるためだ。非常に良い風が吹いていて、船は海上を飛ぶように走っていた。友五郎は午前直で正午の天測を終えて船室へ戻ろうとしているとき、勝が上がってきた。一緒に戻って食事にしようとしていたブルックと万次郎もそれで足が止まった。

勝がのん気そうに呟いた。

「快調ですなあ」

万次郎の訳を聞いて、ブルックがノーと言って、目を怒らせた。

「順風満帆で走っているように見えますが、スクリューが十分水上に上がっていません。これが抵抗になって、船の速度を落としています。舵の利きも悪い。船の頑丈さと帆桁の大きさから言えば、帆はもっと大きく出来ます。艦長は船をよく観察して、改善すべき点を把握しなければなりません。サンフランシスコへ着いたら、是非改造させましょう」

勝の反論を聞かないまま、二人は昇降口を降りていった。気が向いたときしか甲板上へ出てこない艦長に、ブルックが灸《きゅう》をすえた格好だった。

その夜から海が荒れ出した。霙交じりの雨が降り、風向きがめまぐるしく変わる。夜半直の友五郎と浜口はアメリカ人らと協力して、バウスプリット先端にかけたフライング・ジブと最も船尾のスパンカアをしまった。さらに両翼に張り出したスタンスル八枚すべてを畳んだ。日本人水夫らの動きもどうにか様になってきている。南南西の海上に上っている満月がまだ見えるが、雲が恐ろしい速度でさえぎっては流れて行く。

雪まで降ってきたが、巧みに風をとらえることができたので、十六日までに一日で百十里も進んだ。

十七日も天気に変わりはなかった。雨は霙になり雪になりしながら、風は常に強かった。当然波が高く、何度も甲板は海水で洗われた。船は耳障《みみざわ》りな音を立てて上下動を繰り返す。誰の神経もいやな音と振動で磨り減っていた。

友五郎は午前直だった。

沖を見つめていると、何やらこんもりした塊が見える。浜口は見えないと言う。一緒に当直しているアメリカ人フランク・コールとマストの上のジョー・スミスが確かに見えると叫んだ。友五郎はフランクと二人でブルックの部屋へ駆け込んで、彼を甲板へ連れ出した。ブルックは双眼鏡を使ってしばらく眺めていたが、何も見えないと首を振った。

「海図上にない島を発見しそこないましたね」

ブルックはそう言って、肩を叩いてくれた。

「俺は、陸に砕ける波が見えたし、かもめが飛んでいるのだって見えたさ」

ジョー・スミスは片目をつぶってみせた。

二十日まで悪天候が続いた。十九日には水銀柱の晴雨計が二十九・三三インチ（九九三ヘクトパスカル）を示す低気圧の中にいた。鈴藤勇次郎が、続いて伴が倒れ、きちんとした当直が組めなくなった。山本、肥田、万次郎が代理を務めた。気温も低く、夜半直の万次郎は、舌が焼けるような芋汁を作って、ブルックらと体を温めた。友五郎も浜口も、また一人で二人分働かなければならなかった。

二十一日には多少天候は回復したが、まだときおりスコールに見舞われた。

二十二日正午、根津欽次郎の天測の結果から、サンフランシスコまで経度でおよそ十二度、あと三日も航行すれば陸地が見えると予想された。二十三日夜半直の友五郎は、書付をフォール・マスト下部へ貼り付けた。

〈二月二十三日昼九ツ時より、サンフランシスコ南九十五里半〉

正午の緯度計測から求めた数値で、サンフランシスコまでの距離は、およそ百七十里となる。翌二十四日の天測からは、残り百二十里、と少なくなった。

日本人による初めての太平洋横断は、ゴールが近付いていた。

咸臨丸は出航してすぐ悪天候の中に飛び込み暴風雨の中、大荒れの海を、一路サンフランシスコを目指してきた。慣れない航海のためにほとんど全員船酔い。満足に動けたのは、日本側では友五郎、万次郎、浜口の三人だけだった。

友五郎は六分儀や羅針盤、クロノメーター、ハンドログ（手用測程儀）などを用いて船の位置を割り出し、進路を定めた。ブルックの指導の甲斐もあって、その技量は著しく向上し、師は愛弟子に惜しみない称賛を与えた。

しかし、いよいよアメリカ大陸が見える時刻推定においては、友五郎とブルックの計算結果に半日のずれが生じた。師弟の対決である。

友五郎は、二月二十五日の午前直だった。正午の天測の結果は、次の通りだった。

推測　北緯三九度四十四分二十四秒。西経百二十六度二十一分十二秒。

実測　北緯測時曇天。西経百二十六度十四分二十九秒。

六十四里進んでいたので、残りは六十里弱と計算された。昨日の進度は五十五里である。測程儀は、今は順風で平均七里半を示しているが、到着は明日の午後と判断した。

ところが、ブルックが明朝サンフランシスコの山が見える、と断言したのである。目的地が近くなって、ブルックは、午前六時と正午と午後六時の三回独自に天測をしていた。ブルックの測定では、サンフランシスコまで残り四十里もないのだった。

いずれにしても、明日中にサンフランシスコへ入港できるのである。数人の病人はいるが、乗組員は日本人もアメリカ人も陽気になった。午後のうちに左右の錨に鎖を取り付け、甲板を砂で磨いた。日没直前に煙突を立てるため邪魔なメインスルを外し、スクリューを下ろし機関と連結した。

友五郎は夜半直だった。

空は満天の星である。

正午の天測以来、北西の良い風が吹き続けていて、測程儀は八里以上を記録している。

「この調子なら、昼前に陸地が見えるかもしれないな」

呟きながらも、残りの距離数計算には自信があった。当直が明けても寝ないで陸地が見えるのを待つつもりだった。

夜が明ける前から甲板に人が集まってきた。空は雲ひとつない。日本人らの快挙を祝うように快晴が期待された。早かったのはブルックらアメリカ人たちで、全員が顔を揃えている。マストに上っている気の早い者もいた。舳先から左舷にわたって人垣ができた。

木村とその従者たち、そして勝も現れた。

南東の空にはまだ二十六夜の月が細く輝いて浮かんでいる。

「陸が見えるぞ！」

最初に叫んだのは、誰かは分からない。

歓声が上がった。左舷に人の波が動いた。

午前五時四十分、左舷、東北東はるかに山が発見された。東の空が明るくなってくるにつれて、その山の輪郭ははっきりしてきた。

友五郎は、師の前に進み出て右手を差し出した。ブルックは頷きながら、その手を強く握り返してくれた。

結果はブルックの推算が当たったのだが、その後ブルックは、友五郎をアメリカ人に紹介するとき、

「分別ある慎重な男で、優れた航海士」

と言い続けた。

六時十五分には島も見えた。

六時五十分にはファラロン諸島が確認でき、メイン・ツライスルを上げた。七時半には二本マストの船と行き違った。続いて蒸気を焚き、八時半からは機走を開始した。九時に幕府の軍艦であることを示す中黒長旗をメイン・マストへ掲げた。十時に水先案内人が乗ってくるまで、日本人士官、水夫、火焚ほぼ全員が心を一つにしてサンフランシスコ港を目指した。実に三十七日間の航海の末に、咸臨丸はサンフランシスコに入港しようとしていた。

湾口は小さくすぼまっている。

「浦賀水道を抜けて江戸へ入るようじゃ」

誰かが言った。

そこを通り抜けるとき、右方の高台に城砦《じょうさい》が見えた。

「見ろ。山の上に城があるぞ」

「砲台だ。どの窓からも砲口が見える。数えきれん。夥しい数だ。まさかぶっ放してこんだろうな」

煉瓦《れんが》作りの砲台は三層構造で、およそ三百七十門を数えるという。

「前方にあるのは、アルカトラズ島です。あそこにも二百五十門が備えてあります」

ブルックの説明に、付近にいた者はため息を洩らした。

友五郎は、今は亡き江川英龍の江戸湾防備構想を思い出した。途方もない計画と見られ完成しないままになっているが、こうしてサンフランシスコ湾の備えと比較すれば、江戸湾の無防備ぶりがはっきりする。英龍の見識の正しさを証明している。

ブルックはサンフランシスコの説明をしていたが、何となく万次郎の通訳が熱心でない気がした。かつて金鉱を掘りにやってきて、帰国の資金を得た万次郎はここからハワイ行きの船に乗ったのだ。万次郎にとってアメリカは第二の故郷。望郷の念が高まっているのだ。浦賀を出港するときおうたの見送りを受けた友五郎は、万次郎にもそんな経験があったのではないかと思った。

「日本に帰るため、ここを出港したのは何年前になる?」

「もう九年半になります」

「そんなになるのか……」

やはり万次郎は思い出に浸っていたのだ。舷側に身を乗り出しながら、彼の目はまばたきもせずサンフランシスコ港に向けられながら、心の目は別の風景を追っているのだ。

「サンフランシスコから船に乗るとき、見送ってくれた人はいたのか」

万次郎は首を振った。

「世話になった人々は、別のところに住んでいたのだったな」

「イエス。マサチューセッツ、フェアーヘブンです」

十五歳から二十三歳という青春時代に、アメリカで学び、アメリカの生活にすっかり慣れ親しんでも、日本に帰ることばかり考えていた万次郎である。しかし、帰国を目的にフェアーヘブンを後にするとき、つらい別れを交わした人々は多かった。わずかに心を通わせた少女がいたのも事実である。初めてアメリカの少女からもらったメイ・デイ・バスケットの贈り物。そんな思い出話を万次郎はしてくれた。

「忘れられないだろうな。その娘のこと」

友五郎が呟くと、万次郎が驚いたような顔で振り返った。

「小野さんにしては珍しいことを仰いますね」

それには応えないで、友五郎は顔を前方へ向けた。投錨地であるバレホ埠頭《ふとう》の沖に近付いていた。

「ああ。会いたいなあ。キャサリン・モートン。今頃どうしているだろう」

万次郎が英語で言ったので、今度はブルックが驚いて振り向いた。

ほのぼのとした思い出話など吹き飛ぶようなサンフランシスコ港の光景だった。林立する帆船や蒸気軍艦の帆柱。早くも噂を聞きつけて、二百メートルほど離れたバレホ埠頭には市民が大勢集まってきた。

投錨完了は、午後一時である。

「どうやらポウハタン号はまだ到着していないようです」

ブルックの言葉に、一番喜んだのは、勝麟太郎だった。

「快挙だ。古今未曾有の快挙を成し遂げたぞ。我々は日本の代表として世界へ最初の一歩を踏み込んだのだ」

ついこの間までの状態が嘘のように、勝は元気になった。多弁になり、独楽《こま》鼠《ねずみ》のように動き回る。ほとんど勝がまくしたてていたが、木村と相談して、入国の手続きのための使者を送ることになった。

午後三時半、浦賀でペリーとの交渉経験がある佐々倉桐太郎を筆頭に、浜口興右衛門、吉岡勇平、そして、ブルック大尉と通訳の万次郎に水夫が数人ついて下船した。

埠頭で彼らを待っていて、自主的に案内役を買って出たのは、サンフランシスコの青年実業家、チャールズ・ウォルコット・ブルークスだった。ブルークスは専門がシナやインド、タイそして日本との貿易だったので、日本人に対して親切だった。

その篤《とく》志《し》家《か》ブルークスが率先して動いたため、佐々倉らは地元の歓迎を遅くまで受けて帰艦しなかった。ピーター・ジョブ・ホテルでブルークスからアイスクリームを接待され、その夜は、インターナショナル・ホテルに宿泊したのである。

深夜まで帰りを待っていた勝は予想外の事態に、また不機嫌になっていた。一方木村は、ポウハタン号が無事に着くかどうか、それを一番気にしていた。

三　メーア・アイランド

サンフランシスコに着いた翌二十七日も快晴で、海も空も眩しいほどに青い。

咸臨丸艦上では、夜明け十五分前に、起床を告げる太鼓が鳴った。木村の従者、斎藤留蔵の役目である。午前八時には総員整列する中、留蔵の太鼓の音に合わせて日章旗を掲揚した。日本人誰の目にも日の丸が美しく見え、また日本人であることを誇りに思った。

友五郎の目に、そっと目頭をおさえる木村の姿が映った。

海が荒れていても比較的元気な福沢は、主人木村の世話を焼きながら、暇さえあれば万次郎を追いかけまわしていたから、友五郎とも口をきくことが多かった。多弁な福沢は、木村が今回の航海を成功させるために、自腹を切っていた事実を冷めた口調で洩らした。幕府から渡航費用として七千六百三十四両一分と洋銀八万ドルを受け取っていたが、木村は家産を処分して三千両を得、さらに幕府から五百両を借り受けていたという。そうした金を木村は、悪天候を乗り切るたびに水夫たちへ与えていた。

日の丸を見て流した木村の涙は、航海経験不足にもかかわらず、乗組員らの懸命の働きで無事到着できた喜びの涙だったのである。

また、日の丸にはもう一つ特別な意味があった。日本惣船印だった日の丸は、日米修好通商条約を結んだ後、アメリカの星条旗を意識して、幕府が御国惣印として定めた日本の国旗なのである。これを認めたアメリカは、後から到着するポウハタン号での使節一行も含め、あらゆる場面での歓迎の意を、日章旗の掲揚で表現した。

この日は日曜日だったが、午後一時にティシュメーカー市長らが来艦し、歓迎の意を木村に伝えた。上陸して休息するように勧めた。それに応えて、木村は、主だった士官らを伴い上陸することにした。その中に、友五郎も入った。

このとき、木村、勝、友五郎の他に上陸したのは、山本金次郎、肥田浜五郎、岡田井蔵、牧山修卿、万次郎である。昨日の顔ぶれと今回の顔ぶれを見ると、明らかに航海中の功労者が選ばれており、木村の気持ちが現れていた。当然ブルック大尉も一緒である。

波止場に着くと、二頭立ての馬車が用意されていた。そこへたどり着くまで、多くの見物の市民を掻き分けなければならなかった。

長崎でオランダ人を見慣れていた友五郎も、これほど多くの西洋人特に女を見るのは初めてだった。様々な色をした頭髪の下の表情は明るく、大きく口を開けて盛んに傍《そば》の男と言葉を交わしている。女たちは一様に足元まで裾の広がった袴のようなものを着ているが、その丸い形がどうして作られているのか分からなかった。錦の羽織袴に身を包んだ木村を、ティシュメーカー市長が案内して行っても、市民らは皆立ったままで、恐れ入る様子もなかった。市長というのは、江戸の町奉行ほど偉い存在ではないのだろうか。アメリカの習慣について万次郎から色々聞いていた友五郎でも、初めて目の当たりにするとやはり不思議な気がした。

馬車には大きな車輪がついていて、都で昔殿上人《てんじょうびと》が乗った牛車《ぎっしゃ》の絵を思い出した。馬の目の脇には覆いがついていて、前方しか見えないように工夫してあるのが面白かった。御者《ぎょしゃ》が長い鞭を使って巧みに馬を駆《か》った。動き出すと飛ぶような速さで、勝はまた気分を悪くしているのではないだろうか。

多層になった宮殿のような建物に入って休息している間も、次々に役人らしい人々が訪れて挨拶を交わしたが、そのほとんどが夫人連れであることに友五郎は驚いた。しかも、夫の身分が何であれ、夫人は同格に扱われている。その建物がインターナショナル・ホテルであることを万次郎から聞いた。

再び馬車に乗って、近くの造船場へ案内された。ここまで大した時間が経過したわけでもないのに、緊張と興奮で友五郎は早くも疲労を感じていたが、造船場と聞いて元気が出た。建造中の小型の蒸気船があり、山本、肥田、岡田と手分けして検分し、夢中で寸法をとり見取り図を描いた。クリスポリス号というそうだ。これから、こういった貴重な経験は確実に書き残さなければならない。

見学で疲れたからと、木村が海岸の散策を希望した。友五郎らの働き過ぎを心配したのかもしれない。その後インターナショナル・ホテルへ戻り、夕食をもてなされた。本格的な料理であり、テーブルマナーはもちろんのこと、初めて経験する味や量の多さにとまどった。昨日と同様に宿泊していくように勧められたが、ポウハタン号が到着していない現在、たとえ小さな問題でも起こしてはならないという木村の判断で、午後八時に波止場から船に戻った。

二十八日に礼砲を撃つことでひと悶着があった。最初に上陸した佐々倉が約束してきたことで、本日正午を期して礼砲を交換し合おうというのである。帰艦の遅れた佐々倉らに対して、まだ腹に据えかねるものがあったからだろう。失敗したら国の恥だと言う勝と、入港したら礼砲を放つのが国際的な常識だと主張する佐々倉の間で言い争いが続いた。

結局、「もしうまく行ったら首をやる」などと大人気ない発言をした勝が折れた。

フォール・マスト上に星条旗を揚げた。

佐々倉の合図で、正午を期して、十門の砲口から二十一発が放たれた。その間、十四秒間である。一発の仕損じもない。見事な連射であった。

ほどなくアルカトラズ島の砲台からも二十一発の答礼砲があった。

木村が誇らしげに手を打った。

「どうしますか」

鉄砲方小頭《こがしら》の平吉が面白そうに佐々倉に訊いた。勝の首をもらうのか、という意味だ。

「カツリンも首がなければ操船に困るだろうから、帰国するまで預けておくさ」

それを聞いた友五郎は万次郎と顔を見合わせて苦笑した。既に勝の姿は甲板から消えていた。

連日様々な行事が続いた。

二十九日には各国領事が訪れ、アメリカ陸軍のヘーブン将軍は軍楽隊を送り込んで、ブラスバンド演奏で日本人らを慰労してくれた。あまりの騒々しさに友五郎は耳を塞ぎたかった。

友五郎らはアメリカ海軍測量船アクチーブ号のオルデン船長の招待を受け、同船を見学に行った。そこからさらにブルークスの案内で、鉄工場、ガス局工場に回り、巨大な蒸気プレスや切削機械が稼動している様を、魔物を見るような思いで見学した。馬車での帰り道、偶然貨物列車の通過するところに遭遇し、その重量感と轟音に圧倒され、全員しばらく声も出なかった。

ブルック大尉は、日本人と一緒に歓迎を受けてばかりはいなかった。この日は、オルデン船長とともに、咸臨丸の修理依頼にメーア・アイランドへ船で向かっている。

三月一日、木村はブルックや勝ほか全士官をともなって市役所へ挨拶に行った。そこでは、カリフォルニア州第一警備隊のカーチス陸軍大尉による礼砲で迎えられた。続いて、ピーター・ジョブ・ホテルへ場所を移すと、当地の並みいる名士が百名以上も待ち構えていた。チャールズ・ブルークスももちろんその中の一人だ。市長が昨夜決議したという『サンフランシスコ市咸臨丸歓迎決議文』を朗々と読み上げると、満場から割れんばかりの拍手が起こった。

「今般アメリカ合衆国に派遣されたる、日本海軍総司令官木村摂津守指揮する軍艦咸臨丸の、当サンフランシスコ港への到着は、両国民の歴史上最初の出来事である」

市長の横に立った万次郎が、呼吸を合わせて日本語に訳すと、日本側からもどよめきと拍手が起こった。

「我々は、日本帝国政府とアメリカ合衆国との間に、熱誠《ねっせい》なる希望と友誼関係が存在することを喜んでここに明らかにする。これにより、偉大なる相互利益が恒久的に継続せられ、且つ増進することを切望するものである」

内容を翻訳する万次郎の言葉を聞いているうちに、どうして日本人はペリー提督率いる黒船や今は江戸にいるハリス公使らに恐れを抱き、疑心暗鬼になり、いつまでも攘夷思想を捨てられないのか、不思議でならなかった。これほど風俗の違う国からやってきた我々を歓迎できるアメリカ人の懐の深さ親愛感が、友五郎を感動させた。

この日は、病気の水夫富蔵、源之助の二人が付き添いと共に海員病院へ送られた。友五郎らは励ましの声をかけた。

翌二日には、木村の従者の一人長尾幸作と長崎出身の火焚、峯吉が海員病院へ送られた。

咸臨丸修理受諾の知らせがあり、三日九時にオルデン船長のアクチーブ号に先導されて、機走で内海を渡りサクラメント川を上った。日本から一緒にサンフランシスコへやってきたような顔をして、ブルークスも同乗していた。十二時十五分メーア・アイランドへ投錨した。咸臨丸は、メーア・アイランドにある海軍の造船所で修理されることになっていた。

これより先、三日未明、海員病院から源之助が死亡したという知らせが入り、バレホ埠頭出港前に全員で冥福を祈った。源之助は二十五歳だった。

友五郎は、浦賀での咸臨丸修理を経験している。アメリカの船渠はどのような構造をしているのか、修理はどのようにするのか、技術者としての強い関心があった。彼は、咸臨丸から降りると、ドック入りの様子をつぶさに観察し記録するため一行の先頭に立った。すると、すぐ後ろについてくる者があった。それは侍ではなかった。

「すんませんです。前の方で見たいもんで」

そう言ったのは、伊豆の船大工、鈴木長吉だった。鳳凰丸や戸田号の建造に従事し、長崎海軍伝習所でも造船を学んでいる。咸臨丸に乗ってきた唯一の船大工で、目的はアメリカの造船技術習得に他ならなかった。

咸臨丸の修理は先ず船底から着手することになっていた。浦賀では川の支流を作り、独自の乾船渠（ドライ・ドック）をこしらえた。難工事だった。

造船所のデビッド・S・マグジュガル長官が、巨大な鉄製の四角い箱を指差した。長官は大柄で軍服がはち切れそうだ。

「あのケーソンの上に咸臨丸を乗せて船底を修理します」

友五郎は目を疑った。通訳の説明を聞いて、長吉も唸り声を上げている。長官がケーソンと呼んでいる箱は、海面上にそびえている。サンフランシスコで見た高層建築のような高さがある。どうしてあんな高さまで咸臨丸を持ち上げることができるのだろう。

長官が、こちらへ来た方がよく見えますよ、と友五郎らを導いた。ケーソンの断面は凹形状をしていて、そのくぼみに咸臨丸を乗せるという。

長官が部下に合図すると、機械が作動してケーソンがゆっくりと沈み出した。

「ポンプで、ケーソンへ海水を注入しています」

「海水の重さで沈むようになっているのか」

友五郎が手振りで示すと、長官が頷いた。友五郎が技術の分かる男と気付いたらしい。以後、長官の視線は友五郎に集中した。

適度な深さまでケーソンが沈められた。咸臨丸の喫水線を測りながら微妙な調整が加えられているのが、工員らの動きで分かった。この時点で、後の仕掛けは大体想像できた。

咸臨丸がゆっくりとケーソンの上にロープで牽引された。そこで固定されると、再びポンプが作動し、今度はケーソンの中から海水を汲み出している。咸臨丸はケーソンが作り出した浮力によって持ち上げられ、次第に船底を海上に現した。

今や、咸臨丸の船底は桟橋に立つ人の視線の上にあった。

「フローティング・ドックと呼びます」

浮き船渠であった。

「フローティング・ドックは、ドライ・ドックを作るには場所が狭い場合に便利です。他に、潮の干満の影響を受けないこと、船の大小に合わせて高さを調節できるといった利点があります」

誰の発明かは知らないが、友五郎はアメリカ人の知恵に感心した。が、友五郎は、わずかではあるが、咸臨丸がフローティング・ドックとともに揺れているのを見逃さなかった。

「ドックとは言っても、これは船なのですね。船の上に船を載せている。波の高い日は安定の問題が起きませんか。それに、下のフローティング・ドックそのものの底を修理する必要が起きたらどうしますか」

万次郎の訳を聞いて、長官は舌を巻いたようだ。友五郎を専門家と見て、詳しくフローティング・ドックの塗装技術や定期的な保守方法の説明を始めた。友五郎は質問をはさみながら、帳面に記録した。熱心に見学を続けたので、時間が矢のように過ぎていった。

夕方、友五郎は、海軍造船所のカニンガム提督の招待を受けた木村に同行して、提督宅へ向かった。ブルック、勝、山本、小杉、万次郎が一緒である。晩餐でもてなされ、山本と小杉は帰艦したが、後の者たちは提督宅に一泊した。友五郎はアメリカ人の家に泊まるのはむろん初めてだった。広くて明るく、天井の高い部屋に一人でベッドに寝るのが落ち着かなくて、なかなか寝付かれなかった。

咸臨丸はドック入りし、四日から修理が開始された。木村ほか士官らは、カニンガム提督の邸宅の隣に三階建ての宿舎をあてがわれた。水夫・火焚らの宿舎はまだ決まっていない。五日は日曜日なので作業は中止となった。

六日は、蒸気方も出勤し機関の手入れに加わった。手伝いというより、アメリカの造船所のやり方を学ぶのである。また、かねてブルックが指摘していたように、小さ過ぎる帆を新調するため、帆仕立役の石川政太郎が図面を引いた。政太郎は塩飽島泊浦の出身で、読み書きが得意だった。図面ができたら、蒸気船で川を下ってサンフランシスコまで注文に行くのである。大工らも総出で修理に加わった。

　七日になってようやく水夫・火焚・大工・医師らの宿舎が決まった。夜になり、初めて雨が降った。気候の良い土地柄で珍しいという。また、この日は、ブルックの指揮に従って、破損した起重機《きじゅうき》二台を咸臨丸から降ろし、鍛冶職の小林菊太郎らが工場へ運び込んだ。鉄砲方江川組の菊太郎は、咸臨丸に乗ってきた唯一の鍛冶職である。

造船場内にあるその工場を、友五郎らは八日にじっくり時間をかけて視察した。案内はマグジュガル長官である。

　建物はすべて煉瓦作りで、四階建ての立派なものだ。窓にはガラスがはまっていて明るい。ここだけで船の設計から雛形製作、さらに実機製造まですべてできるという。工作場は天井が高く、柱がないにもかかわらず入り組んだ梁で屋根を支えていた。奥へ進むと、見たこともない鉄のからくりが唸りを上げて動いていた。鍛冶場では石炭と鞴《ふいご》を用いて、様々の鉄の鋳物を作っている。プレスによる展延《てんえん》から切断、旋削《せんさく》にいたるまですべて蒸気の力を利用している。友五郎は恐る恐る機械に触れて、ざらついた鋳肌《いはだ》の感触と不気味な振動を体に覚え込ませた。そうして、真っ赤に焼けた鉄や、火花を散らして削られていく部品を眺めていると、地獄の底を見ているようで目がくらんでくる。

友五郎は旋盤でねじを切っているところで動けなくなった。回転する丸棒にどうして螺旋状の溝が切られていくのか不思議だった。

「丸棒の回転とバイト（刃）の送りの調子を取っているのです」

マグジュガルの説明を万次郎が伝えた。理屈は何となく分かるのだが、その巧妙さに惹きつけられる。

「旋盤工の熟練なしにはできない業です」

工員が切ったばかりのボルトにさっとやすりを入れて、友五郎に渡してくれた。手の平にのる大きさだが、ずしりと重く、まだ熱かった。

「お持ち帰りください。でも、後で焼きを入れましょう。多少錆びにくくなります」

マグジュガルに促されて、ようやく友五郎はその場を離れた。

厚板に巨大な錐《きり》で孔《あな》を穿《うが》っている機械の傍で、ねじれた切り屑が足元へ飛んで来て、見学していた菊太郎の草鞋《わらじ》が焦げた。足を振って切り屑を飛ばしたので、どうにか火傷を免れた。

友五郎は長崎で佐賀藩の三重津製造所を見たことがあるが、雲泥《うんでい》の差である。薩摩の集成館や建設中の飽ノ浦溶鉄所の話も聞いているが、これほどではない。一つ一つの技術にも関心があるし、これでどれだけの船の建造や修理がまかなえるのか、日本海軍の将来のためここの規模も知りたかった。ボルトを握り締めた友五郎は、説明役のマグジュガルに鋭い質問を浴びせ続けた。

ポウハタン号がサンフランシスコ港に入ったのは、九日の朝九時半だった。碇泊中の英仏の船や台場との間で礼砲の答礼が続いた。既に咸臨丸の来航で、日本の正使らを乗せたポウハタン号が近々入港してくることが分かっていたので、英仏の船はマストに用意していた日章旗を掲げた。

この知らせはすぐ電信でメーア・アイランドの木村喜毅へ伝えられた。

友五郎らは、日課の作業現場見回りを終えて、宿舎へ帰ってきたところだった。木村はすぐに出迎えのために佐々倉を汽船で向かわせた。ポウハタン号は午後三時過ぎにはメーア・アイランドまで回航してきたので、木村は勝と共に友五郎、吉岡、万次郎に同行を命じた。

乗艦したもののポウハタン号上はごった返していて、出迎えがない。近くにいた日本人に聞いても要領を得なかった。万次郎がアメリカ人に日本から乗ってきた正使たちの船室を尋ねると、下の船室だという。友五郎らは自分たちで昇降口を降りて、正使らの船室を探した。さすがにポウハタン号は大きく広かった。それでも、何とか、新見正興の船室にたどり着いた。佐々倉が戸を叩いて名乗ると、向こうから戸が開いた。折よく、村垣範正、小栗忠順もそこに来ていたのだ。戸を開けたのは忠順だった。

「お殿様」

友五郎が思わず叫んだ。

「小野先生。元気そうですな」

よく通る懐かしい声が、友五郎の胸に染みた。何から話していいか分からないほど、胸にあふれる言葉が喉元までせり上がってきたが、急に声が出なくなってしまった。

四人の使節らは、互いに手を取り合って無事を喜び合った。その親しげな振る舞いに入れなかった勝は、やはり不満そうだった。陪臣にもかかわらず友五郎だけが、忠順ときわめて親しげに言葉を交わすのがまた気に入らなかったようだ。

「ジョン・万次郎も再びアメリカの土を踏めて良かったな。里帰りした気分であろう」

忠順はそう言って高らかに笑った。

話はいつまでも尽きなかった。

木村は三人を自分の宿舎へ誘った。公式の歓迎は黙っていても次々に訪れる。今、三人には日本人だけの歓待と揺れない大地の上での安息が必要なことを、誰よりも知っていたからだ。

木村の宿舎へ移動してから、友五郎はようやく落ち着いて忠順に話し出した。最初に語ったことは、ブルック大尉らアメリカ人の協力や指導なしには、太平洋横断は達成できなかったことだった。そして、当地で見聞した進んだ技術、文化である。幸いアメリカ人は、日本人に対してきわめて好意的である。謙虚に彼らから進んだ知識を学ぶことが、日本が世界の一員になるため、とらなければならない道である、と言った。

忠順は何度も頷きながら、真剣に聞いてくれた。続いて忠順から小笠原諸島調査の重要性を教えられた。寛文十年（一六七〇）の発見以来放置していたため、英米人が住み着いていると言う。

「わしはポウハタン号に乗って初めてこの話を聞いた。アメリカ人からだぞ。本土のことだけ心配していればよいのではない。日本は島国だ。周辺の島々も含めて日本の領土として考えていかねばならぬ。木村殿にもお願いしておくが、できれば復路において小笠原諸島を見てきてほしい」

日本から出て初めて考えられる日本のことがあるのだ。

翌十日の午後には、再び三使節と勘定方の森田清行が修理中の咸臨丸を見学に来た。忠順と森田はそのまま木村たちの宿舎に一泊し、風呂で塩辛い垢を落とし、遅くまでアメリカの酒を飲みながら談笑した。

しかし、この日、海員病院では佐柳島の富蔵がとうとう回復することなく死んでいた。二十七歳の若さだった。友五郎はすぐには病院へは行けなかったが、埋葬等について小頭にこまごまと頼んだ。小頭はブルークスと相談し、先に死んだ源之助と同様、ブルークスの世話で葬儀を執り行い、ローレル・ヒル墓地に埋葬した。

十一日には不慮の事故が起きた。午前十一時頃、メーア・アイランドの北方に碇泊するアメリカの軍艦インデペンデンス号とポウハタン号との間で礼砲の交換があった。このときポウハタン号の右舷より放った礼砲の一発目が、たまたま波止場を歩いていたカニンガム提督を襲ったのである。実弾は込められていなかったが、火薬による爆風は強烈だった。至近距離だったせいもあり、顔面の半分と左肩を負傷し、その場に倒れた。三使節らとアクチーブ号でサンフランシスコへ向かっていた木村は、電信でこの事故を知った。翌日はサンフランシスコ市主催による日本の使節の歓迎会だったが、木村はカニンガム提督を見舞うため、メーア・アイランドへ戻った。幸い命には別状なく、木村はカニンガムの友情に応えることができた。

太平洋横断中はもとより、サンフランシスコへ着いてからも、日本人らの世話を焼き続けたブルックの厚意は、筆舌に尽くしがたい。日本の恩人である。十三日には、いよいよそのブルックらとの別れのときがやってきた。

前夜送別の宴を自分の宿舎で催した木村は、ブルック始め全員に餞別品を送ってから、演説をした。彼らの尽くしてくれたことが、日本の将来だけでなく、日米両国の厚い信頼と友情のさきがけになることを断言した後で、彼の気高い態度をあらためて称えた。

「今回の太平洋横断は、ブルック大尉とその部下の人たちなしには成し得ませんでした。天地がひっくり返るような荒海の中で、実際に船を操ったのは大尉たちです。我々日本人の多くは、船酔いと恐怖の中で船室にこもっておりました。そのような我々を軽蔑することなく熱心に航海術を仕込んでくれたのは、大尉です。大尉は、当地での歓迎式典の中では一度も日本人のだらしなさを暴露しなかったばかりか、むしろ称賛し続けてくれたことは誰も否定できないでしょう。その大尉と別れるに際し、昨日私は、持参してきた千両箱の蓋を開けて、好きなだけとってください、貴殿は貴殿と貴殿の部下のために好きなだけとっていいだけの貢献をしてくれました、と言いました。しかし大尉は、アメリカ合衆国海軍提督の命令により、当然のことをしたまでです、とあっさり応えて、一ドルも受け取ろうとはしませんでした。私はこのように高潔で清々しい人物を見たことがありません。今では、大尉と大尉を生んだアメリカという国を心から尊敬しています」

満座は水を打ったように静まり返っていた。木村の演説が終わってしばらくして、勝が立ち上がり、大きく手を打った。すると、それに呼応するように、一斉に拍手が始まった。万次郎が格調高く訳した木村の演説には、アメリカ人たちも感動したのだろう。アメリカ人たちも次々に立ち上がった。日米の拍手は、寄せては返す波のように高く大きくシャンデリアに照らされた広い食堂内に響き続けた。

友五郎は、ブルックとの思い出を心に刻んでおこうと思った。

慎重な木村は、フェニモア・クーパー号の乗組員の中から水夫五人だけは、帰航時も同乗して欲しいと頼み、受け入れてもらっていた。

出発当日はブルックらが乗る汽船シュブリック号を見送るため、木村以下士官全員が波止場へ向かった。さらに勝と佐々倉、松岡はサンフランシスコまで見送るため同乗した。

最後の堅い握手を交わしたあと、ブルックは友五郎に記念として銀の懐中時計をくれた。愛用の品である。友五郎は家紋入りの羽織を脱いで渡すと、その上に名人吉五郎が黒檀《こくたん》で作った雲州《うんしゅう》そろばんをのせた。幻《まぼろし》の逸品《いっぴん》である。

ブルックが肩を抱いてくれたとき、友五郎は思わず涙がにじんで、この師と別れたくないと思った。

連日修理の進捗を見守った木村や勝だったが、二人がどんなに焦っても咸臨丸の修理はなかなか終わらなかった。その間にポウハタン号は石炭の積み込みが完了し、いよいよパナマへ向けて出発する日がやってきた。使節らの目的地はさらにその先、ワシントンである。いつまでも当地で時間を食っているわけにはいかない。

これにより咸臨丸艦長である勝麟太郎のワシントン行きの野望は潰《つい》えた。艦長が船を放棄することはあり得ない。

木村の立場は違った。三使節とも公式の副使である木村の同行を強く勧めた。従僕として木村についてきた福沢が、内心最も胸を躍らせていた。彼は、サンフランシスコで購入した『ウェブスター大字典』を片時も手から離さないのを見ても分かるように、知識欲が強い。一日でも長いアメリカ滞在を熱望しているのだ。

ところが、これに異を唱えたのが勝だった。

「ここまで無事に来られたのは提督の統率力と人徳の賜物《たまもの》である。自分は船に弱いし、いざとなれば、全乗組員をまとめていく資質に欠ける。ここにいる間も、電信によって使節の安着は確認できる。咸臨丸復命のためにも是非とどまって欲しい」

巧みな弁舌に友五郎は腹が立った。万次郎も苦虫を噛み潰したような顔をしている。しかし、己を捨てて訴えているところに反論の余地がなかった。

木村はしばらく思案している風だったが、日本まで無事帰ってこそ咸臨丸の太平洋横断は快挙として完結する、とワシントン行きを諦めることを宣言した。本心は、やはり勝には任せてはおけない、だったろう。

勝をにらんでいる福沢の目が、友五郎の印象に残った。

三月十八日午後五時、ポウハタン号は錨を上げた。同時にアルカトラズ島の砲台から祝砲が轟き、ポウハタン号からも答礼した。十六日からサンフランシスコへ出張していた友五郎らが波止場から見守る中、ポウハタン号は沈む夕日を背景にして、ゆるく煙を上げながら金門海峡を出て行った。

咸臨丸の修理は、当初一ヶ月と見積もられていた。しかし、荒天での損傷は予想外に大きかった。三日にドック入りした咸臨丸は、フローティング・ドックに載せられ、船底の修理から始まった。それが終了したのは七日である。船底には大きな損傷はなかった。夕方にはフローティング・ドックが沈められ、咸臨丸は海に浮かんだ。

七日までに咸臨丸の修理項目はすべて決定した。すべての帆を新調する他に、メイン・マストの交換、バウスプリットの交換、デッキの交換、フォール・マストの帆桁二本の修理、二台のボートの修理、機関の点検と推進機の修理、甲板の隙間充填、等々であった。

その後、工事が進捗するにつれて、細々とした修理が加わった。綱や滑車といった索具類の交換。船室内の再塗装。便所の修繕。晴雨計、時計の修理。ボートは修理では不十分と判断され新調することになった。船室内の再塗装は時間がかかった。紙やすりで赤褐色の板が真っ白になるまで磨き上げ、その後、石鹸できれいに洗い落とす。乾いたところで、ようやく塗装となるのである。これには何日もかかった。

さらに、積載している日本の石炭の質が悪いと、アメリカ産のものと入れ替えることになった。日曜日は造船所の工員が休むので、日本人らは気持ちが焦った。三月二十六日は太陽暦で四月十五日日曜日だった。それなら日本人だけで先ず日本の石炭を運び出そうとしていたら、マグジュガル長官に止められた。郷に入《い》っては郷に従えと言うのである。作業は中止となった。日曜日はただ休むだけでなく、市民は皆教会へ行く。友五郎は、日曜日の意義について知りたくなり、勝の許可を得て、岡田井蔵をともない、造船所内の教会へ出かけた。マグジュガル長官夫妻はじめ家族で出席している者が多い。牧師は外からやってきて、法話に聴き入る姿は日本の寺で坊主の説法を聴くのと似ていた。十一時半ころにはオルガンの演奏で合唱があり、胸打たれるような響きで感動した。友五郎は初体験の日曜礼拝の感想を勝へ報告した。

閏三月七日には、マグジュガル長官邸で催された、ダンスパーティーにも招待された。

女たちは一様に胸元まで露出したドレスで着飾っていた。それだけでも驚きなのに、音楽が始まると思い思いの相手を選び、手に手をとって踊り出した。めまぐるしいダンスの動きと、女たちのまき散らす刺激的な香水の匂いとで、友五郎は気分が悪くなった。

修理に日数を要した分、航海用の買い物は十分にできた。航海に必要な経線儀、晴雨計、寒暖計、パテントログと呼ぶ新式の測程儀を勝らと共に慎重に選定し購入した。

個人としては最新の航海書、数学書、技術書、六分儀などの他に、カリフォルニアの金鉱石の見本、そして津多とおうたのために、それぞれ花柄羅紗《らしゃ》の肩掛けを買った。松之助のために船の模型も買った。

万次郎と買い物に出かけたとき、万次郎は土産として、母の写真を撮るためのカメラを購入した。乾板と印画のための薬品類も購入した。ミシンも購入した。手回し式のウィラー・ウィルソン・ミシンである。

「面白いものを買うものだな」

楽しそうに買い物をする万次郎を見ながら、ふと悲しげな表情を見せることにも気が付いた。

「できれば、使節らと一緒に東海岸まで行き、ホイットフィールド船長と会いたかったろう」

万次郎は少し暗い表情をした。声のない笑いだった。そして、声を低めた。

「電報だけでも打とうとしたのですが、何となく誰かに見張られているようで……」

「そんな馬鹿なことが……」

通訳の万次郎は、他人の倍、話さなければならなかった。アメリカ人と言葉を交わして訳さないでいると、日本人には聞かせられないことを話し合ったのではないか。そんな邪推をする者がいたという。特に水夫の間には、漁師出身の万次郎が侍たちと対等に口を利いているのが気に食わない者がいる。往路で万次郎が身の危険を感じたのも、そういった背景があった。

閏三月九日、咸臨丸の修繕が完了した。ドック入りしてから、実に三十七日間である。三十七日間を要した太平洋横断と同じ日数を修繕に要したのである。

翌日の日曜日に、士官や乗組員たちは咸臨丸へ移動した。週が明けて、十一日に試運転をし、成績良好だったので、午後、マグジュガル長官らと祝宴を張った。カニンガム提督はまだ包帯姿で、人の介添えを得て顔を見せただけだったが、全快は近いという。これまでの修繕にかかった費用は、アメリカ合衆国大統領の名の下に、すべてアメリカが負担すると言われていた。席上、木村は、予定していた修繕費用を、そっくりカリフォルニアの寡婦《かふ》団体へ寄付すると発表したので、満場の喝采を浴びた。

十二日、カニンガム提督の朝食に招待されて、友五郎は、木村、勝、松岡、根津らと一緒に出かけた。提督はとても元気で、帰航について多くのアドバイスをしてくれた。

午前十時にメーア・アイランドを抜錨《ばつびょう》し、午後二時二十三分サンフランシスコ港へ着いた。

ここでまた不測の事態が起きた。十三日朝から、水夫八人が高熱を出したのである。症状が次第に重くなり、午後には海員病院へ入院させることになった。十四日には、友五郎は、勝、医師の牧山修卿、万次郎について病院へ見舞いに行ったが、全員症状が重く急な回復は望めそうもなかった。

世話になったサンフランシスコの人々に別れの挨拶をしながら、十五、十六、十七日と病人の様子を見たが、十八日、木村は、塩飽島の水夫吉松と長崎の水夫惣八を八人の世話人として残していくという苦渋の決定を下した。この同じ日に、病気でない水夫の一人が、市中の買い物で知らずに贋金《にせがね》を使ったという事件が起きていたから、木村もいつまでもここに留まってはいられないと判断したのだった。贋金事件はこの二ヶ月近い間、痒いところへ手が届くほど一行の面倒を見てくれたブルークスが、示談で済ませてくれた。残していく病人の世話も、ブルークスが責任を持つと胸をたたいた。

いよいよサンフランシスコを出港する朝がやってきた。閏三月十九日、カリフォルニアらしい真っ青な空が広がっている。気温は摂氏十五度で南東の風がやや強かった。午前八時十分、ブルークスや水先案内人らが乗り込んで、同十五分サンフランシスコ湾から惜別の錨を巻き上げた。徹底した修繕を加えた咸臨丸は、機関の音も軽く、凛々《りり》しい船体を輝かせながら金門海峡目指して滑り出していく。

やがて、周囲に碇泊しているアメリカ海軍の軍艦から、次々に威勢のいい祝砲が放たれた。経線儀など最新の精密測定器を多数積み込んだ咸臨丸は、アメリカ国旗を掲げ、答砲は一発だけにとどめた。勝のしかつめらしい指示だった。

アルカトラズ島を過ぎ、ポートポイント台場前を過ぎる。友五郎の胸に二ヶ月前初めてここを通り過ぎたときの緊張と興奮がよみがえった。遠い昔のようでもあり、ついこの間のことのようでもある。来るまでは遠いアメリカだった。それが今は懐かしく感じられる。

十一時二十分、最後まで同乗していたブルークスが下船することになった。これで本当に最後の別れとなる。全員が慣れた握手を交わした。ブルークスは縄梯子《なわばしご》を降りて小船に乗り、伴走してきた小型帆船に移った。

咸臨丸は帆を張り、舳先を南西へ向けた。背を押されるように速度が増した。小型帆船の上で万歳をしているブルークスの姿が小さくなった。

木村喜毅は、この日の日記の末尾に、次のように記した。

扨《さて》、此の航海は吾国の未曾有の大業ゆえ、人々も皆危ぶみ予《よ》も安からず思いしに、いささかの滞りもなく事済みしは、此れ実に皇国の威霊にして、また我が諸士の勤労によるものなり、就中《なかんずく》小野友五郎の測量は、彼の邦人にも愧《は》じざる業にして、今度初めて其の比類なきを知れり。

サンフランシスコを出た咸臨丸は、往路とはうってかわって落ち着いた航海を続けた。これは、北緯四十度近辺を通った大圏コースとは異なり、サンドイッチ諸島ホノルルに立ち寄ることを前提にした北緯二十度近辺の航路だったからである。欠点としては、暑さと日本に近付いてからの無風状態が心配されることだった。

四月四日午前十時十二分、機走でホノルル港内へ入った。サンフランシスコを出港して十五日目、千百一里半の順調な航海だった。

ホノルルでは、万次郎は世話になったデーモン牧師と再会することができ、万次郎は友五郎を知人らに紹介してくれた。万次郎は、日本で翻訳したボーディッチの航海術の本『亜美理加合衆国航海学書』と脇差《わきざし》を記念に贈った。また、復路の船中で用意したホイットフィールド船長への手紙を牧師に頼んだ。こういった行為は、スパイ行為とみなされる心配のある万次郎だったが、友五郎と一緒であれば安心して実行できた。

四月七日午前四時三十分、汽缶に点火し、同八時十五分蒸気使用可となったので抜錨。

四月十日、暗礁の多い海域も慎重に進めて無事通過した。

日付変更線を過ぎたのは、四月十五日である。正しくはここで日付を一日多く進めなければならないのだが、日本人は往路と同じように気付かず、そのまま日本に到着しても日付に関しては何の問題も起こらなかった。この日は、見たこともない鳥がどこからともなくやってきて、咸臨丸近くの海上を飛翔した。白色で鳩に似て尾が長い鳥と、燕《つばめ》に似た黒色の、大きな鳥だった。木村が聞くと、黒い鳥は八丈島では鰹《かつお》の鳥と申します、と答える者があった。夜は満天の星となった。さらに南の海上に満月が上り、海面は昼をあざむくように明るく輝いた。

四月二十四日、咸臨丸は北回帰線を横切ろうとしていた。猛烈に陽射しがきつくなり、寒暖計がぐんぐん上昇していく。摂氏三十度を超えた。日本まであと五百里ほどだ。復路の四分の三が終わって、さああともうひと踏ん張りというところで、風が絶えた。このあたりではよくあることだった。

二十五日朝から石炭を焚き始めた。午前六時前に友五郎が測深鉛を下ろしてみたが三百三十尋でも底に届かなかった。そうこうしているうち、六時半頃、南方の海上に竜巻の発生を見た。生まれて初めて見る異様な自然現象だった。

「水を吸い上げているのです。魚やなんかも皆です」

上の騒ぎに起きてきた万次郎が教えてくれた。説明されても、友五郎には、魔物が天に昇っていくようで恐ろしかった。

午前八時から機走を開始した。風がないので、火焚らは必死に蒸気を焚いた。

「ストクル出入り口へ頭を出す人はいません。クラープ（タラップ）等は鉄で出来ていますから、デッキの上のシャンソンは湧き出して、時々水を流しています」

火焚小頭の嘉八が報告に来た。咸臨丸に乗り組んだ十五人の火焚は皆長崎出身で、嘉八はそのまとめ役である。日本が近付いても、サンフランシスコに残した峯吉を心配し、今ひとつ表情が暗かった。

無風状態と風向きの不安定な状態が、その後も二十八日まで続いた。

ようやく風らしい風がとらえられるようになった四月二十九日、蒸気を止め、往路と同様に、友五郎がフォール・マストに張り紙をした。

〈房州洲崎《すのさき》を隔たること百九十里なり〉

五月三日、夏至。黒潮にかかっていたため、昨夜から知らず知らず北東の方へ流されていた。正午の友五郎の天測で気付き、午後蒸気を焚き針路を西へ変更した。ほぼ一日損した計算になる。機走には変えたが、潮流が早く、おまけに向かい風で、船の進みは悪かった。

五月四日も蒸気を焚いていた。佐々倉・赤松の午前直のとき、蒸気釜から漏れがある、と蒸気方肥田浜五郎から連絡があった。回転数が三十七へ落ちていた。すぐに勝へ報告された。日本を目の前にして、咸臨丸は蒸気機関を目一杯稼動させ、石炭を大量に消費した。そのせいか汽缶の不調や石炭不足があって、残念ながら復路では、小栗忠順が提案した小笠原調査を断念せざるを得なかった。

晴雨計は二十九・七四インチ（一〇〇七・一ヘクトパスカル）。低気圧の中にいた。夜が明けかけていた。空気は紗《しゃ》がかかったようで、視界が悪かった。海と空の区別もつかない。風は強く、波頭が砕けると、無数のつぶてになって甲板に降り注いだ。どこを走っているのか分からなかった。近付いているのか、それとも遠ざかっているのか、それすら判然としなかった。

五月五日、午前四時二十分、面舵《おもかじ》の方向に山の形がぼんやりと浮かんだ。水夫小頭の一人が、あれは房州洲崎の鼻に違いない、と言う。待ち遠しかった瞬間がやってきたのだ。

前夜初夜直だった友五郎は、船室へ戻ってうとうとしていたところだった。上が騒々しいので、丸窓から覗いてみたが、曇っていて何も見えない。起きてドアを開けると、浜口とぶつかりそうになった。

「日本に着いたか」

同時に声を発した。

デッキへ出てみると、水夫らが右舷に集まって足を踏み鳴らしている。喜びを体で表しているのだ。

針路を西北西から三十五度北寄りの北西微北へ変えた。メイン・トップスルとフォール・トップスルを二段縮帆してかける。風向きが良くなってきた。船の速度が増した。

「行け。行けえ!」

「どんどん進めえ!」

マストの上の水夫たちが叫んだ。

やがて、霧が晴れるように視界が明るくなり、緑に覆われた相州の海岸が、海上に浮かび上がった。メイン・ツライスルを上げた。いよいよ入港が近い。

午前九時十分、咸臨丸は浦賀沖に投錨した。

「何か違うな」

「どことなく変だ」

士官らの間からため息ともつかない呟きがもれる。元気だった水夫たちまでが押し黙っている。港のどこを見ても蒸気軍艦はおろか一隻の洋式帆船すら見えない。漁師の船は仕事を終えて、ほとんどが浜に上がっている。最初見えた人影も潮が引くように消えた。

「寂しいものじゃのう」

「木々の緑もくすんで見える。暗いな」

「祝砲でもぶっ放すか」

「村の人たちを驚かしてどうする」

「こっちから撃てば応えてくれるかと思って……」

千代ケ崎砲台からの祝砲を期待する方がおかしい。ここは日本なのだ。サンフランシスコではない。

アルカトラズ島を覆わんばかりのおびただしい数の砲門がよみがえる。礼砲がないだけでなく、ひっそりとした港の様子に、友五郎らは拍子抜けした。

十時過ぎ、佐々倉桐太郎が、浜口、山本を連れて浦賀奉行所へ報告のため下船した。無事着いたので、水夫、火焚らに対し、木村から褒美の手当、士官一同からも酒三樽が渡された。しばらく船内が賑やかになった。

午後二時には、肥田、小杉、小永井が上陸した。水夫や火焚たちも続いた。ほとんどの者が、久しぶりの日本の熱い風呂に首までつかりたいと思っていた。

ところが、最初に上陸した佐々倉が、自宅へ顔を出すことはおろか、昼飯も摂らずに、咸臨丸へ戻ってきて復命した。

「ゆっくりしてきてもよかったのだぞ」

木村も勝も、佐々倉の予想外に早い帰艦に驚いた。佐々倉のけわしい表情に胸騒ぎがして、友五郎は一緒に艦長室へ降りてきた。

佐々倉は、渡米中に起きた事件を早く伝えたかったのだ。

「三月三日にご大老が水戸浪士らに暗殺されました」

「な、なんと！」

木村が椅子から立ち上がった。

咸臨丸の乗組員は、この日が万延元年（一八六〇）五月五日だとは知らなかった。安政七年（一八六〇）五月五日だと思っていた。三月三日の桜田門外の変も知らなかったし、三月十八日に改元されたことも知らなかった。

「国内は再び一橋派や攘夷派が息を吹き返しているそうです」

「大獄の復讐だな……」

勝は口を歪めた。勝を評価していた大久保忠寛《ただひろ》らが、安政の大獄で失脚している。勝にとって井伊直弼の政治は、能吏を遠ざけ阿諛追従《あゆついしょう》する小人《しょうじん》を重んじるものだったから、言外にいい気味だという響きが聞こえる。

木村が不快そうな顔をした。

「咸臨丸を見て村人が逃げたのは、関わりになるのを恐れたからだ」

「奉行所の船すら漕ぎ寄せてこなかったのはそのためか、腰抜けどもめ！」

「アメリカへ渡った我々は、夷狄《いてき》扱いされるかもしれません」

勝の悪態も分からないではないが、友五郎は既に上陸してしまった者たちのことが心配になった。すると佐々倉が、それなら大丈夫でしょうと応じた。

「上陸している者たちは、奉行所の者たちが警護しています」

「よし。士官らに外泊は許すな。できるだけ早く事態が緊迫していることを小野、佐々倉から伝えよ。しかし、水夫、火焚らには休養を与えたい。日本の風呂に入ることを本当に楽しみにしていたからな。ただし、身なりに十分注意させることだ。洋装は絶対にいかん。自粛と警戒に万全を期すのだ。アメリカ人水夫も明日中に横浜領事へ渡し、江戸へ戻ろう。これから忙しくなるぞ。吉岡へ、石炭を補充するように言ってくれ」

木村はてきぱきと友五郎、佐々倉それぞれへ指示した。

指示されなかった勝は、何を考えているか分からない顔で、腕を組んだままひと言も発しなかった。

そのとき甲板の方で声がした。

「船が来るぞ」
「奉行所の船だ」
ようやく示された祖国の反応に、乗組員らが舷側へ走る快活な足音が響いてきた。

〈下巻に続く〉

〔2003（平成15）年6月『怒濤逆巻くも』初刊〕

P+D BOOKS ラインアップ

海の牙　水上 勉　●水俣病をテーマにした社会派ミステリー

街は気まぐれヘソまがり　色川武大　●色川武大の極めつきエッセイ集

こういう女・施療室にて　平林たい子　●平林たい子の代表作2篇を収録した作品集

マカオ幻想　新田次郎　●抒情性あふれる表題作を含む遺作短篇集

緑色のバス　小沼 丹　●日常を愉しむ短篇の名手が描く珠玉の11篇

虚構のクレーン　井上光晴　●戦争が生んだ矛盾や理不尽をあぶり出した名作

P+D BOOKS ラインアップ

浮草　川崎長太郎　●私小説作家自身の若き日の愛憎劇を描く

塵の中　和田芳恵　●女の業を描いた4つの話。直木賞受賞作品集

鉄塔家族（上下）　佐伯一麦　●それぞれの家族が抱える喜びと哀しみの物語

散るを別れと　野口冨士男　●伝記と小説の融合を試みた意欲作3篇収録

白い手袋の秘密　瀬戸内晴美　●「女子大生・曲愛玲」を含むデビュー作品集

ゆきてかえらぬ　瀬戸内晴美　●5人の著名人を描いた珠玉の伝記文学集

P+D BOOKS ラインアップ

愛にはじまる	瀬戸内晴美	●男女の愛欲と旅をテーマにした短篇集
お守り・軍国歌謡集	山川方夫	●「短篇の名手」が都会的作風で描く11篇
演技の果て・その一年	山川方夫	●芥川賞候補作3作品に4篇の秀作短篇を同梱
断作戦	古山高麗雄	●騰越守備隊の生き残りが明かす戦いの真実
龍陵会戦	古山高麗雄	●勇兵団の生き残りに絶望的な戦闘を取材
フーコン戦記	古山高麗雄	●旧ビルマでの戦いから生還した男の怒り

（お断り）

本書は2009年に新人物往来社より発刊された文庫を底本としております。

あきらかに間違いと思われるものについては訂正いたしましたが、基本的には底本にしたがっております。また、一部の固有名詞や難読漢字には編集部で振り仮名を振っています。

本文中には女中、百姓、人足、坊主などの言葉や人種・身分・職業・身体等に関する表現で、現在からみれば、不当、不適切と思われる箇所がありますが、著者に差別的意図のないこと、時代背景と作品価値とを鑑み、原文のままにしております。差別や侮蔑の助長、温存を意図するものでないことをご理解ください。

鳴海 風（なるみ ふう）
1953（昭和28）年10月15日、新潟県出身。東北大学大学院工学研究科修士課程修了後、日本電装（現デンソー）に定年まで勤務しつつ、工学、数学の知識を生かした作品を発表。1992年『円周率を計算した男』で第16回歴史文学賞、2006年第２回日本数学会出版賞を受賞。主な著書に『和算忠臣蔵』『江戸の天才数学者　世界を驚かせた和算家たち』『星に惹かれた男たち 江戸の天文学者 間重富と伊能忠敬』『鬼女』などがある。

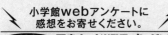

怒濤逆巻くも（上）

2024年11月19日　初版第1刷発行

著者　鳴海 風
発行人　石川和男
発行所　株式会社　小学館
〒101-8001
東京都千代田区一ツ橋2-3-1
電話　編集　03-3230-9355
販売　03-5281-3555
印刷所　大日本印刷株式会社
製本所　大日本印刷株式会社
装丁　おおうちおさむ　山田彩純
（ナノナノグラフィックス）

ISBN978-4-09-352499-5

P+D BOOKS